致青春 138

雲深清淺時

（下）

東奔西顧　著

高寶書版集團

目錄
CONTENTS

第十六章　新的開始

翻飛的柳絮似乎還在眼前，粽香已在綠意漸濃的初夏搖曳著，伴隨鮮紅清甜的西瓜味，日子溫吞吞地進入了六月。

蕭雲醒約陳清歡出來，打算幫她做考前最後的複習。

大概是備考的日子太辛苦，蕭雲醒為了哄她高興，特地帶了小豬造型的翻糖蛋糕給她，粉嫩圓潤的樣子格外可愛，她一看到就愛上了。

她笑得嬌憨可愛：「好可愛啊，我要一口吃掉！吃什麼補什麼，吃掉它我就會變可愛了！」

蕭雲醒看她吃得滿嘴都是，清淺地笑著：「妳本來就很可愛。」

被誇獎的陳清歡高興得搖頭晃腦，繼續吃著蛋糕。

他時不時拿著溼紙巾幫她擦嘴，半晌，他忽然皺起眉頭，隱隱有些心疼。

才過了短短幾個月，雖然個子長高不少，已經到他肩膀了，嬰兒肥也跟著褪去，顯得整張臉更小。但卻瘦了一圈，大大的雙眼下一片青灰，她的皮膚本來就白，襯得黑眼圈格外明顯，都快認不出她了。

他收斂起神色，低垂著眉眼幫她擦手：「累不累？」

「累！」陳清歡重重地點頭，繼而狡黠地笑著，還是那副古靈精怪的樣子，「那你有沒有心疼我？」

蕭雲醒揉了揉她的腦袋：「嗯，心疼妳。」

她立刻笑著朝他張開雙臂：「需要你的抱抱才能滿血復活。」

蕭雲醒輕笑了一聲，略帶無奈，俯身將她摟進懷裡，軟綿綿的身子帶著清甜溫暖，讓他不自覺收緊手臂。

她還不滿足，一副頗為苦惱地歪頭問：「我們什麼時候可以接吻呢？」

「……」蕭雲醒假裝沒聽到，趕緊把整理好的重點給她，又出了幾道題目讓她寫。

陳清歡也沒多話，乖乖地趴在桌上寫題目，寫完後又拿給他看。

蕭雲醒看了幾題，剛想跟她說點什麼，一轉頭就看到她抱著書，趴在桌上睡著了。

他輕聲叫喚她：「清歡？」

她迷迷糊糊地應了一聲：「嗯……」

陽光從大片落地窗照進來後灑在她的側臉上，留下一片淡淡的金色光圈，讓她原來白皙的臉龐變得透明，甚至看得見她臉上細小的絨毛。

蕭雲醒垂眸看了許久，悄悄湊過去偷親她一口，溫暖乾燥的吻落在她的眉眼間，克制又深情。

蜻蜓點水般一觸即離，卻止不住心癢，酥麻的感覺從心底蔓延至全身，他握了握拳，坐直身子後才輕輕吐出一口氣。

她毫無察覺，呼吸依舊輕淺綿長。

他將手掌蓋在她的頭上，溫柔繾綣地撫摸著：「再堅持幾天，很快的……」

過了一會兒後陳清歡醒了，她揉著眼睛坐起，一臉懊惱：「我怎麼睡著了呢……」

蕭雲醒沒聽楚：「什麼？」

陳清歡湊過去盯著他問：「你剛才親我了？」

蕭雲醒心尖一顫，鎮定回答：「沒有。」

陳清歡不滿地質問他：「你為什麼不親我！電視劇不是都這樣演的嗎，男主角趁女主角睡著後就偷偷親她！」

蕭雲醒輕咳一聲，轉移話題：「我們先看剛才的題目吧。」

陳清歡也沒揪住不放，趴在桌上歪頭問他：「雲醒哥哥，全對了嗎？」

蕭雲醒笑著看她，粉嫩的小臉睡得紅潤可愛，他輕輕「嗯」了一聲。

她眼睛一亮，湊近了一些：「那我可以要一個獎勵嗎？」

陳清歡溫順乖巧的時候格外惹人疼愛，蕭雲醒抿著唇點頭：「妳想要什麼？」

陳清歡看了看周圍，有些不好意思地說：「晚點再說。」

吃完晚餐後，蕭雲醒送她回家，直到快走到她家門口，他才開口提醒：「妳想要的獎勵是什麼？」

陳清歡拉著他躲到路邊的陰影下，仰頭看著他半天，忽然小聲開口：「我可以親一下……你的臉嗎？」

不等他答覆，她直接踮起腳尖湊過去，雙手勾著他的脖子輕吻了一下。

輕柔的吻如春風拂過，卻在兩人的心中泛起層層漣漪。

她的聲音太小，剛開始蕭雲醒並沒有聽清楚她在說什麼，直到她結束動作，他還愣在原地，只聽到她趴在他的耳邊小聲說著：「我知道你在等我，我會努力縮小我們之間的差距。」

她紅著臉，鬆開攬著他脖子的手準備回身時，卻被他猛地壓回懷裡，他用低沉的聲音道：「六月底會有好消息，對嗎？」

她勾著唇角，趴在他的胸前點點頭：「嗯！」

升學考前一天，冉碧靈跑來幫陳清歡加油打氣。

學校要布置考場，要求學生把所有東西部帶回家。

兩人站在教室門口看著亂糟糟的教室聊著天。

冉碧靈看著陳清歡略帶憔悴的樣子，有些心疼：「提前感受到高三的魔鬼訓練營，肯定很辛苦吧？」

陳清歡仍是一副不上心的模樣：「吃得苦中苦，睡得心上人。所以苦一點也沒關係。」

冉碧靈搖了搖頭：「蕭雲醒知道妳有這種想法嗎？」

陳清歡義正辭嚴地回答：「當然不能讓他知道！我要給他驚喜！」

冉碧靈有些傷感：「我相信妳一定可以考上X大。只是妳走後，明年換我考升學考了，我大概也考不上本市的大學，我們以後很難再見面了。」

陳清歡轉身抱住她：「妳大學畢業後會回來吧？我在這裡等妳。」

她說得認真，語氣難得溫柔，讓冉碧靈瞬間紅了眼眶。

她笑罵著輕推陳清歡一下：「沒想到妳這種人還會說出這種話，幸虧妳不是男人，要不然我肯定會衝著這句話愛上妳。」

陳清歡立刻恢復成平日裡傻裡傻氣的模樣：「但我已經是雲醒哥哥的人了。」

冉碧靈翻了個白眼：「我知道！不搶了！」

下課時間一到，蕭雲醒立刻收拾書包離開教室。

韓京墨叫住他：「明天我們學校要和向霈他們學校聯誼，你要不要去？」

蕭雲醒搖頭：「明天升學考。」

韓京墨被向霈傳染，瞬間成了戲精：「怎麼，你要去當槍手？你要三思啊，萬一你被抓到，學校肯定會讓你退學。你要是走了，我以後就真的孤獨求敗了！別讓我孤單、寂寞、覺得冷……」

蕭雲醒懶得理他，拿起書包直接衝出教室。

旁邊有人嘲笑他：「蕭雲醒是不是太久沒虐你了？不然你怎麼又開始囂張了？」

韓京墨翹著二郎腿坐在座位上「哼哼」了兩聲。

蕭雲醒從學校出來後直接去找陳清歡，還帶了一幅畫給她，他前前後後畫了很久，都不太滿意，終於趕在她考前畫出了一張滿意的作品。

兩隻螃蟹緊緊鉗住旁邊的蘆葦，還有幾株荷花，叫「二甲傳臚」，有金榜題名的寓意。

他還在旁邊畫了一隻流口水的小花貓，眼睛瞪得圓滾滾的，一眨不眨地盯著螃蟹，清晰明了地表達出兩個字：想吃。

那隻小花貓的模樣神似陳清歡。

陳慕白和顧九思看完後，神色複雜地對視了許久。

好好的二甲傳臚吉祥圖被改成這樣，簡直慘不忍睹。

不過陳清歡非常喜歡，在父母面前炫耀了一圈後，小心翼翼地收回自己的房間。

蕭雲醒也沒多待，和陳清歡聊了幾句後就離開了。

陳清歡送他出門，道別後，蕭雲醒走了兩步才發現她還跟在身後。

他笑著轉過身：「怎麼不回去？」

陳清歡站在家門前的樹下，伸手拽著蕭雲醒的衣角，咬了咬唇：「雲醒哥哥，你是不是忘了什麼呀？」

蕭雲醒一愣：「什麼？」

她的目光澄澈，滿臉期待地看著他：「你不給我一個愛的抱抱嗎？」

她彎起眉眼的模樣漂亮得讓他心動。

對，就是漂亮。

原來他的小女孩已經這麼漂亮了。

蕭雲醒沒忍住，輕笑出聲，繼而彎腰把她抱進懷裡，俯首用臉頰緊貼著她的側臉，又軟又暖，在她耳邊緩聲開口：「清歡，我等妳。」

放手離開時，他好似不經意地低了頭，嘴唇從她額角擦過。

趁著陳清歡出門時，陳慕白還像模像樣地交代陳清玄：「你姐姐這兩天升學考，非常關鍵，你不要惹她生氣，就算她打你罵你，你也要忍耐，要做到打不還手、罵不還口。」

陳清玄很給爸爸面子，只是乖乖點頭。

顧九思聽著覺得好笑：「清玄從來都沒有惹毛過姐姐，通常只有一個人會惹她生氣。」

陳慕白覺得自己被排擠了。

等陳清歡哼著歌回來時，他又格外殷勤：「女兒啊，爸爸這兩天不去上班了，接送妳去考場啊。」

陳清歡搖頭拒絕：「不用了，雲醒哥哥說會來接送我。」

眼看陳慕白就要炸毛，被顧九思一把按住，重複著他剛才說的話：「她這兩天升學考，非常關鍵，不要惹她生氣，要做到打不還手、罵不還口。」

陳慕白咬著牙點點頭，忍了！

他笑得扭曲：「好！」

升學考這兩天，天氣格外炎熱，蕭雲醒每天按時接送陳清歡去考場，像個用心良苦的老父親。

最後一場考試結束前，陳慕白正蹲在學校門口，和蕭雲醒這個「假父親」大眼瞪小眼。

考試鐘聲結束後，立刻就看到一大批學生從考場裡湧出。

陳慕白遠遠就看到自家女兒滿臉興奮地衝過來，然後撲進旁邊少年的懷裡。

完全視他為無物。

陳清歡還在長大，餓得快，蕭雲醒幫她帶了牛奶蒸蛋糕，香甜可口。被忽略的陳慕白心裡很不是滋味，看看女兒，湊過去試探性地問：「可以分我吃一口嗎？」

陳清歡直接把老父親的臉推到一旁：「不可以。」

陳慕白輕哼一聲：「我本來就不想吃，我回家吃我老婆做給我的飯，我老婆做飯很好吃的！」

陳清歡不為所動：「那你去吧。」

陳慕白看了看蕭雲醒，又看了看陳清歡：「妳不跟我回家嗎？」

陳清歡緊緊靠在蕭雲醒身側，一副和陳慕白劃清界線的模樣：「不要，我要和雲醒哥哥去慶祝呢。」

陳慕白氣不過：「我也要去！」

陳清歡一臉嫌棄地打量他：「我們又不是要去跳廣場舞……」

陳慕白面色一沉：「什麼意思，嫌我老啊？」

陳清歡抿抿唇，用眼神給出肯定答案。

十幾分鐘後，陳慕白怒氣沖沖地回到家。

顧九思從廚房出來，看了看他的身後：「你女兒呢？」

「不知道。」陳慕白抬眸問她，「我很老嗎？」

這話把顧九思問得一愣：「怎麼了？」

陳慕白氣到灌了杯開水才緩和情緒：「妳女兒嫌棄我老，不跟我玩。」

顧九思忍俊不禁：「確實沒辦法玩在一起。」

陳慕白不服氣：「我跟陳清玄都能玩在一起，為什麼和她就做不到？」

顧九思瞅他一眼：「那是因為陳清玄遷就你啊。」

「……」

陳慕白受到了連環暴擊，僅剩的血量也在顧九思的嘀咕後歸零。

「都一把年紀了，還需要一個小朋友來遷就你……」

升學考結束第二天，蕭雲醒趕回學校，一進寢室就看到韓京墨在捏他的抱枕，他立刻搶回來放回床上。

韓京墨一看到他就幸災樂禍地大笑：「蕭雲醒你完蛋了！竟然蹺了兩天的課！周教授點到你的時候你剛好不在，平時成績也零分，等著期末被當吧！」

蕭雲醒沒把這些當一回事，慢條斯理地整理書桌，準備一會兒上課用的書本。

韓京墨看他一副風輕雲淡的模樣，非常不爽：「你該不會以為我騙你吧？不信的話，你問他們啊！」

寢室裡的另外兩位一臉劫後餘生的後怕：「雲哥，是真的。那天周教授抓了好多蹺課的學生，看起來超生氣的！有夠嚇人！」

韓京墨笑呵呵地說著風涼話：「聽到了吧？哎呀，真沒想到有生之年還能看到蕭雲醒被當的樣子，嘖嘖。」

半晌，旁邊有個人突然小聲開口：「其實……還是有可能及格的，比如說筆試滿分。」

韓京墨回頭瞪他一眼：「那只是理論上的！至今還沒人能從周捕頭出的考卷裡拿到滿分！」說完又湊到蕭雲醒的面前提議：「我們打個賭，如果通過了，我下學期幫你寫一學期的實驗報告，如何？」

蕭雲醒連眉毛都沒抬：「不賭。」

韓京墨得意地挑眉：「怕了？」

蕭雲醒搖頭：「不是。」

韓京墨好奇：「那是什麼？」

蕭雲醒終於看他一眼：「你的實驗做得太差。」

「靠……」

韓京墨愣了一秒後立刻收到嘲笑聲。

「雲哥看不起你的數據！哈哈哈……」

韓京墨暴力地收拾完嘲笑他的兩人後，重新靠近蕭雲醒：

「說真的，你這兩天是去哪裡了？」

「真的去當槍手了？」

「今年出題老師的水準如何？」

「比以前的水準還要高嗎？」

「你大概會考幾分？」

「……」

蕭雲醒遲遲沒理他，直到後來才終於停下手裡的動作，冷著臉轉頭看他：「韓京墨。」

這還是他第一次正經八百地叫自己的名字，韓京墨格外興奮：「怎麼了？怎麼了？」

「你的女朋友們都不會嫌你很吵嗎？」

「嘖，什麼叫『女朋友們』啊？我也是有原則的人，我從來都不會腳踏兩條船！而且我現在沒有女朋友，又恢復單身了，不然我幹嘛去參加聯誼？」說起這件事，韓京墨饒有興致，一臉嚮往，「說真的，向霈他們學校的女生確實不錯，你沒去真的很可惜，向霈可真是幸福啊……」

蕭雲醒揉了揉耳朵，向霈確實很幸福，至少他耳邊沒有這麼吵的韓京墨。

在陳清歡開始漫長的暑假時，蕭雲醒也進入了期末考週。

放假前就已經公布了幾門學科的成績，其中就包括韓京墨特別期待的某門課。

韓京墨查了自己的成績後，又湊過去看蕭雲醒的電腦螢幕，然後後怕地拍著胸口：「好險，幸好當初沒和你打賭。」

其餘兩人不屑地嘲笑他：「是人家不屑和你打賭。」

韓京墨翹著二郎腿，坐在那裡苦思冥想：「他到底是怎麼考的，周捕頭竟然給他滿分？是在考卷上畫了一幅美女圖嗎？」

蕭雲醒放暑假的第二天，陳清歡就收到了X大的錄取通知書，一大早就興高采烈地跑到蕭家找他。

門一打開，陳清歡立刻對蕭雲醒露出微笑，揚著手裡的通知書：「你看你看！」

蕭雲醒被她逗笑，把頭歪到一邊：「看到了，恭喜妳。」

陳清歡開心地彎起眉眼，卻故作正經地問：「真心話？」

蕭雲醒眉尖輕挑：「當然。」

陳清歡輕咳一聲，靈動清澈的眼底俱是狡黠的笑意：「我是說，你對我是真心的嗎？」

蕭雲醒一愣，不著痕跡地打量著面前的小女孩，他發現陳清歡似乎有了一點點……變化？

在他回神之後的第一反應，就是轉頭去看坐在沙發上努力降低存在感的父母。

恰逢週末，蕭子淵和隨憶難得都在家，兩人倒是反應極快地笑了兩聲。

蕭子淵對陳清歡招招手：「是清歡嗎？快進來！」

還是隨憶善解人意，擺擺手：「外面太熱了，我和你爸不想出門，而且來家裡也不方便。雲醒，你帶清歡出去慶祝吧。壓歲錢也花得差不多了吧？」

隨憶拿過蕭子淵的錢包，掏出一張信用卡遞過去：「今天你爸請客，隨便刷。」

蕭雲醒毫不客氣地接過。

陳清歡也從身前的小包包裡掏出一張卡，笑咪咪地拿給隨憶看：「不用不用，隨媽媽，我爸爸也給了我一張卡，我可以和雲醒哥哥一起用！」

陳清歡完全忘記在出門前，陳慕白凶神惡煞地叮囑她不許把錢花在蕭雲醒的身上。

蕭雲醒和陳清歡直接被「掃地出門」了。

也沒想好該去哪裡，蕭雲醒幫陳清歡撐著遮陽傘，兩人順著街道慢悠悠地走著。

夏日的上午豔陽高照，溫度漸漸上升，陳清歡卻不覺得燥熱，聞著蕭雲醒身上乾爽的氣息，反而感覺到一絲清涼。

蕭雲醒看她半天都不說話，垂眸問：「想怎麼慶祝啊？」

陳清歡聽著他的尾音，忽然咬著唇笑了一下。

她發現蕭雲醒每次想哄她開心的時候，說話時的尾音會輕揚，聲音又輕又暖，帶著不自覺的纏綿和寵溺。

蕭雲醒看她低頭不語，揉揉她的頭髮：「怎麼不說話？」

陳清歡趕快回神，仰頭問：「什麼都可以嗎？」

蕭雲醒點頭：「什麼都可以。」

陳清歡眨了兩下溼漉漉的大眼：「雲醒哥哥，你想牽我的手嗎？」

蕭雲醒笑得清新雋永，勾起她的手與她十指相扣，掌心相貼，柔若無骨。

陳清歡眼底的欣喜和雀躍不加掩飾，純粹至極，眼裡似乎只有他：「你想抱抱我嗎？」

他一手撐傘，一手把嬌小玲瓏的女孩攏入懷中，眉眼含笑地看著她，似乎在問：妳還想要什麼？

她有點緊張，眼裡全是光彩，深吸一口氣後問他：「那你想順便親我一下嗎？」

蕭雲醒一愣，繼而劍眉輕挑，雙眸微微動了動。

陳清歡咬了咬唇，小心翼翼地窺探他的神色，聲音輕而軟地補了一句：「不是親臉的那種喔……」

到底是年紀小、臉皮薄，她一說完就急忙低下頭，手指緊繃又僵硬地放在他的腰側，雙頰染上一抹粉紅色澤。

修長白皙的手指輕輕搭在她緋紅的臉頰上，微涼的指尖順著細膩光滑的肌膚滑動，最後勾起她的下巴，微微抬起，遮陽傘忽然壓下，越壓越低，遮住傘下的兩人。

乾淨的一個吻，唇貼著唇，離得很近，近到她可以看清他根根分明的睫毛，他的手放在她耳後輕輕安撫著。

兩人都沒有閉眼，陳清歡有點驚訝，她能看到那雙狹長深邃的眼裡沒有一貫的淡漠，裡面蘊含著濃得化不開的深情，帶著整張臉都溫柔下來。

她的唇瓣又溫又軟，蕭雲醒的呼吸間都是好聞的香甜氣息，他清楚看到她眼眸中倏地迸出難以言喻的驚喜，心底的緊張漸漸消散。

他停留了十幾秒後很快起身，順勢揉了揉她的頭髮後才把手拿開，看著面前明顯已經嚇傻的女孩。

這或許是一個女人一生中最美好的年華吧，嫩得滴水，卻已經盛開，容貌越發出挑精緻。

他不動聲色地吐出口氣，牽著她的手繼續往前走。

陳清歡的大腦一片空白，臉紅心跳得完全不能思考，只是傻傻地跟著他的步伐走著。走了很久後她才不自覺地舔舔唇，心裡的煙火開始綻放。

於是在陳清歡拿到X大錄取通知書的那天，終於用蹩腳的伎倆得到了夢寐以求的吻，雖然時間有點短，但她已經心滿意足了。

滿足到即便已經過去十幾個小時，她仍舊興奮地在床上打滾，還打給冉碧靈講述了三次。

另一端的冉碧靈睏得連眼睛都睜不開了，敷衍地聽著，完全體會不到她的快樂：「大小姐，只是碰了一下，又沒伸舌頭，妳興奮什麼啊？」

陳清歡一愣，也不打滾了，鄭重且認真地問：「一定要伸舌頭才算嗎？」

冉碧靈打著哈欠回答：「不伸舌頭就不叫接吻了，頂多算禮儀。」

陳清歡頓時沮喪，有些遺憾和懊惱：「可是我當時太激動，忘記伸舌頭了啊……」

冉碧靈又打了個哈欠：「這種事情當然要由男生主動。」

陳清歡眉頭緊蹙地想了一下：「但雲醒哥哥好像沒有這個意思……」

「妳得再接再厲啊！」

冉碧靈睏到腦袋打結，完全不知道自己說了什麼，只知道她終於從陳清歡的魔爪中解脫了，手機一扔就直接睡下去。

但陳清歡無心睡眠，心心念念地開始謀劃「真正的接吻」。

等冉碧靈睡醒後，才想起去恭喜陳清歡順利考上X大，陳清歡也沒含糊，讓她隨便挑一家餐廳，兩人在吃飽喝足後就湊在一起閒聊。

「妳家的雲醒哥哥呢？」

「他加入一個實驗室，週末要幫教授做實驗，不能每天出門。」

「那妳豈不是會很無聊？」

「不無聊啊，我們可以打電話。」

「妳還真容易滿足！」冉碧靈摸著圓滾滾的肚子吐槽：「妳不知道學校有多變態，畢業班暑假還要上輔導課，再過幾天就要開學了，這麼熱的天氣，想想就覺得煩，我連作業都還沒寫呢！」

陳清歡吸了口果汁：「畢竟高三了，學校肯定管得嚴，不過開學也好啊，妳就可以天天看到褚嘉許了。」

「還有一年就要考升學考了……」冉碧靈忽然嘀咕了一聲。

分成文、理組後，雖說沒有物理和化學扯後腿，她的名次上升很多，但對比褚嘉許，還是差了一大截。

陳清歡覺得她近期提到褚嘉許的時候，總是很奇怪：「那又如何？」

冉碧靈嘆了口氣，無意識地用手裡的筷子戳著盤中的青菜：「那個傻子的成績本來就比我好，我又是文科生，除非我走了狗屎運，不然絕對不會和他考上同一間學校的。」

陳清歡有些迷惑：「所以呢？」

「唉，妳這種不食人間煙火的大小姐，怎麼可能會理解凡人的艱辛。我又不像妳，可以和喜歡的人考上同一所大學……」冉碧靈強顏歡笑，繼續道：「異地戀，大學也不在同一個地方，以後的人脈也不會有什麼交集，畢業後一起進入同一家公司的可能性更小，買房、買車這一系列的問題都沒辦法遷就到兩人，再說了，我和褚嘉許本來就有差距，現在成績有差距，以後進入社會，差距會越來越大，爭吵的機會也會增加，終究不能善終，還不如不要開始……」

她越說越覺得兩人的未來渺茫，眼眶不自覺泛紅。

陳清歡倒是沒被她這份感傷影響，輕描淡寫地評價道：「藉口。」

冉碧靈聽了一愣，抬頭問她：「什麼？」

陳清歡抿著唇認真教訓她：「都是藉口。喜歡一個人和這些有什麼關係？全心全意在一起就好了。如果害怕最後會分開而選擇放棄開始，那不是現實、不是患得患失，而是膽小鬼，是不夠愛的藉口。一開始選擇要放棄這段感情，以後肯定會後悔的。」

「呃……」冉碧靈搖搖頭，「看來不懂世故也不見得是一件壞事……」

陳清歡大膽猜測，以褚嘉許的情商來看，肯定不會考慮到這些，便試探性地問：「妳……和褚嘉許說過嗎？」

「沒有，不是妳說的嗎，要及時行樂，想那麼多幹嘛！」冉碧靈趕緊岔開這個沉重的話題，「對了，放假前我還碰到老楊呢，他說起妳考上X大的事情，高興得不得了。」

陳清歡忽然想起什麼，奸詐地笑著壓低聲音：「跟妳說個八卦，升學考前我去辦公室繳交報名表，聽到老楊和丁老師在討論，等到他們帶完這屆畢業生就要準備結婚。」

冉碧靈一臉滄桑地感慨道：「終於要修成正果了。兩人都一大把年紀了，真不容易。」

陳清歡也跟著感慨：「不知道他們會不會寄喜帖給我們。」

冉碧靈認真思考了一下：「如果收到喜帖的話，我們是不是要包紅包啊？要包多少比較適合？」

兩人無聊地對這個問題展開激烈討論。

八月下旬，X大開學，迎來大批新生。

報到當天，蕭雲醒一大早就忙前忙後地收拾東西打算出門。

韓京墨叫住蕭雲醒，吊兒郎當地問：「你要去哪裡？」

蕭雲醒一邊穿鞋一邊回答：「迎新。」

韓京墨驚得下巴都要掉了：「你要去幫學妹搬宿舍？開竅了啊！」

蕭雲醒知道他誤會了，卻也懶得解釋。

兩人正說著，向霈就推門進來了：「雲哥，你家的小女孩是不是今天來報到啊？」

蕭雲醒「嗯」了一聲。

韓京墨好奇：「哪個小女孩？」

向霈自來熟地坐到韓京墨的旁邊嗑瓜子：「雲哥的小女孩啊。」

韓京墨摸著下巴回憶了一下：「陳清歡？」

「是啊！」向霈忙不迭地點頭，「清歡小妹妹是不是超厲害的！才高二就考上X大了！」

韓京墨懶洋洋地喝了口水：「還好吧？哪個科系的，說來聽聽。」

向霈想了一下：「好像是數學系。」

「喲，四大瘋人院之首啊，勇氣可嘉，那裡面可都是一堆國家集訓隊出來的禽獸，」韓京墨別有用心地看了蕭雲醒一眼，「怕是會被吊打，有得哭了。」

向霈呵呵笑了兩聲：「還不曉得是誰虐誰、誰吊打誰呢。」

韓京墨滿目狐疑：「什麼意思？」

向霈一臉得意：「你怎麼知道她不是集訓隊出來的呢？」

韓京墨澈底糊塗了：「這又是什麼意思？一個蕭雲醒，再加上一個陳清歡，他們是集訓隊世家嗎？現在還這麼講究『門當戶對』？」

向霈改吃花生，吃得滿桌都是殼：「厲害吧？」

「那她為什麼還要參加考試？反正都保送了，之後再來報到就好了啊。」

「還能為什麼，當然是為了雲哥。」

韓京墨澈底無言：「兩個瘋子……」

「真的！」這是向霈唯一贊同他的地方，「瘋也瘋得門當戶對。」

不知道是不是天氣太熱，向霈的膽子熱脹冷縮，格外得大，笑著示意韓京墨去看：「哎，你看雲哥手上戴的東西。」

韓京墨隨意瞄了一眼：「被袖子擋住了，看不到。」

向霈繼續說：「你再仔細看看！」

韓京墨不怕死地拉起蕭雲醒的衣袖，認真研究著那根奇怪的黑色皮繩和鑲嵌在上面的小黃鴨：「這是什麼？最新款的手環？」

向霈跟著湊過去說：「某些人啊，表面淡定如男神，實際上卻悄悄帶著女朋友的髮圈。」

韓京墨都驚呆了：「什麼髮圈？女孩子拿來綁頭髮的？」

「對啊。」

「誰的？」

「還能是誰的？當然是陳清歡的。」向霈領略過太多蕭雲醒的出人意表了，「戴女朋友的髮圈算什麼，雲哥，你敢讓別人看看你的背包嗎？」

韓京墨也被勾起好奇心：「他的背包又怎麼了？」

「看看裝在裡面的東西啊。」向霈一邊顧忌地看著蕭雲醒的臉色，一邊手賤地去摸他的書包，摸到手後就開始翻看，語氣裡帶著熟稔的調侃，「你看，護手霜、梳子、溼紙巾、優酪乳、防曬乳，全都是為了她準備的。還有衛生棉，小女孩生理期要用的，就差把小女孩裝在裡面了，雲哥，你這是在談戀愛，還是在養女兒啊？」

蕭雲醒面無表情地掃他一眼，拉上書包拉鍊後轉身離開。

向霈看他離開後也跟著站起來，還不忘拉上韓京墨：「走走走，我們也去！」

韓京墨搖頭：「我才不去，長得好看的叫『學妹』，長得不好看的，就是個『普通大一生』。」

向霈忽然忿忿不平：「你怎麼知道人家不好看呢！」

陳清歡絕對是他見過最漂亮的小女孩了！

韓京墨不以為然。

向霈非常生氣，執拗地發表自己的見解：「你可以說她脾氣不好，但絕對不能說她長得不好看！」

韓京墨聽出言外之意：「脾氣不好？難道她會河東獅吼？對了，我想起來了，她上次還當眾甩臉色給蕭雲醒看呢。」

「不不不！」向霈極力解釋，「你誤會了，這些都不是她的強項，她最擅長的是肆意妄為、無理取鬧、恃寵而驕。」

「……」幾個詞彙集中於一身，韓京墨已經可以想像到，她肯定是個張牙舞爪的小女孩。

向霈看他被嚇傻的模樣，笑得格外歡快：「想不到吧？沒辦法，誰叫蕭雲醒老是寵著她呢。」

韓京墨：「蕭雲醒還會寵人？」

「你就等著看吧。」

「我還是不想去，到處都是人，看了就煩。」

「那我自己去。」

向霈小跑著去追蕭雲醒。

陳慕白和顧九思把陳清歡送到校門口的時候，蕭雲醒已經在不遠處等著她了，旁邊還站著向霈。

陳慕白站在車邊，揪住拉著行李箱準備往前跑的女兒：「真的不需要我和媽媽送妳進去？」

陳清歡一心只想去撲蕭雲醒，哪有心思理會他？

她頭也沒回地擺擺手，迫不及待地和父母告別：「不用不用，雲醒哥哥會幫我搞定的。爸爸再見，媽媽再見！」

陳慕白還想再說什麼，就被顧九思直接拉回車裡。

他上車前還不忘往蕭雲醒的方向看了一眼，滿臉冷漠。

「那就是陳清歡的父母啊？」向霈的臉上閃過片刻詫異，小聲問，「雲哥，你的岳父好像不怎麼喜歡你啊？」

蕭雲醒早已習慣「岳父」的冷眼，一把接住朝他撲過來的陳清歡，順便接過她手裡的行李箱，兩人一起踏進校門。

被忽視的向霈大大咧咧地跟過去：「喂！小魔女，好久不見了，都不打聲招呼啊！」

走在前面的陳清歡扭頭看他一眼，硬生生扯了扯嘴角，給他一個假笑。

排隊辦完報到手續後，蕭雲醒帶著陳清歡去看她的寢室，她的運氣不錯，被分配到比較新的宿舍大樓，環境也很好。

蕭雲醒站在女生宿舍樓下打發向霈：「你可以回去了。」

向霈探頭探腦地往裡面看：「我也要進去。」

「我要進去幫清歡鋪床包，你來幹什麼？」

「我還沒進過女生宿舍呢，我進去參觀一下啊。」

「那你提行李箱。」

「提就提。」向霈接過行李箱後，差點栽到地上去，「我靠！陳清歡，妳的行李箱裝了什麼啊，怎麼這麼重？」

然後就跟在兩人身後變成話癆。

「提醒一下，學長只是想幫妳提個行李箱，不想把命都賠上！」

「雲哥，你們學校這麼窮嗎？為什麼這麼好看的宿舍還沒有電梯啊？」

「清歡小妹妹，妳住的這層樓怎麼沒有美女？我們是不是來得太早了，美女們都還沒來？」

蕭雲醒嫌他聒噪，轉頭看他一眼：「廢話太多了。」

化身苦力的向霈非常委屈。

事實證明，陳清歡確實太早到了，她是第一個到寢室的，等蕭雲醒幫她收拾好，準備帶她去吃午餐的時候，其他人也都還沒到。

想要看美女的向霈很是失望。

去幫學妹提行李箱的兩人，一整個上午都沒回來，於是韓京墨決定自己去吃午餐。

他遠遠就看到向霈和一個女生站在食堂門口，也不見蕭雲醒的身影。

向霈也看見他，叫了他一聲，然後指著小女孩跟他介紹：「雲哥的小女孩！」

陳清歡轉頭看他一眼，然後漫不經心地移開視線。

這是韓京墨第一次見到陳清歡，他忽然愣住，盯著她的臉打量許久，眼底閃過一絲驚豔。

十六、七歲的女孩，眉宇間明顯透著一抹稚氣，肌膚白皙，眉目如畫，未脫的稚氣襯出她的純真嫵媚，在陽光的照耀下自帶光環，漂亮地發光，是個不可多得的美人胚子，即便他閱美無數，還是被驚豔到了。

聽向霈念叨這麼久，之前只聞其名不見其人，他從未想像過蕭雲醒的小女友到底是什麼樣子，只是與預期落差太多，這……漂亮得有點過分。

陳清歡被他盯著看了許久，而且沒感受到任何善意，開始有點不耐煩。

他大概也察覺到了，這才慢悠悠地冷哼道：「蕭雲醒也不過如此嘛，沒想到也是這麼膚淺的人。」說完也沒打招呼，轉身走進食堂。

陳清歡覺得有些莫名，轉頭問向霈：「他這是什麼意思？」

向霈覺得自己的眼光被認可，感到莫名興奮，嘰哩呱啦地說道：「當然是誇妳漂亮啦！我之前一直跟他說妳長得很漂亮，他還不相信，現在打臉了吧！活該！哎，雲哥怎麼還不回來？只不過是去買瓶水而已，難道人很多嗎？」

陳清歡不太高興：「知道人多，你剛才為什麼不去買？」

向霈莫名其妙地看著她：「我去也得排隊啊。」

陳清歡垂著眼睛，無精打采道：「那又如何？雲醒哥哥排那麼久肯定會累的！」

「……」向霈瞠目結舌。

這什麼邏輯？我難道就不累嗎？

第十七章　大學始於數學系

蕭雲醒下午還有課，在陪陳清歡吃過午餐後，就把她送回宿舍了。

她一進門就看到新室友坐在那裡，看起來活潑外向，還熱情地上前跟她打招呼。

「妳好，我叫田思思，未來四年請多關照啊。」

「我叫陳清歡，請多指教。」

陳清歡說話的時候對她笑了一下，讓田思思看得直發愣，她的這位室友不是凡人啊！

簡單介紹彼此後，兩人相談甚歡。

「這麼巧？我是十三中的，妳呢？」

「附中的。」

「附中啊，附中很好啊，帥哥很多。」

田思思說完後，又提到了幾個名字，陳清歡聽聞後只覺得耳熟，對他們的臉沒什麼印象，只認識褚嘉許一個人。

田思思話鋒一轉：「不過，附中這兩年世風日下，帥哥的水準完全不如從前。兩年前帥哥輩出，正是神仙下凡的時候。蕭雲醒、駱清野，向霈也不差。我最喜歡駱清野，又痞又帥，只是扯了扯嘴角就帥到不行啊！」

陳清歡不服氣，她怕別人和她爭搶蕭雲醒，又怕別人不喜歡他，心境非常複雜。她歪歪頭：「妳不喜歡蕭雲醒嗎？」

田思思滿是遺憾地搖頭：「那可是神仙一般的人物啊，附中門面擔當的巔峰，自他之後，再也沒人能超越了。哎，他應該待在天上的，渾身散發獨特的氣質，豈是我等凡人可以染指的？實在不敢喜歡啊。」

她頭頭是道地提起附中的男神們，陳清歡也被逗樂：「妳怎麼這麼熟悉？」

田思思拍著胸口：「我可是研究顏值的專家。」

陳清歡遲疑片刻，試探性地問：「那妳有聽說過我嗎？」

既然知道蕭雲醒，沒道理沒聽過她的名字。

「沒有。」田思思看著她搖頭，「咳，我只喜歡帥哥而已，其他的我一概不曉得。我連附中的大門在哪裡都不知道。曾經有人說過，『離帥哥的臉近一點，離帥哥的生活遠一點』。看臉就夠了，管那麼多幹嘛？」

陳清歡看她一副豪爽的模樣，覺得好笑：「妳也太認真了吧。」

「當然。」

「妳不打算去追求看看？」

田思思像看神經病一樣地看著她：「妳是傻子嗎？他們都是我的男神啊！我這輩子不可能和他

們有任何關係的，我何必去送死？」

陳清歡眨了兩下眼睛：「無言以對……」

田思思盯著她看了半天，忽然開口問：「我總覺得……妳看起來很小啊？成年了嗎？」

陳清歡小聲地回答：「還沒……」

田思思捂著嘴笑，不小心瞥了她的胸前一眼後才趕緊解釋：「別誤會，我說的是『年紀』，還有，妳該不會是個天才少女吧？先說好，我是升學考走了狗屎運才考進來的，如果妳和我的智商差距太大，我們是沒辦法當朋友的！」

陳清歡搖搖頭：「我只是提前一年參加升學考，湊巧走了狗屎運才考上的。」

「原來如此……」田思思鬆了口氣，指指對面的床位，一副心有餘悸的樣子，「那個人是某個縣市的榜首！我從小只要看到學霸就會莫名地腿軟，完全不敢和她搭話，不過她也沒理我就是了。」

陳清歡一語不發，只是笑了笑，畢竟她也不喜歡與人交流，轉到附中那幾年，最要好的朋友也只有冉碧靈而已。

午餐後，向霈跟著蕭雲醒回到寢室，他本來打算打個招呼就離開，沒想到韓京墨一直拉著向霈扯東扯西，眼看就要上課了，韓京墨依舊拉著向霈不放，一副意難平的模樣。

「蕭雲醒真的喜歡陳清歡那樣的女孩？他沒嘗試過和其他人交往？」

一向話癆的向霈都被他問煩了：「哪樣？陳清歡哪裡不好？」

韓京墨臉色沉重：「我覺得他們兩個不配，沒想到蕭雲醒也是個只看長相的男人。」

說到這裡，向霈也不急著走了，靜下來解釋給他聽。

「不對！你以為陳清歡能被寵到現在，靠的是那張臉嗎？事情可沒這麼簡單！我們怎麼稱呼蕭雲醒？雲哥。人家呢？雲醒哥哥。『哥』和『哥哥』僅僅只差一個字，意思卻完全不一樣。」向霈閉上雙眼，一臉春色地開始想像，「你想像一下，從嘴裡吐出『哥哥』這個詞彙，是不是特別曖昧、特別撩人？把小女孩的撒嬌和撫媚表現得淋漓盡致，如果有個漂亮又可愛的女孩，叫你一聲『京墨哥哥』，你能忍耐嗎？曖昧朦朧，欲語還休，情愫暗湧，魂牽夢縈……想著想著，半邊的身子就麻痺了，別說心動，命都要沒了……」

韓京墨被他那聲噁心的「京墨哥哥」刺激得起滿雞皮疙瘩，一臉厭惡地看著他：「閱讀理解能力這麼強，當年升學考的國文肯定拿滿分吧？」

向霈不理會他的調侃：「最關鍵的是，他只允許陳清歡一個人叫他『雲醒哥哥』，你說，這代表什麼？這難道只是長相的問題嗎？」

不知道韓京墨出於什麼心態，並不看好這一對：「代表你過度解讀！不過是長得好看了一點，被你解讀成這樣。」

向霈對他的頑固和執著很失望，搖搖頭：「這絕對不是長相問題，再說了，你們學校有缺漂亮的女生嗎？但是你看，雲哥什麼時候對其他人動心過了？」

韓京墨輕嗤一聲：「說明他壓根兒就沒有心。」

向霈伸出雙臂，在胸前打了個大叉叉：「錯！是他早就把心給了別人！」

韓京墨翻了個白眼：「無聊！恕我直言，李逵也會稱呼宋江為哥哥啊。」

向霈立刻想像出那個畫面，一臉厭惡地給他一拳：「不要破壞氣氛，你等著看吧。」向霈擺擺手，「快去上課，我也要回去了。」

「等等！」韓京墨看了時鐘一眼，還有時間，「我還有最後一個問題！」

向霈不耐煩地坐回來：「快點！我跟人有約！」

韓京墨格外認真地問：「你說，如果我從今天開始好好讀書，是不是有機會超越蕭雲醒？」

向霈扭頭看他，一臉幸災樂禍：「怎麼？你又被雲哥踩在地上摩擦了？」

韓京墨輕嘆一聲：「畢竟原本名不見經傳的蕭雲醒，如今搶盡鋒頭了啊。」

向霈忍不住嗆他：「你要是不靠保送，連X大的校門都摸不到！不愧是雲哥，想低調都沒辦法。」

韓京墨趕緊拍拍他：「你幫我分析一下，我現在努力還來得及嗎？」

向霈認真思考了一下：「我建議你不要這麼做，雲哥是個變態，他拿考試當愛好，我們這些正常人是贏不過他的。」

韓京墨不服氣：「如果我很努力、很努力呢？」

向霈神情微妙地看著他點頭：「嗯，那你好好努力，努力之後才能向全世界證明……智商上的差距是不可逾越的。」

「……」

韓京墨不知道哪根筋不對，再次攔住向霈：「這次真的是最後一個問題了！就是……如果我把蕭雲醒的小女友搶過來，是不是能證明我高他一等？」

向霈沉思了一下：「我收回剛才的話，你還是走努力讀書的路線吧，乖！」

韓京墨非常受挫：「為什麼？！我有這麼差勁嗎？」

向霈忽然坐得端正：「我鄭重地建議你別這麼做。首先，你別看雲哥平常老是冷著一張臉，看起來對萬物都不在乎，只要涉及到陳清歡的事情，他通常不會顧及情面。誰敢動陳清歡一下，他是會拚命的，那可是他心尖上的人。其次，你不了解陳清歡，她就是個小魔頭！她的手段讓人一言難盡，你鬥不過她的。」

韓京墨不信邪：「哦？聽你這麼說，我還真動了心思，我倒要看看這個女孩有多厲害，畢竟我『千人斬』的名號並非浪得虛名。」說完後，他頓了一下，「最重要的是，我想看看拚命的蕭雲醒長什麼樣子。」

向霈同情地看著他：「別怪我沒提醒你，陳清歡雖然長得很夢幻，但只要惹到她，下場可是很淒慘的。」

韓京墨的神色間滿是狐疑：「你越是這麼說，我就越好奇。」

向霈虛心求教：「老韓，你是不是抖M啊？沒事就去招惹雲哥，被雲哥收拾一頓後，只老實三天又故態復萌，關鍵是你還樂此不疲。」

韓京墨一副志在必得的模樣：「我就不相信我做不到！」

向霈拍拍他的肩膀：「你要是這麼想尋死，我也不會攔住你，到時候我會幫你收屍的。」

韓京墨沒想到，還看不到蕭雲醒拚命，就被陳清歡搞到讓他恨不得跪下叫爸爸。

陳清歡隔天就要開始軍訓，白天和晚上都要訓練，每天晚上回到寢室只想躺著，累得連爬去見蕭雲醒的力氣都沒有了。

兩人在軍訓前一天有見面，這幾天都只用手機聯絡，每次講電話講到一半她就睡著了。

這天，蕭雲醒從圖書館回來，剛進門就看到韓京墨特別興奮，坐在電腦前扭來扭去：「哎，蕭雲醒，猜猜看今天有什麼大新聞！」

蕭雲醒面無表情：「猜不到。」

「太敷衍了吧！算了，我告訴你，有個男生在學校的表白牆上發起尋人啟事，打算尋找陳清歡，還放出幾張她軍訓時的照片，沒想到那幾張照片立刻爆紅！本來不知道的人，這下也知道她的存在了。」說到這裡，韓京墨開始咋舌，「我沒想到陳清歡挺上相的。」

蕭雲醒糾正他：「她本來就長得很好看。」

韓京墨輕嗤一聲：「這個人瞬間製造出一堆情敵了啊……」

蕭雲醒掃了他的電腦螢幕一眼。

韓京墨好似無意地嘀咕：「這張角度找得真好，把陳清歡的側臉拍得真漂亮！」

蕭雲醒聽後挑了挑眉，微微側目。

韓京墨似笑非笑地解釋：「畢竟大家都愛看美女嘛。」

而瞬間爆紅的陳清歡完全不知情，終於憑藉頑強的意志力熬過軍訓，學校幫他們安排假期，她在寢室躺了兩天才恢復過來。

這天她睡到中午才起床，往床底下一看，就看到田思思坐在電腦前摩拳擦掌。

「妳在幹嘛？」

田思思盯著電腦螢幕上的時間：「搶體育課啊，棒球班和網球班向來都是帥哥美女聚集的地方，我一定要搶到，近距離觀摩帥哥！」

陳清歡笑著把頭埋回枕頭裡：「妳從哪裡知道這些事情的？」

田思思大大咧咧地回答：「我妹妹告訴我的，她也在X大，今年讀大二了。」

陳清歡因為剛睡醒，過了一段時間才反應過來：「妳妹妹？大二？那妳怎麼才大一？」

田思思不好意思地解釋：「我和我妹妹是雙胞胎，她去年就考上了，我比較笨，差了一點，去年升學考遭遇滑鐵盧，重考了一年才考上。」

陳清歡趴在床邊問：「妳叫田思思，那妳妹妹叫什麼？」

田思思隨口回答：「田汨汨，『汨羅江』的汨。」

陳清歡眼底沁著淺淺的笑意：「甜思思、甜蜜蜜。妳媽媽是甜到心坎裡了吧。」

田思思嘆息一聲：「是不是很俗？我小時候一直要求媽媽幫我們改名字，結果我媽也沒改。」

陳清歡好奇她想取的名字：「妳想改成什麼？」

田思思拍拍自己的胸脯：「我想叫田大力，幫我妹改成田大壯。」

陳清歡眨眨眼睛，愣了兩秒後埋頭大笑。

田思思翻了個白眼：「有這麼好笑嗎？先不說這些了，妳趕快起床換衣服，等等帶妳去狠宰她一頓！」

陳清歡緩緩爬下床，正準備刷牙，就聽到田思思拍桌的哀號聲。

「結束了？我連選課頁面都進不去！這什麼破系統、破網路！啊！我的帥哥們啊！」

待她結束一連串的哀號後，就帶著陳清歡去學校門口的餐廳赴約。

兩人剛走進餐廳，就聽見一道歡快的女聲：「姐！姐！這邊！」

陳清歡看看熱情招呼他們兩個的女生，再看看身邊的人，她還從未見過長得如此相像的兩張臉，坐下後忍不住盯著二人看了許久：「妳們長的好像啊……」

「雙胞胎嘛！」田思思一邊瘋狂畫著菜單，一邊做介紹，「這是我的妹妹田汨汨，這是我的室友陳清歡。」

陳清歡和兩人聊了幾句後，就發現兩人不僅長得一樣，且同樣都是外貌協會，不過田汨汨只會注意女生。

田汨汨直盯著她看，一臉花痴地嘀咕：「我的天啊，這個學妹長得好漂亮啊，怎麼這麼好看！看一萬年也不會膩，根本是仙女下凡吧……」

「哎，妳離她遠一點啊！」田思思揮舞著筷子擋住妹妹，「別嚇到人家，不知道的還以為妳喜歡女孩！」說完又回頭安慰陳清歡：「妳別害怕，她就是個神經病，對美女沒有抵抗力，等等就會恢復正常。」

田汨汨收斂動作，才剛吃了幾口菜，就看著陳清歡驚呼：「我想起來了！校園的表白牆上有妳的照片！超受歡迎的！」

陳清歡和田思思一臉茫然地看著她。

田汨汨疑惑：「妳們，都不上網的嗎……」

田思思翻了個白眼：「光是軍訓就快要死了，誰還有心情上網啊！」

於是田汨汨就熱情地把事情講述一遍，還豔羨地看著田思思：「姐，得此室友朝夕相處，妳真是太幸福了！」

陳清歡被田汨汨的熱情嚇到，才吃到一半，就找藉口去洗手間躲了一下。等她回來，就看到姐妹倆坐在一起，正捧著手機討論著什麼。

田汨汨滑了幾下手機，又給田思思看：「看，剛出爐的偷拍照。」

田思思流著口水犯花痴：「他這張臉是怎麼長的啊？這個長相也太誇張了。這雙眼睛，睫毛，還有鼻梁跟嘴巴，無論從正面看還是從側面看，都是神仙啊！三百六十度無死角！唉……這世上怎麼會有長得這麼好看的人啊！」

沒過多久，田汨汨開始揶揄地笑著：「即便他只露出後腦勺，妳也會覺得他很帥吧？」

田思思卻一本正經地回答：「他的後腦勺的確很好看。」

陳清歡聽得有點迷茫：「妳們在說誰呀？」

田思思把手機拿給她看：「蕭雲醒啊，妳看，帥不帥！」

還不等陳清歡回答，田汨汨就直接開口：「當然帥啊，不帥的話，怎麼能讓秦靚轉到他就讀的科系啊。」

「嗯？」田思思皺起眉頭，「沒聽妳說過這件事啊？」

田汨汨一愣：「我沒說過嗎？聽說她整天圍著蕭雲醒轉，不過蕭雲醒壓根兒不理她。」

「她不是一向走冰山美人的高冷路線嗎？什麼時候這麼主動了？」田思思吐槽完，怕陳清歡沒聽懂，又繼續解釋，「秦靚也是十三中的，是我們的學姐，這個女人根本就是綠茶！」

陳清歡一聽到這個名字，眉頭輕挑，語氣格外淡定：「我知道她。」

田思思好奇：「妳怎麼知道？」

田汨汨察覺到陳清歡的神色不對，體貼地轉移話題：「來來來，喝奶茶，我在隔壁買的，都忘記給妳們了。」

蕭雲醒剛從馬路對面的餐廳出來，就看到了陳清歡。

她坐在遮陽棚下，正拿著吸管猛戳奶茶。

直到吸管都變形，她還沒戳進去，苦惱地皺起眉頭。

蕭雲醒忽然勾起唇角：「真是可愛。」

韓京墨站在斑馬線前等紅綠燈，聽到他的話後，朝四面八方看了看：「什麼好可愛？」

蕭雲醒指指馬路對面的陳清歡：「她。」

他一過馬路就往陳清歡的方向走去，直到走到她身邊後，伸手拿過吸管幫她戳開奶茶。

「哇！」陳清歡抬頭看到他，笑咪咪地吸了一大口，聲音又軟又乖，「雲醒哥哥好厲害！」

蕭雲醒垂眸笑著，看了她一眼後就走了，這個舉動讓坐在對面的姐妹倆看得目瞪口呆。

田思思率先反應過來，拉著陳清歡：「剛剛那是蕭雲醒嗎？妳認識他？」

陳清歡一邊喝著奶茶，一邊搖頭晃腦地回答：「認識啊。」

田思思瞪大雙眼：「妳認識他？」

陳清歡疑惑地看著她：「妳不是也認識他嗎？」

田思思費勁地解釋：「不是，應該說，他也認識妳？」

陳清歡趕緊擺手否認：「啊，不認識、不認識。」

「如果他不認識妳，為什麼還幫妳戳奶茶？」

「他可能熱心助人吧。」

「不對啊，不認識的話，妳怎麼會叫他『雲醒哥哥』？」

陳清歡眨眨眼睛，看起來單純無辜：「不叫哥哥，難道要叫叔叔？」

「歪理一大堆……」

陳清歡這邊一口否認，而蕭雲醒那邊的態度則耐人尋味。

他忽然折返回來，站在陳清歡面前自然地開口：「我下午還有課，下課後再帶妳去吃好吃的，向霈也想去，妳會介意嗎？」

軍訓兩週，她雖然沒曬黑，但是瘦了不少。

陳清歡仰著頭，笑咪咪地回答：「不介意啊。」

「好，我下課後再去接妳。」

田思思遠遠看著蕭雲醒的背影，湊過去問陳清歡：「我也想去，妳介意嗎？」

陳清歡逗她：「介意，非常介意！」

田思思幽怨地看著她：「陳清歡！到底還是不是好姐妹啦！」

在旁邊沉默多時的田汨汨忽然開口：「曖昧成這樣，沒互相喜歡個八、九年，我直播吞燈泡！」

陳清歡扭頭看她，格外好學地請教：「妳怎麼知道，很明顯嗎？」

田汨汨瞇著眼睛，一副高深莫測的模樣：「非常明顯。他剛才的所作所為和言行舉止都太明顯了。」

陳清歡似懂非懂地點點頭。

田思思皺著眉自省，我怎麼看不出來？難道我是傻子？

韓京墨站在窗外看得咋舌，拿肩膀碰了碰向霈：「原來蕭雲醒喜歡這樣的妹妹啊！」

向霈一臉「你還是太年輕了」的樣子，飽含深意地看著他：「那都是表象，別看她好像連奶茶都打不開，凶起來的時候，都能把你的頭骨掀開。」

韓京墨斜睨看他：「你怎麼知道？」

向霈的神情忽然變得很奇怪：「你只要被坑過就會知道。」

韓京墨冷笑一聲：「不就是個傻白甜。」

「傻白甜？我看你是瘋了才會以為她是傻白甜！她隨隨便便都能把我們幹掉。」說完後，向霈朝韓京墨拋了個媚眼，「如果她是傻白甜，那我就是一塊牛奶糖。」

韓京墨露出一臉厭惡的表情。

蕭雲醒一離開餐廳，氣氛就不太對勁，田思思環顧了一下四周，表情微妙地問：「我怎麼覺得……氣氛變得怪怪的，他們是在看我們嗎？」

田汨汨倒是很淡定：「妳說呢？」

田思思壓低聲音問：「我們幹了什麼嗎？」

「來這裡吃飯的人都是我們學校的，有誰不認識蕭雲醒？單身兩年的人，誰也沒得到，風平浪靜、相安無事。」說到這裡，她看向陳清歡，「結果妳一入校就染指了，妳說，會不會有人眼紅？」

陳清歡一副忿忿不平的模樣：「可是我都認識他十幾年了，先來後到，他也是我的啊。」

姐妹倆對視一眼，極有默契地搖頭嘆氣：「陳清歡，妳可真招人恨！」

田思思最後也沒去參加晚上的聚餐，原因是她妹妹拉肚子。而晚上那節課教授點名的機率很大，她需要冒充她妹妹去幫忙上課。

吃完飯後，向霈非常識相地撤退了，蕭雲醒和陳清歡則散步回到學校。

「室友好不好相處？」那天蕭雲醒離開得早，沒見到其他人。

陳清歡正一心一意地把自己藏進他的影子裡：「本來是四人房，卻只有三個人，其中一個是十三中的，還說認識你，就是你中午見到的那個女生，她和她妹妹是雙胞胎，兩個人長得超級像！還有一個是外地人，聽說是他們當地的榜首，話很少，獨來獨往，平時不怎麼和我們說話。」

「住得還習慣嗎？」

「還好，只是床太窄了，我很怕會掉下來。」陳清歡忽然頓了一下，繼而開口，「夜裡會睡不好。」

蕭雲醒輕笑：「有護欄，不會掉下來的。」

陳清歡忽然停下腳步，站在路燈下欲言又止，有些羞赧地看了他一眼，小臉上出現一抹朦朧的緋紅，嬌媚的容顏含羞帶怯，波光瀲灩的貓瞳又大又圓，含勾帶媚，盡顯出小女人的姿態。

她咬咬唇，低聲開口：「不是……」

蕭雲醒眉毛一揚，轉頭看她：「什麼？」

她緊張得把頭髮撥到耳後，悄無聲息地收回視線，搖搖頭，忽然變得乖巧：「沒什麼……」

蕭雲醒笑著把手遞過去給她牽。

陳清歡看著那隻骨節分明的手，輕蹙眉頭：「我不是要這個……」

雖然她嘴上抱怨，卻還是把手塞進他的掌心裡，洩憤似地輕輕掐了一下。

又走了一會兒，蕭雲醒才聽到她小聲嘀咕了一句。

「不是怕掉下來才睡不好……」

「嗯？」

「是因為想你才睡不好……」

說完後，陳清歡就眨著烏黑澄澈的大眼看著他，但他卻什麼也沒說。

她搖了搖他的手：「你怎麼不說話？」

蕭雲醒忍不住低頭，沉沉笑了兩聲，然後抬手揉著眉心，有些無奈又帶著寵溺地回答她：「我滿心滿眼的都是妳，妳說，我想不想妳？」

兩人你看看我，我看看你。

半晌，陳清歡率先繃不住，眉眼一彎，笑意從眼底漾出。

陳清歡踏著歡快的步伐回到寢室，過了一會兒後田思思才回來，一進門就坐在桌前發呆。

陳清歡好奇地問：「怎麼了？因為替妳妹妹上課，所以被抓包了？」

田思思呼出一口氣：「這倒是沒有，只是那堂課的教授實在太帥了，那骨相和氣質太超過，我已經醉倒在他的顏值裡了，雖然我完全聽不懂他上課的內容。」

陳清歡也服了。

田思思一開口就停不下來了。

「臉長得好看就算了，他的腰實在是太出色、太優秀了！那腰型和腰線超級完美，我從未見過如此漂亮的腰，真是個『腰精』啊，腿也很長……還有，他的板書很美！不僅人帥，就連寫的字也那麼好看，真是太欺負人了！」

陳清歡懶得理她，她就在那裡目光呆滯地自言自語。

「早知道法學院有這麼完美的教授，我就轉系了……田汨汨這個人一點義氣都沒有，也不提前說一聲！」

陳清歡打擊她：「教授？年紀不小了吧？禿頭了嗎？」

田思思格外正經地回答她：「完全沒有！髮量很多！他的帥和氣質已經模糊了年齡，完全無法從他身上看到歲月的痕跡，顏值實在是太高了。」

陳清歡也好奇：「妳不是只喜歡年輕的弟弟嗎？現在連大叔都愛？」

田思思捂著自己的胸口，滿眼都是粉紅泡泡：「以前是我太年輕、太膚淺了，沒見過這種極品，話說得太早，他一點都不油膩，清清爽爽，乾淨得剛剛好，他一笑，我的少女心都炸了！這才是我理想中的教授，要是我們系上教授的顏值和身材有他的一半，我就心滿意足了，上課一定專心聽講，下課好好寫作業，期末拿滿分！」

陳清歡被她驚到：「妳是不是走火入魔了？之前聽妳說起那麼多帥哥，也沒看過妳這副德行。而且，妳都見過那麼多帥哥了，怎麼還能愛成這樣……」

「不一樣，就是因為見過太多帥哥，忽然看到一個神仙等級的，才知道之前那些都太過庸俗，這位才是真絕色啊！」田思思很是激動地抓住陳清歡的手，「這次真的不一樣，直覺告訴我，我上輩子就是他的女人！」

陳清歡一口水噴出來，驚天動地地咳嗽：「妳也太誇張了吧？」

田思思趕緊拿起手機：「不行，我要打給田汨汨，她不請我三頓火鍋是過不去的！」說完就跑去陽臺上譴責親妹妹了。

過了一會兒，她又興沖沖地跑回來，信誓旦旦地告訴陳清歡：「接下來在我有限的人生歲月裡，我要吃齋念佛來預約林教授的下輩子，做他的女人！」

吃肉狂魔忽然說要改吃素，陳清歡完全不相信。

果不其然，田思思堅持不到一週就放棄了，咬牙切齒地盯著面前的幾盤菜：「我要吃肉！」

陳清歡坐在對面吃著肉，模糊不清地提醒她：「妳不想得到林教授了？」

田思思夾起陳清歡盤裡的肉：「林教授是誰，不認識，沒聽說過。」

「妳不是還說要轉去法學院嗎？」

田思思瞪她一眼，一邊吃一邊說：「妳不要亂說！像高斯這種數學家，才是我的男神！我對他們忠貞不渝！生是數學系的人，死是數學系的鬼，以後我的墓碑上要刻滿數學公式！所以請諸位數學家男神，一定要保佑我期末別被當！」

陳清歡眼睜睜地看著她風捲殘雲，把所有肉一掃而光：「妳吃這麼多，妳家男神們知道嗎？」

此刻在田思思的眼中，男神只能排在第二位，肉才是最重要的。

軍訓後，陳清歡的大學生活正式展開，雖然每天的課程都被排得很滿，但她非常適應，畢竟高中的時候也是這樣。反倒是田思思不太習慣這種生活。

陳清歡在老師的催眠聲中，再次昏昏欲睡的時候，田思思趕緊叫醒她：「喂，別再睡了！妳都睡了一整個上午了！起來聽課吧！」

陳清歡手撐下巴，依舊閉著眼睛，一副老僧入定的模樣，敷衍地點點頭：「我在聽啊。」

田思思一副恨鐵不成鋼的樣子，壓低聲音提醒她：「妳看看周圍這些人，聽說都是從集訓隊保送上來的，不是數學奧林匹亞冠軍，就是數學大神，人家玩數學玩了好幾年，和我們這種人完全不一樣，妳再看看另一個室友，她每節課的筆記都寫了滿滿幾大張，妳難道不害怕嗎？」

陳清歡換了一隻手來撐住下巴，敷衍她：「怕啊。」

田思思嘆口氣：「我當時一定是腦子壞掉，才會想報考數學系。早知道就去法學院了。」

陳清歡懶懶地掀開眼簾看她：「那位林教授已婚已育，他這輩子已經是別人的男人了，妳還想怎麼樣？」

田思思覺得莫名地看她一眼：「只是想近距離欣賞他而已，這和他已婚已育有什麼關係？」說到這裡，她一掃剛才的鬱悶，興奮地攬著陳清歡：「今天下午沒課，我們去法學院旁聽吧？讓妳見識一下林教授的帥氣。」

陳清歡搖頭，抬手看了時間一眼：「不要，雲醒哥哥已經買好午餐在等我了，我下午要和他一起去自習。」

田思思一臉豔羨：「果然青梅竹馬就是體貼，等我們下課後，食堂大概連根毛都不剩了。」「妳也一起來啊。」陳清歡說著，又看了時間一眼，開始收拾東西準備下課，「我請雲醒哥哥多買幾份。」

田思思還來不及高興，就聽到老師結束了念經，在黑板上寫下兩道題目：「抽兩位同學上來做一下題目，其他人在下面做。」

底下立刻騷亂起來。

田思思狠狠打了個激靈：「完了完了……我什麼都不會，怎麼辦？」

陳清歡繼續趴著睡覺，迷迷糊糊地回答她：「妳可以問我啊。」

「妳？」田思思鄙視她，「妳上課睡得比我還多！」

陳清歡也不爭辯，換了個姿勢繼續睡。

男老師在翻看學生名單後說出一個號碼。被叫到的男生一臉沮喪地站起來，其他人則是劫後餘生地鬆了口氣。

「好險，再叫一個就結束了……」田思思鬆了口氣後趴在桌上，豎起耳朵繼續聽老師叫號。

男老師又念了一個學號，這次竟然沒人認領：「這位同學沒來嗎？怎麼才剛開學就蹺課？」

陳清歡捂嘴打了個大大的哈欠：「這是誰的學號啊？聽起來好耳熟。」

田思思皺眉想了一下，猛地一拍陳清歡：「老師點到妳了！快快快！快上去！妳怎麼連自己的學號都記不住！妳慘了！妳都沒在聽課要怎麼回答？」

陳清歡磨磨蹭蹭地站起來，表示懷疑：「真的是我嗎？」

田思思坐在底下，全程緊盯陳清歡，著實為她捏了把冷汗。

先上去的那個男生，硬著頭皮寫了兩行後就編不下去了。他往旁邊瞥了一眼，就看到陳清歡一副慵懶的模樣，洋洋灑灑地寫著，不知道是瞎寫還是真的會。

趁著老師出去洗手的機會，那個男生叫住寫完答案的陳清歡：「同學，妳會寫這題嗎？」

陳清歡看了題幹一眼，認真思考了一下，點點頭，然後拍拍手上的粉筆灰走回座位。

「哎……」講臺上的男生眼睜睜看著她下去，哀號一聲，繼續硬著頭皮瞎掰。

她一坐回來，田思思就湊近她問：「那個男生跟妳說了什麼？」

陳清歡擦著手裡的粉筆灰：「問我會不會寫他那道題目。」

田思思瞬間沉默，面帶審視地看了她半晌。

等老師回來做簡單的收尾後就下課了，田思思拉住準備去吃午餐的人：「陳清歡，我發現妳很不簡單，深藏不露。之前隔壁班的數學大神也跟妳打過招呼，雖然妳沒理人家，但他們明顯就是認識妳的啊，妳今天睡了一整個上午，竟然還能輕輕鬆鬆寫出隨堂練習，說實話，妳到底是幹什麼的？」

陳清歡聽到這些話後，揉著眼睛的手一頓：「我有在聽課啊，是妳不相信。」

「隔壁班那兩個數學大神呢？」

陳清歡眼底閃過狡黠的笑意：「他們可能垂涎我的美色。」

田思思看著她一語不發。這個室友看起來純真嬌憨，偏偏又帶了一點若有若無的腹黑，矛盾又不違和，實在令人費解。

田思思回神後斂了神色：「信妳才有鬼！正經一點！」

陳清歡聳聳肩，老實回答：「以前參加IMO的時候有見過。」

「妳參加過IMO？拿過獎嗎？」

田思思的表情太猙獰，讓陳清歡不自覺地打了嗝：「拿過……滿分金牌……」

「靠！」田思思把筆一扔，怒不可遏，「陳清歡！妳這是詐騙！我不想和妳當朋友了，我還以為終於找到了同盟，結果妳比學霸還誇張！獨留我一個學渣自生自滅！」

陳清歡趕緊安慰她：「能考進X大的人，怎麼會是學渣呢？」

田思思都快哭了：「但我真的是走了狗屎運啊！」

陳清歡無言以對，半天才吐出一句：「沒關係，數學很簡單。」

田思思趴在桌上開始哭：「妳是魔鬼嗎？竟然說得出這麼喪心病狂的話！」

「那我請妳吃火鍋好不好？三頓？六頓？十頓？」

「一百頓都沒用！」

「妳別哭了嘛。對了，那個法學院的林辰教授，我下午陪妳去旁聽他的課，好嗎？」

「妳怎麼知道他叫林辰？我從來都沒說過他叫林辰！」

「呃……」陳清歡揪揪頭髮，「雲醒哥哥認識！林教授和他們系上的關係特別好，我讓他請妳吃火鍋好不好？」

「啊……妳連我喜歡的男人都認識，我不想活了！」

「……」

陳清歡深諳什麼叫越哄越來勁，拿起書包：「妳慢慢哭吧，我餓了，先去吃飯了，吃飽才有力氣回來哄妳。」

田思思抱著書包，哭哭啼啼地跟在她身後：「陳清歡！妳不管我了？」

兩人一前一後地走出教室。半晌，田思思忽然止住哭聲，趕緊拉住跑在前面的陳清歡，示意她往某個方向看：「快看！那是誰！」

陳清歡茫然地看了一眼：「誰？」

「秦靚啊！」

「我幹嘛看她？」

田思思恨不得掰開她的腦子，看看裡面到底裝了什麼：「全世界都知道她在追蕭雲醒！」

陳清歡的防火牆瞬間響起報警，打起精神來問：「哪個？」

陳清歡向來不會去注意和自己無關緊要的人，雖說她見過秦靚幾次，卻沒記住她長什麼樣子，至於上次……對她的聲音倒是有幾分印象，卻依舊記不住她的臉。

田思思揚揚下巴：「就是她！穿著藍色裙子的那個人，看到了嗎？」

陳清歡終於鎖定目標：「我沒看到正臉……算了。雲醒哥哥還等在等我呢，先去吃飯吧。」

另一邊，蕭雲醒倒是很有耐心地等待她，卻苦了旁邊的韓京墨和向霈。

韓京墨拿著筷子躍躍欲試：「蕭雲醒，能不能吃了？我都快餓死了，只吃一口也不行嗎？」

蕭雲醒掃他一眼：「我又沒叫你來。」

「哼！」韓京墨「啪」一聲扔掉筷子，對玩著手機的向霈出氣，「聽到了沒，又沒叫你來！向霈，你是被退學了嗎？天天來我們這裡騙吃騙喝。」

向霈正進入戰況膠著的狀態，懶懶回他一句：「什麼叫『天天』！我這週只來了這一次，誰叫你們學校的食堂很好吃呢？」

話音剛落，就看到陳清歡風風火火地拉著一個女生跑過來。她坐到蕭雲醒的對面，氣喘吁吁地解釋：「不好意思，來晚了。」

蕭雲醒把一雙筷子遞給她：「沒關係，我們也才剛到沒多久。」

韓京墨和向霈對視一眼，對蕭雲醒的胡扯表達鄙視。

陳清歡喝了口水，指指旁邊的田思思：「雲醒哥哥，這是我的室友田思思，上次妳見過的。」

蕭雲醒對她點了點頭：「清歡年紀小，沒有集體生活的經驗，生活上有什麼不懂的地方，再麻煩妳多多照顧她。」

田思思有些呆滯，沒想到看起來如此冷漠的人，竟然這麼禮貌又客氣，她愣了一下後趕快回答：「大家互相照顧，互相照顧……」

說完，偷偷瞄了旁邊的韓京墨一眼，在心裡「哇」了一聲，今天的運氣未免太好了吧？能和航太系二帥一起吃午餐。

她又把視線往旁邊挪了挪，瞬間睜大雙眼，哇靠！居然是向霈！陳清歡這傢伙到底有多少祕密？她竟然還認識向霈！

蕭雲醒旁若無人地揉揉陳清歡臉上的紅印：「又在上課時間睡覺？」

陳清歡咬著筷子，瞇起眼睛笑得可愛，一雙圓眼彎成月牙。

韓京墨嗤笑一聲：「聽不懂了吧？早就說過那是瘋人院了，小心被退學。」

陳清歡微微歪頭，視線落到旁邊的人身上。

蕭雲醒忽然想起兩人還不認識：「這是我室友。」

陳清歡「哦」了一聲後，立刻收回視線。

韓京墨不樂意了：「嘖，你怎麼做介紹都不講名字的啊？我叫韓京墨。」

陳清歡記得上次見面時不怎麼愉快，也不想理他。

向霈則笑嘻嘻地開口逗陳清歡：「清歡小妹妹，有沒有想我啊？」

陳清歡低頭吃飯，連眼神都懶得給。

蕭雲醒幫陳清歡夾了塊排骨，也無視他。

田思思邊吃飯邊思考，原來平時的向霈也是這種風格啊……

向霈也不見尷尬，厚臉皮地自說自話：「就算妳不說，我也知道妳很想我。」

韓京墨聽了這話後，不知道受到什麼啟發，笑得格外風騷：「妹妹，學長想追妳，如何？」說完還不怕死地對蕭雲醒笑了一下。

向霈立刻收起笑容，小心翼翼地看了蕭雲醒的臉色一眼，沒見過這麼明目張膽，當著正主的面搶女友的。

他輕咳一聲，誠心誠意地低聲提醒韓京墨：「老人都說，白天玩火，晚上是會尿床的。」

韓京墨橫他一眼。

這頓飯下來，田思思的嘴就沒合攏過，驚得一愣一愣。

陳清歡嚼著嘴裡的飯，面無表情地抬起頭，指指韓京墨，又指指向霈：「正弦，餘弦，傅立葉轉換。」

兩人一頭霧水：「什麼意思？」

蕭雲醒微微一笑，好心解釋：「她說，你們兩個就是一對。」

韓京墨立刻扔掉筷子：「靠！學數學的妹子真的惹不起啊！」

向霈隱隱後悔剛才的嘴賤，念念有詞：「玩不過、玩不過……」

吃完飯後，幾個人在食堂門口道別。韓京墨囂張地對陳清歡笑了笑：「妹妹，有時間的話，哥哥會再找妳一起玩。」

陳清歡半垂著腦袋，置若罔聞。

韓京墨歪著嘴角，露出公子哥般的壞笑後轉身走了。

離開食堂，向霈跟在他身後碎碎念地勸道：「你可千萬別招惹陳清歡，雲哥非常護短。」大概是怕力度不夠，又補了一句，「只要扯到陳清歡，雲哥向來沒什麼理智可言，非常喪心病狂。」

韓京墨有些好奇：「真想看看他護短的樣子。」

向霈忽然打了個冷顫：「先不要吧。」

韓京墨沒當一回事，大不了再被蕭雲醒摩擦幾次，反正都習慣了。

第十八章　懂事？

蕭雲醒送陳清歡回到宿舍後，田思思則先一步回到寢室。正是午休時間，也沒什麼人，兩人就在樓下隨意聊天。

蕭雲醒把洗好的水果遞給她：「妳今天下午有課嗎？」

陳清歡從袋子裡拿出一顆蘋果，有些期待地問：「沒有，我們要去約會嗎？」

蕭雲醒搖搖頭：「我要討論小組作業。」

陳清歡咬著蘋果，歪頭看他：「嗯……？」

蕭雲醒抿了抿唇：「妳不喜歡的那個人也和我一組。」

陳清歡拿下嘴裡的蘋果，迅速收起臉上的笑意，神色大變。

蕭雲醒見不得她這副模樣，馬上解釋：「這次是隨機分組，真的是巧合。」

陳清歡把啃到一半的蘋果塞到他手裡：「那我也要去！」

「就是這個意思。」蕭雲醒鬆了口氣，「妳先回去睡午覺，我晚點來接妳。」

陳清歡點點頭後就上樓了。

蕭雲醒則啃著她吃剩的半個蘋果回到宿舍。

下午兩點半，學校門口的咖啡廳。

秦靚一進門，就看到陳清歡坐在蕭雲醒旁邊玩手機，小組成員都到齊了，桌前一個空位都沒了。

秦靚轉到航太系一年多了，她也看出蕭雲醒不是那麼好追的人，也不再說要追他之類的話了，雖說只當朋友，卻時不時出現在他面前。

人家沒說喜歡你，你自然也無從拒絕。

不僅是朵白蓮花，還是一杯綠茶。

其他人看到秦靚後紛紛和她打了招呼，韓京墨只是抬頭看她一眼，蕭雲醒和陳清歡更是視她為空氣。

秦靚笑著主動開口：「蕭雲醒，這位……不介紹一下嗎？」

蕭雲醒還是有基本的修養，神色淡然地做了簡單的介紹：「這是秦靚，這是陳清歡。」

秦靚大大方方地伸出手，看著陳清歡：「妳好，很高興認識妳。其實我們見過，妳還記得嗎？」

陳清歡這次終於看清秦靚的樣子，溫柔大方，是大多數男生會心動的類型，她一眼就能看出秦靚和方怡之間的不同，兩人根本就是不同等級的。

陳清歡動了動唇，真想回她一句「妳高興得太早了」。

她微微抬眸掃了秦靚一眼後很快移開視線，神色倨傲，完全無視她，繼續低頭看手機。

眾人你看我、我看你，很是尷尬，秦靚則好笑地看向蕭雲醒，似乎不介意陳清歡的無理取鬧，表現得寬容又大度。

蕭雲醒沒什麼反應，甚至還伸手攬住陳清歡的肩膀，安撫般地拍了拍，頗有默許縱容的意味。

這一幕看得秦靚心裡一沉。

陳清歡鼓了鼓臉，薄面含嗔地瞪了他一眼。

他臉上帶著溫柔的笑意，掌心在她頭頂輕揉幾下，收手的時候還刻意從她的臉頰滑過。

秦靚看得目瞪口呆，蕭雲醒是在調戲陳清歡嗎？

沒想到如此輕佻的動作由他做起來，竟然完全不違和，又冷又撩的樣子誰招架得住啊！

她從未曾見過這樣的蕭雲醒。

陽光下，他的眼裡滿含細碎笑意，卻只有在看到陳清歡才會展露出這副模樣。在面對別人的時候，永遠都是淡漠疏離的樣子，讓人心生羨慕。

他不知道他看著陳清歡的時候，目光中總會不自覺地帶著柔和的暖意。

起初她認為兩人長得相似，便認定他們是兄妹關係，卻沒想到還有一種可能，就是「夫妻臉」。

除了長相，兩人在不經意間的小動作和習慣也如出一轍。

秦靚忽然意識到，之前是她輕敵了。

秦靚尷尬地站在那裡出神，看起來孤寂可憐，自然有人看不下去。

有個男生站起來：「秦靚，這個位子給妳坐，我再去搬一張椅子。」

秦靚不好意思地對他一笑，好似不經意地看了陳清歡一眼：「塞不下了吧？」

陳清歡這次自覺地開口：「你們要開始討論了嗎？不用麻煩了，妳坐這裡吧。」

秦靚關切地問：「那妳呢？」

陳清歡忽然勾了勾唇，對她一笑：「我坐蕭雲醒的腿上啊！」

這句話完全表達她對蕭雲醒的占有欲和宣佈主權的意思。

她站起來坐到蕭雲醒的大腿上，窩進他的懷裡，還親暱地攬住他的脖子，看著他格外認真地開口：「這是我的專屬座位，你的大腿只能給我坐，我等等寫一張紙條貼在你的腿上，就寫……『陳清歡專屬座位』吧。」

動作和言辭大膽又充滿挑釁，說完後還睜著一雙溼漉漉的大眼，無辜地對秦靚眨了眨。

蕭雲醒完全沒準備，身體僵硬了一下後才放鬆下來，垂眸看著懷裡的人。

她囂張得意的模樣越發勾人，眸光清亮靈動，真是越來越無法無天了。

看著眾人神色各異的臉，韓京墨笑得渾身亂顫，陳清歡實在是太霸氣，他真的快要愛上她了。

她總是如此恣意自在，率性不羈，毫不在意他人的眼光和看法，聰明的人似乎都是這樣，蕭雲醒也是，完全不在意別人怎麼想，剛才陳清歡坐在他懷裡，也不見他慌亂和尷尬，只是氣定神閒地坐在那裡，帶著這個年紀少有的雅致。

陳清歡到底沒坐在他腿上太久，很快就撤到旁邊的桌前寫作業，蕭雲醒這邊也開始了小組討論。

「我說，蕭雲醒。」韓京墨趁空檔忽然湊近他，瞥了略顯尷尬的秦靚一眼後，又懶懶地看著他，漫不經心地壓低聲音開口，「你也太袒護陳清歡了吧？」

蕭雲醒連眼皮都沒抬，顯然是懶得回答。

陳清歡從小就是這副德性，而顧女士對她的要求又嚴格，所以總是挨罵，某次她被批評後格外委屈，哭得直打嗝，在蕭雲醒的詢問下，她抽泣著告訴他，別人的媽媽都護著自己的孩子，但她媽媽每次都幫外人罵她。

蕭雲醒也不知道該怎麼哄她，只是告訴她不要哭，以後雲醒哥哥會護著妳，無論有沒有外人在。就憑這麼一句話，陳清歡忽然停止哭泣，愣愣地看著他半晌，然後點點頭。

從那之後他就知道，他要一直保護她了，否則她肯定會哭。她一哭，他會又難過又心疼，不知道該怎麼辦才好，他也顧不得別人怎麼想，只要她不哭就好。

韓京墨轉頭看了陳清歡一眼，低聲說了句：「她這個樣子，早晚要吃虧。」

這次蕭雲醒倒是回應了：「不會。」

吃虧？這不是還有他嗎，他怎麼會讓她吃虧呢？

韓京墨見識過蕭雲醒的手段，平日裡看起來深藏不露的人，其實是最有遠見和謀略的。

「幸好你不是會耍詐、謀劃詭計的人，不然誰都不會是你的對手的。」

蕭雲醒依舊不動如山，不過心裡卻不贊同。韓京墨其實說錯了，他也會謀劃。他從小就知道，不謀萬世者，不足謀一時；不謀全域者，不足謀一城。陳清歡就是他的全域、他的萬世。他謀的就是陳清歡這個人。

韓京墨看他一副老神在在的模樣，忽然笑了一下，不過也沒再說什麼，很快加入了討論。

蕭雲醒時不時用餘光看著陳清歡，中間休息的時候還會坐到她對面：「會不會無聊？」

陳清歡的作業也寫得差不多了：「還好。」

蕭雲醒從書包裡掏出一顆糖果給她：「快結束了，等等帶妳去吃甜點好不好？」

陳清歡含著糖，臉上露出大大的笑容，清脆地回答：「好！」

結束時，秦靚站在咖啡廳門口看著蕭雲醒和陳清歡一起離去的背影，臉色漸漸垮下。

三番五次和陳清歡接觸下來，她沒撈到半點好處，數次不易察覺的挑釁也都以失敗告終，她非常受挫。

陳清歡因為蕭雲醒的關係，和韓京墨見面的次數越來越頻繁。

本以為韓京墨那天隨口說的一句「追她」是玩笑，沒想到他真的開始行動了，不止高調，還每每當著蕭雲醒的面對她獻殷勤。

陳清歡一眼就看穿韓京墨的心思，她不鳴則已，一鳴驚人。

沒過幾天，X大校園論壇上有篇連載故事被推上熱門，居高不下。據說各大院系的群組裡還有未刪減版本。

這是一篇BL小說，兩位男主角的外貌、特點與性格特徵非常明顯，讓人直接聯想到風雲人物韓京墨和某院系的老師。

韓京墨看完當場就發飆了，誰不知道他和這位年輕教授不對盤啊！他們可是當眾互嗆過的啊！

但那些劍拔弩張的互嗆場景，竟然被這人改編成相愛相殺的經典場面。

這也就算了，韓京墨坐在宿舍裡看完最新的連載後，「哇」的一聲就哭了：「為什麼我是受！」

陳清歡一回到宿舍就被田思思拉住：「怎麼樣！妳看到最新連載了嗎？本才女文筆如何？」

陳清歡從書包裡掏出一個口紅禮盒遞給她，握了握拳頭：「看到了，真才女，再接再厲！」

田思思打開看到色號後，立刻眉飛色舞地應承：「遵命！」

陳清歡看著她坐在電腦前敲打鍵盤，喟嘆一聲：「原來妳愛看帥哥，是為了掰彎他們……」

在這個腐女橫行的年代，正所謂「腐眼看人基」，無論韓京墨走到哪裡都被人指指點點，他實在受夠了，開始吐髒字：「他媽的到底是誰在搞我？」

聽聞這件事的向霈，第一時間趕來嘲笑他：「都告訴過你了，叫你不要招惹小魔女，這下慘了吧……」

韓京墨哀號一聲，直接倒在向霈的肩上：「太狠了！」

向霈嫌棄地推他一把，嘴上還裝模作樣：「我也想幫你啊，但你得罪誰不好，非要去得罪她，我也不敢說話。」

韓京墨垂死掙扎了一番：「我真的無路可走了嗎？」

向霈好似認真地思考了一下，才給出答案：「要不然你去把雲哥掰彎吧？既然不能超越他，就推倒他，你們同歸於盡！」

坐在旁邊的蕭雲醒在聽聞這番話後，意味深長地看了他一眼，只用一個眼神就把他看得透心涼。

韓京墨皺眉想了一下，再次哀號一聲倒在向霈的肩上。

兩人勾肩搭背的模樣看起來格外曖昧，蕭雲醒想也沒想，就從後面拍了張照片傳給陳清歡。

陳清歡看到照片的剎那，眼睛頓時發亮。

幾天後，故事中出現了一位和向霈相似度極高的情敵角色，被腐女讀者們罵得狗血噴頭。

這讓向霈有好幾個星期都不敢出現在X大。

不等故事完結，韓京墨就認輸了，火速找了女朋友，帶著兩大包水果和零食去找陳清歡負荊請罪，還特地找了一家高檔的餐廳，正式向她道歉。

為避免尷尬還邀請蕭雲醒陪同，騙吃騙喝的向霈也死皮賴臉地出席。而陳清歡這邊則帶著田思思、田汨汨兩姐妹撐場面。

韓京墨全程態度端正、服務到位，陳清歡非常滿意，順勢原諒他的「年少無知」。

臨走的時候，陳清歡還在嘀咕：「陳老師說得果然沒錯，招不在多，有用則靈。」

韓京墨聽到後回頭問她：「陳老師？哪個陳老師，他還說了什麼？」

陳清歡想了一下：「陳老師還說，『人生如寄，多憂何為』。」

韓京墨點頭：「嗯，這位陳老師說的甚得我意啊。」

陳清歡看他一眼：「當然。」

三個女生走在前面，韓京墨落後幾步走到蕭雲醒身邊：「哎，她常常提起的陳老師是誰啊？」

蕭雲醒倏地一臉高深：「陳慕白。」

「陳慕白又是誰？」

「她爸。」

「……」韓京墨愣了一下，「怪不得能養出陳清歡這樣的女兒。」

幾個男生很懂禮節地送女生回去，田思思、田汨汨打聲招呼後就回到寢室，韓京墨和新女友也是匆匆道別，最後只剩下蕭雲醒和陳清歡站在女生宿舍樓下「纏綿話別」，向霈和韓京墨則躲在不遠處的路燈下圍觀。

兩人靜靜偷看，只見蕭雲醒略低下頭，聽她笑意盈盈、手舞足蹈地說著什麼，深邃的雙眼中含著少見的溫情，被女孩乖巧可愛的眼神凝視許久後才笑出來，半晌，不疾不徐地點了點頭。

向霈忽然開口，聲音很輕：「你聞到了嗎？」

韓京墨一頭霧水，吸了吸鼻子：「什麼？」

向霈一臉羨慕：「甜蜜的味道。」

韓京墨一副瘋魔的表情：「天啊！連蕭雲醒都開始秀恩愛了！向霈你得快點找個男朋友才行！」

向霈一拳揮過去：「滾！」

兩人正經不過三秒，韓京墨也看得一愣一愣的，不可置信地出聲：「這……還是那個高冷的蕭雲醒嗎？」

他從未見過蕭雲醒笑得如此溫柔。

向霈早已習慣：「雲哥是局部高冷。」

韓京墨接著問：「局部是指哪裡？」

向霈用手指畫了個圈：「就是沒有陳清歡的地方。」

「……」

兩人終於結束談話，蕭雲醒看著陳清歡走進宿舍才離開，順便把偷看的二人帶走。

沒走幾步，韓京墨就看到他唇角上揚的模樣：「我說，你們兩個能不能注意一點？實在是看不下去了！」

蕭雲醒覺得莫名其妙：「我們幹什麼了？」

女生宿舍樓下一向風光無限，所以他格外注意，就連陳清歡的衣角都沒碰。

「雖然什麼也沒幹，但那若有若無的親暱舉動，才真的讓人受不了！」

韓京墨不過出於紳士心態才一起送女生回宿舍，沒想到被無緣無故閃瞎雙眼，恨恨地扭過頭不再看他們，姿態僵硬地走了。

向霈不禁咋舌，揶揄地笑著：「雲哥，你看到老韓身上那股黑氣了嗎？」

蕭雲醒懶得理他們，把向霈趕回他自己的學校。

向霈不知道在發什麼神經，非要他送自己回學校，但蕭雲醒連看都沒看他一眼。

向霈傷心地小跑幾步追上韓京墨，被心情極差的他踹了一腳，像個小火車一樣「嗚嗚嗚」地跑走了，臨走前，他還信誓旦旦地表示，三天內都不會再來找他們玩了。

沒過一個月，韓京墨再次恢復單身，還找了個週末去向霈的學校看美女，美其名曰換個環境散散心。

向霈熱情地盡了地主之誼，帶他去逛整座校園，哪裡美女多就去哪裡，但韓京墨卻一副興致缺缺的模樣。

兩人正閒逛著，向霈瞥他一眼：「老韓，你最近怎麼不找女朋友了？」

韓京墨慵懶地回答：「說實話？」

「廢話，不然幹嘛問你？」

「只是有時候看著蕭雲醒和陳清歡，就覺得我和我女友怎麼看怎麼彆扭。」

「你現在看他們兩個就不彆扭了？」

「也彆扭，他們一點都不配。」

「哪裡不配？」向霈忽然想到了什麼，頓了一下才繼續道，「你要是這麼說的話，你當初非要追陳清歡，不就只是要證明自己比雲哥厲害嗎？難道你還想拆散他們？」

韓京墨坦蕩地承認：「差不多，確實有那種意思。」

向霈看著他感慨：「真不愧是受。」

韓京墨立刻跳腳：「閉嘴！再提起這件事，我就宰了你！」

向霈笑了半天，笑到韓京墨的臉都黑了，才立刻轉移話題：「哎，看看那邊那個，怎麼樣？」

韓京墨懶懶地抬眼看過去：「也就那樣吧。」

向霈摸著下巴仔細觀察：「蠻好看的啊，那個呢？」

韓京墨又看了一眼，隨口回答：「還沒有陳清歡好看呢。」

向霈搭上他的肩膀，語重心長地勸他：「雖然陳清歡很好看，不過也挑人，我等凡人敢去招惹，就是死路一條，是吧，老韓？」

韓京墨直接甩開他開罵：「靠！不是叫你別提了嗎？我又不是真的要追她！再說了，我也不喜歡她那種類型的！」

兩人鬧了好一陣子，鑒於向霈學校的食堂飯菜太難吃，韓京墨在表達鄙視之情後，就回到X大解決溫飽問題。

隨著廝混在一起的時間越來越長，田思思發現陳清歡是個矛盾體。上課總是一副昏昏欲睡的模樣，卻把所有東西都聽進去了；一下課立刻恢復精神，化身圖書館狂魔，整日泡在圖書館裡，連週末都不休息。

一大清早，她就被站在床下的陳清歡叫醒：「起床，去圖書館。」

田思思揉了揉雙眼，一副沒睡飽的樣子，天氣越來越冷了，她真的不想離開暖和的被窩，苦著臉看著已經準備完畢、隨時都可以出門的陳清歡：「又去圖書館啊？今天是週末……妳和蕭雲醒一起去吧！」

陳清歡背起書包：「雲醒哥哥要去實驗室做實驗，妳不去的話我就自己去了。」

田思思嘆了口氣：「我們才大一，妳為什麼要那麼拚命？冬天的週末就是要躲在被窩裡追劇和睡覺啊！」

陳清歡忽然靜默，半天才輕聲道：「因為有人在等我，我不能讓他等太久。」

蕭雲醒今年都大三了，再不努力一點的話，等他畢業後，她又要變回一個人了，她不想再次和蕭雲醒分別。

陳清歡說完後又看她一眼，略帶威脅：「妳不去的話，就等著期末被當吧！另一個室友六點就去圖書館了！」

田思思哀號一聲，從床上爬下來：「我去我去！等我五分鐘！」

作為一個不小心混入學霸院系的學渣，只能硬著頭皮往前跑了……

田思思跟著陳清歡在圖書館泡了一天，讀書效率極高，等她再次抬頭，就看到坐在對面的陳清歡正對著手機傻笑。

沒等她發問，陳清歡就放下手機開始收拾東西，順便壓低聲音詢問：「雲醒哥哥約我一起吃晚餐，妳要不要去？」

田思思撇嘴，搖頭拒絕，表示自己不願當電燈泡，目送陳清歡開心地前往赴約。

另一端的蕭雲醒剛離開實驗大樓，就碰到了秦靚。

她堵在他面前，明顯有備而來，卻也不開口，只是彎著嘴角對他笑。

蕭雲醒有些煩躁，抬腕看了時間一眼：「有事嗎？」

「蕭雲醒，我喜歡你。」

或許是認為迂迴策略起不了作用，她單刀直入地直接表白。

蕭雲醒微微皺眉，側身避開她想要離開：「我還有事，麻煩妳讓一下。」

這條路本來就窄，秦靚存心不讓，他也不想和她有肢體接觸，一時間根本過不去。

秦靚看到他眼底的不耐煩，直接開口：「你先聽我說完，聽完我就放你走。」

蕭雲醒本來就不擅長處理這種事情，過去只要有人和他搭話，他不回應，對方就會知難而退，但這次確實有點棘手。

「麻煩妳長話短說，我和人有約，在趕時間。」

秦靚更直接地問：「我剛才說了，我喜歡你，你喜不喜歡我？」

蕭雲醒也不含糊：「不喜歡。」

秦靚依舊溫柔地笑著：「為什麼？」

蕭雲醒自始至終都垂著眉眼，神態疏離：「不為什麼。」

「因為陳清歡？」秦靚收起往日的婉約，言辭和神色變得犀利，「你喜歡她什麼？一個什麼都不懂的小丫頭，你不會想和一個妹妹或者女兒過一輩子吧？她能為你做什麼？你現在可以寵著她，可是能寵多久呢？你就不會累嗎？設想一下，你才剛做了一整個下午的實驗，沒人對你噓寒問暖就算了，還要費盡心思去哄一個無理取鬧的小丫頭，你可以堅持多久？」

她忽然失去耐心。蕭雲醒身上既有成年男子的成熟，又有少年的乾淨清俊，介於二者之間的感覺讓人欲罷不能，他越是沉默，她越是咄咄逼人，「蕭雲醒，你真的分得清兄妹之情和男女之愛嗎？」

蕭雲醒向來懶得跟別人解釋，對於秦靚的連番挑釁，他並沒有放在心上，只想快點去找陳清歡。已經進入隆冬，寒風帶來刺骨的冰涼，但他的態度遠比寒風還冷。

他的不為所動澈底激怒秦靚，她有些嘲弄地繼續開口：「更何況還是一個性格乖張，喜歡無理取鬧又不懂事的妹妹，時間一久也會覺得煩吧？這種高高在上的大小姐，哪懂得放下身段，每次都得讓你去哄她。都這麼久了，你不會累嗎？」

這番鄙夷陳清歡的言詞惹惱了蕭雲醒，他終於抬頭看向她，剛想說什麼，餘光就看到正在遠處偷看的人。

韓京墨被發現後，有些無奈地走出來：「我發誓，我真的不是故意偷聽的，只是恰好路過，剛想偷偷走過去就被你看到了。」

蕭雲醒沉著臉不說話，也不想再和秦靚糾纏，既然她不讓他走，他就不走了，直接轉身要回實驗大樓。

韓京墨忽然叫住他，指指某個方向提醒道：「我剛才看到陳清歡從這裡跑過去了，你說，她是不是也聽到了？」

蕭雲醒的神色瞬間淡漠下來，眉眼冷峻，唇線緊抿的樣子十分駭人，也顧不得其他事，撞開秦靚想要去追。

秦靚想繼續堵住他，卻被韓京墨攔下：「哎，美女，適可而止啊。」

她眼睜睜看著蕭雲醒跑遠，便遷怒地瞪著韓京墨：「關你什麼事？」

韓京墨聳聳肩，轉身走進實驗大樓。

蕭雲醒並沒有追上陳清歡，打電話給她，她倒是接了，聽起來也沒什麼不對勁。

他試探性地問：「妳在哪裡？不是說要一起吃晚餐嗎？」

陳清歡對於剛才的事隻字未提，語氣如常：『我忽然想回家了。』

「那我送妳？」

『不用，我已經在車上了。』

「什麼時候回來？」

說到這裡，陳清歡竟然笑了一下：『星期一，我的課滿堂。』

蕭雲醒聽到這聲輕笑後有些不安：「那我去接妳？」

陳清歡迅速掛掉電話：『不用，我要下車了，先不說了。』

蕭雲醒舉著手機站在食堂門口出神。

語氣輕快的像是什麼都沒發生一樣，她這個樣子，讓他欲言又止。

向霈週末又來X大，在吃飽喝足後，準備去蕭雲醒的寢室休息一下。他晃晃悠悠地推開門，立刻就察覺到蕭雲醒的不對勁。

他的神色嚴肅，輕聲問一旁的韓京墨：「雲哥怎麼了？」

韓京墨瞄了正在看書的蕭雲醒一眼：「你看出什麼了？」

向霈看著那個身影直發抖：「有點嚇人……」

韓京墨白他一眼：「哪裡嚇人了？不是和平時一樣嗎，能跑能跳的。」

向霈已經感受到那股怨氣，搖搖頭：「不一樣，肯定是發生了什麼事。」

韓京墨也沒賣關子：「就是那個秦靚，跟他表白後還說了陳清歡的壞話，恰好被陳清歡聽到了。」

聽到八卦的向霈立刻有了精神：「那陳清歡有沒有把白蓮花撕成碎片？」

韓京墨豎起食指搖了搖：「問題就出在她沒有這麼做！」

向霈一愣，一臉難以置信的樣子：「怎麼可能，這根本不是小魔女的作風，不只要撕，還要挫骨揚灰才罷休。」

韓京墨指指蕭雲醒的方向：「如果陳清歡有這麼做，雲哥就不會這樣了。」

向霈一愣：「清歡小妹妹轉性了？」

韓京墨擺擺手：「誰知道呢。」

向霈轉念一想，猛拍大腿：「秦靚這下完蛋了，她惹到陳清歡，陳清歡又沒反擊，向來對別的女人冷酷無情的雲哥，絕對是要親手幫陳清歡出氣！」

韓京墨懶洋洋地嗑著瓜子喟嘆道：「拭目以待啊。秦靚還真是個蛇蠍美人，不容小覷！」

向霈皺眉：「你是不是被迷昏頭了啊？蛇蠍就蛇蠍，還順便誇她。」

韓京墨不允許別人質疑他的審美，正色道：「我的評價公正客觀，她確實蛇蠍，但長得漂亮也是事實，再說了，她又沒有泯滅人性、卑鄙無恥，不過是情有獨鍾，可以理解。」

向霈瞇著眼審視他：「你是不是看上她了？」

韓京墨輕嗤一聲：「別汙衊我，這種美人雖然漂亮，就是少了一點靈魂。」

此句一出，韓京墨愣了一下，他忽然想起一個人。那個看起來妖嬈嫵媚，實則沒心沒肺的女孩，看都不看他一眼，卻笑得格外魅惑，於是緩聲開口：「京墨，又叫烏金，玄香，味辛，性溫，入心肝二經，止血，生肌，血家一絕。選用最好的松煙和入膠汁，再加入香料修飾而成，儲存時間越久越香醇，藥效越好，君子如蘭，大抵如是。京墨無毒，妳有毒。」

向霈看他半天沒動靜，碰了碰他：「想什麼呢？」

韓京墨很快回答，讓人無法辨別真假：「想女人。」

蕭雲醒坐在那裡動也不動，任由兩人胡說八道。

不知過了多久，他忽然起身，一語不發地走出寢室，留下向霈和韓京墨面面相覷。

對於忽然歸家的兒子，蕭子淵和隨憶起初並未察覺到異常。

蕭雲醒坐在沙發上，把持著遙控器，聚精會神地看著一部無聊狗血的偶像劇，就差拿出紙筆來做筆記了。

隨憶輕咳一聲，提醒道：「兒子啊，這些肥皂劇裡的東西都是娛樂大眾的，實在沒有可學習借鑒的價值，你不用看得這麼認真。」

蕭雲醒置若罔聞，依舊看得專注。

蕭雲亭堅持了一會兒，實在看不下去了，一邊小心翼翼地去觸碰遙控器，一邊討好地笑著提議：「哥，我們看足球比賽好不好？」

蕭雲醒面無表情地握著遙控器，回了句：「不好。」

蕭雲亭委屈地「哦」了一聲，求救般地看向父母。

蕭子淵和隨憶先後離開客廳，趕緊跑到廚房謀劃對策。

隨憶從醫學角度進行分析：「看他的症狀，有可能是青春期叛逆，也可能提早進入更年期了。」

蕭子淵倒了杯水，配合她演戲：「那妳兒子是屬於前者還是後者？抑或是兩者兼具？」

隨憶搶過他的水杯抿了一口：「我需要再觀察觀察。」

夫妻倆重新坐回沙發上，你看我、我看你，正在無聲決定誰先起頭時，蕭雲醒就主動開口了：「我好像……做錯事了。」

隨憶立刻關心地問：「嚴重嗎？」

蕭雲醒眉頭緊蹙，頗為苦惱：「不好說。」

他難得給出模稜兩可的答案，可見心裡沒有把握。

蕭子淵的神色忽然謹慎起來，試探性地問：「你把實驗室的儀器搞壞了？價值幾百萬？」

蕭雲醒搖頭：「比那個還要嚴重。」

隨憶一本正經地問一家之主：「我們能不能不要這個兒子了？太敗家了……」

蕭雲醒又沉默了，繼續專心致志地看電視。

隨憶和蕭子淵對視一眼，決定不逗兒子，鄭重地開口：「你爸當年也做了件錯事。」

蕭雲醒直直地盯著電視，繼續保持沉默。

隨憶繼續：「然後他連夜去我家祈求原諒，在我家門口等了好久，都快凍僵了，我才大發慈悲地讓他進門，對吧？」邊說邊轉頭詢問另一位當事人。

蕭子淵也不阻攔，任由她加油添醋、扭曲事實，還適時補充：「我記得那天和今天一樣冷，還下雪了呢。」

蕭雲亭一聽到八卦，雙眼直發亮，而蕭雲醒則面露失望地嘀咕一聲：「用過了……」

隨憶一時沒聽懂：「什麼？」

蕭雲醒重複一遍：「這招用過了。」

蕭子淵頗為遺憾：「那我就幫不上忙了，畢竟我只做過這麼一件錯事。」

蕭雲亭在一旁聽不下去了：「你們到底是來指點迷津，還是來秀恩愛的！」

隨憶兩手一攤：「這兩者並不衝突啊。」

「……」

陳清歡聽到秦靚那番理論，一反常態地沒有衝過去，反而默默退回來，這確實不是她的作風。她又不是真的笨，也會想知道蕭雲醒對她到底是男女之愛，還是兄妹之情。秦靚的那句「妹妹」讓她退縮，那句「不懂事會厭煩」讓她心虛，完全沒辦法跳出去反駁她，她也會患得患失，不確定蕭雲醒會不會縱容她一輩子。

當陳清歡回到家的時候，只有陳清玄一個人在家，他繫著圍裙站在廚房門口，在看到陳清歡時很是驚訝：「姐姐？妳怎麼回來了？」

陳清歡左顧右盼：「你怎麼一個人待在家？」

陳清玄點頭：「爸爸帶媽媽去看電影了，阿姨今天家裡有事請假了。」

「哦。」陳清歡無精打采地敷衍一聲，又看看他，「你在做飯？」

陳清玄邊往外走邊摘圍裙：「姐姐吃過飯了嗎？阿姨不在，沒人做飯，我本來打算隨便吃吃的，如果妳也沒吃，我帶妳去吃大餐吧？」

陳清歡癱在沙發上，苦中作樂地調侃他：「陳老師又開始給你零用錢了？」

陳清玄抿著唇，不好意思地笑了一下：「沒有，陳老師說要對我進行無限期的經濟封鎖，不過我偷偷存了壓歲錢，還有好多，姐姐妳要嗎？我全都給妳。」

陳清歡看著自己的弟弟，半天沒說話。他好像一直都是這樣，從小到大，老是說要把一切都送給姐姐，真是個天使弟弟啊。

陳清玄試探性地叫了一聲：「姐姐？」

陳清歡回神：「我的錢夠花，你自己留著吧，以後給女朋友花。還有，我累了，不想出去了，你改天再請我吃大餐吧。」

陳清玄不好意思地撓撓腦袋：「姐姐，我炒了蛋炒飯，妳要不要吃一碗？」

正準備回房的陳清歡突然頓住腳步，回頭看他：「我弟弟都會做飯了？」

陳清玄認真地下保證：「我以後可以天天做給妳吃。」

陳清歡直盯著他，看得他心裡發毛。

此時，陳清玄聽到門口傳來腳步聲，趕緊跑過去告訴剛進門的陳慕白和顧九思：「姐姐回來了。」

陳慕白一喜：「清歡回來了？」

「嗯嗯！」陳清玄點點頭，隨後壓低聲音彙報情況，「看起來心情不太好，有種說不上來的奇怪。」

話音剛落，陳清歡便出現在他的視線裡。

陳清歡靠牆站著，懶懶地看著聚集在門口的三個人，忽然開口問道：「我是不是一個很不懂事的人？」

陳慕白和顧九思對視一眼，同時在心裡大喊：果然很反常！

陳家父子義憤填膺地一起大喊：「當然不是！」

陳清歡皺起眉頭看著兩人，又看向顧九思：「你們兩個別說話，媽媽妳說。」

被點名的顧九思格外淡定，慢條斯理地換好衣服，坐回沙發上喝了口茶後才緩緩開口：「這個世界上有黑就有白，有明就有暗，任何事物都存在對立面，有懂事的人就會有不懂事的人，存在即合理。懂事，就意味著壓抑自己的個性，想要得到別人的認可和讚美，說穿了就是缺愛、沒有安全感。不過某些人天生就如此，比如妳最喜歡的隨媽媽，她的體貼懂事就讓人感到舒服，沒有刻意為之的生硬和虛偽。不過如果讓我選，我倒想做個不懂事的人。」

陳清歡似乎很苦惱，困惑地開口：「可是大家不是都喜歡懂事的女孩嗎？」

「人本來就是個複雜而獨立的個體，不能簡單用『懂事』或者『不懂事』來概括。」顧九思看了陳慕白一眼，「我年輕的時候認識一個女孩子，就是妳口中那種『不懂事』的人，年輕漂亮，刁蠻囂張，想笑就笑，想哭就哭，從不考慮那麼多，一看就知道是個被捧在手心裡長大的孩子，不缺愛，有自信。我每次看到她笑的時候就很羨慕，當時覺得我這輩子肯定沒辦法像她一樣，以後有了女兒，一定好好愛她，讓她做什麼都坦蕩明朗，信心十足，我對她的愛，就是她最大的自信。」

陳慕白聽出了玄機，一股怒火湧上心頭：「蕭雲醒那小子嫌妳不懂事？」

「沒有！」陳清歡目光躲閃，轉身走回房間。

過了許久，睡不著的陳清歡又竄出房間。

客廳裡只有陳慕白一個人，他靠在沙發裡半夢半醒。

她坐過去搖搖陳慕白：「陳老師，我可以問你一個問題嗎？」

陳慕白似乎在等她：「問。」

陳清歡眉頭緊蹙，思考了半天措辭才委婉地開口：「如果你想要一個東西，也想要一個人，但你失了先機，沒有必勝的把握，該怎麼辦？」

陳慕白猶自閉目養神，懶洋洋地答道：「想要什麼？爸爸買給妳！」

陳清歡沮喪地垂著腦袋，聲音低沉無力：「買不到……」

陳慕白半掀著眼皮瞥她一眼，一副高深莫測的樣子：「先機這種東西，贏了叫搶占先機，輸了就叫莽撞，正所謂『謀定而後動，動必有成』。有些時候，妳不動，對方未必就敢動。」

陳清歡消化了半天：「如果……是感情的事呢？」

陳慕白轉念一想便猜出她的煩惱，忽而正經起來，睜開眼睛坐起身：「當年也有個特別優秀的男人想追妳媽媽。」

陳清歡一愣：「嗯？」

陳慕白掩飾般地輕咳一聲：「當然，我說優秀只不過是在抬舉他，他其實也是個普通人。」

「然後呢？你怎麼打敗情敵的？」

「不用我去打，人世間最玄的莫過於一個『緣』字，最說不清的莫過於一個『情』字，我贏的不是他，是『緣』字，而他也輸給了『情』字。」

陳清歡擰著眉頭想了半天，臉上略帶狐疑地問：「然後呢？」

陳慕白繼續指點她：「真正的狠角色，從來都不是那些疾言厲色、鋒芒畢露的人，而是看起來平和從容、風輕雲淡的。他們不動聲色地挖下深坑，然後優雅地把對手踹下萬丈深淵。妳要記住，大吵大鬧有失身分，一定要優雅。」

陳清歡似懂非懂地看著陳慕白，陳慕白只是笑著對她點頭。

陳清歡垂眸思索良久，忽然抬頭問：「媽媽剛才提到的女孩子是誰？」

陳慕白一噎：「沒什麼。」

陳清歡明顯不信：「就是因為她，媽媽才不讓你回房睡覺嗎？」

陳慕白強調：「妳媽媽沒有不讓我回房間睡。」

陳清歡繼續追問：「那你為什麼又睡沙發？」

陳慕白覺得沒面子，拉下臉反問：「我喜歡睡沙發不行嗎？沙發是我買的，我不能睡嗎？」

陳清歡點頭：「可以，當然可以，祝你睡到天荒地老。」

顧九思從書房出來的時候，恰好碰到準備回房的陳清歡。

她抬頭看了一眼：「媽，妳也是被人捧在手心裡的，陳慕白把所有的愛都給妳了，妳也可以想哭就哭，想笑就笑，他就是妳的後盾。」

顧九思臉上一熱，還來不及開口，就聽到陳清歡繼續說：「剛才爸爸說，當年有個很普通的男人追過妳。」說完也沒等她的反應，施施然回到房間。

顧九思面露窘迫，衝到客廳質問陳慕白：「你又跟她胡說八道些什麼？」

陳慕白還在喜孜孜地做夢：「沒什麼，隨便聊聊而已。讓她別在蕭雲醒那棵樹上吊死，早點看清楚，早點淘汰那小子。」

顧九思疑惑：「她和雲醒怎麼了？」

陳慕白猜測：「有外敵入侵吧，防火牆預警。」

顧九思表示質疑：「看她那副模樣，我覺得她好像沒理解你的意思。」

陳慕白搖搖手指：「怎麼可能，我女兒那麼聰明。」

顧九思越發肯定：「那就是她理解錯誤了。」

陳慕白極力反駁：「不可能！」

顧九思有些幸災樂禍：「但你剛剛也聽到了，她當著我的面給你一個下馬威。」

陳慕白忍不住「靠」了一聲。

第十九章　高手出招

週一一大早，蕭雲醒在校門口凍了一整個早上，也沒等到返校的陳清歡。

陳清歡剛出現在教室裡，就收到了田思思的八卦轟炸。

「妳跑去哪裡了？蕭雲醒今天一大早就在宿舍樓下等妳，妳怎麼也不接電話啊？你們吵架了？妳在校門口沒碰到他？」

陳清歡揉揉耳朵，神色間一派風輕雲淡：「嗯，吵架了，我從後門進來的。」

田思思愣了一下，繼而興奮地繼續追問：「真的吵架了？為了什麼？妳打算要把他晾在那邊多久？一個星期？一個月？」

陳清歡莫名其妙地看她一眼：「我為什麼要晾著他？」

田思思更加困惑：「冷戰啊，不然妳為什麼要躲他？」

陳清歡眨眨眼睛，忽然勾唇一笑：「的確是冷戰，畢竟最近氣溫這麼低。」

田思思對她翻白眼：「不要開這麼冷的玩笑！」

陳清歡搖頭糾正她：「冷戰是冷戰，吵架是吵架，陳老師說過，吵架是門藝術，吵的不是架，是情趣。」

田思思無言以對，看著她笑咪咪的模樣，哪裡像是和男神吵架的樣子？

教學大樓的某間教室裡。

向霈聒噪得連韓京墨都受不了了，他忽然覺得蕭雲醒很可憐，和這隻鸚鵡當了兩年的鄰居，是何等的煎熬，也不知道他是怎麼忍受過來的。

他逃離向霈走去前面一排，但向霈還是不肯放過他，伸出腦袋湊到他面前，繼續嘰哩呱啦地說著。

韓京墨咬牙切齒：「向霈！你是被退學了嗎？不用回自己的學校上課嗎？」

向霈終於得到回應，笑嘻嘻地解釋：「我今天上午沒課。」

韓京墨無言：「哪有學校週一都不排課的，怪不得會收你這種學生。」

向霈不理會他的調侃，抬頭看了教室牆上的時鐘一眼：「雲哥怎麼還不來？你說，他哄好陳清歡了沒？」

話音剛落，韓京墨就瞥見踏進教室的蕭雲醒，瞬間如釋重負，這個話癆終於可以去騷擾別人了。

他示意向霈：「你自己問他吧。」

向霈看到蕭雲醒，立刻抬起手臂招呼他：「雲哥，這裡！我幫你占了座位！」

蕭雲醒的道行果然比韓京墨還要深，一坐下後，無論向霈說什麼，他全程不動如山，不受任何影響。

向霈說累後吞了吞口水：「雲哥，我可以問你最後一個問題嗎？」

蕭雲醒完全沒心情理他。

向霈不在意他的態度，又湊近了一些：「雲哥，你……會為了陳清歡跪鍵盤嗎？」

韓京墨也把頭轉過來，一副對答案很感興趣的樣子。

蕭雲醒跪鍵盤的樣子？無法想像……

蕭雲醒終於停下手中的筆，眉眼微垂地思考了起來。不知道想了多久，直到被上課鐘聲打斷後他才回神，低沉且堅定地回答：「會。」

驚得向霈和韓京墨差點從椅子上摔下去。

陳清歡下課後，和田思思剛走出教室，就看到秦靚站在不遠處，看起來像是在等她。

田思思一看到秦靚便面露不屑，跟陳清歡嘀咕：「怎麼到哪裡都能碰到討厭的人，她是來上課的嗎？這麼冷的天氣，穿成這樣不冷嗎……」

陳清歡一副老神在在的模樣：「她是來找我的。」

「她來找妳幹什麼？」

「她就是我和蕭雲醒吵架的原因。」

陳清歡說得風輕雲淡，田思思卻瞪大了眼睛，看看秦靚，又看看陳清歡。

陳清歡被陳慕白指點一番再回來時，簡直像是脫胎換骨，成功晉升為2.0版本。

完成進化的陳清歡略揚起下巴，淡淡地看著不遠處的女孩，神色倨傲，氣勢十足。

田思思好奇地碰碰她：「前兩天見到這個人還心急火燎的，怎麼今天一點反應都沒有？」

「緊張什麼？」陳清歡一臉高深莫測，「陳老師說，謀而後動，動必有成。」

田思思撓撓腦袋：「又是陳老師，到底是哪個陳老師啊？」

陳清歡笑得神祕：「妳不認識。」

秦靚發覺陳清歡沒有要上前的意思，便主動走過去：「我想跟妳解釋一下那天的事情。」

陳清歡若無其事地看著她：「什麼事？」

「就是……」秦靚原本打算認真回答，但一看到陳清歡的神色就明白，她是在明知故問。

秦靚自嘲地笑了笑：「我明白了。」

蕭雲醒也出現在她的視線裡，還沒等他走近，陳清歡便對他笑了笑，氣定神閒地揚聲問：「你也來找我？你們約好的？」說完便收起假笑看了秦靚一眼。

不知道為什麼，大概是看慣陳清歡呆萌可愛的模樣，剛才她看著他笑的時候，蕭雲醒感覺到前所未有的腿軟，她笑得太嚇人了。

他還沒開口，秦靚便搶先回答：「沒有約好，是我自己要來跟妳解釋的。我知道蕭雲醒肯定會來找妳，我怕你們再因為我吵架，所以想避開他，早點來跟妳解釋，順便替他跟妳道歉，沒想到還是撞上了。」說完後就對蕭雲醒笑了一下，「抱歉啊。」

蕭雲醒不再往前走，連看都不看她一眼，只是遙望著陳清歡。

向霈本來和韓京墨站在一旁偷聽，聽到這裡就聽不下去了，小聲和韓京墨嘀咕：「靠，秦靚的等級太高了，捅人不用刀，憑什麼替雲哥道歉？如果我是陳清歡，聽到這些話肯定會氣炸，分分鐘把她炸飛！」

韓京墨輕嗤一聲：「秦靚算什麼，眼前這位才是真的不得了。」

向霈疑惑：「誰？」

韓京墨揚揚下巴，示意他去看眉眼間一派平和的陳清歡。

陳清歡的反應讓眾人「大失所望」，罕見地沒發脾氣也沒翻臉，只是一臉好奇地轉頭問田思思：「剛才她那幾句話，幾級？」

田思思被問得一頭霧水：「什麼？」

陳清歡提示她：「綠茶等級啊。」

田思思瞬間接住了她拋過來的梗：「特級！還是變種升級的品種！」

陳清歡驚嘆一聲：「這麼厲害啊，肯定賣得很貴吧。」

田思思擺擺手，表情誇張地對她擠眉弄眼：「別亂說，人家不是賣的。」

陳清歡噘嘴「哦」了一聲，完全無視秦靚越來越難看的臉色。

蕭雲醒等她「演完」後，才抬腳朝秦靚走過去，步伐平緩，面色清冷。

秦靚楚楚可憐地看著他，卻聽到讓她墜入冰窟的幾句話。

「妳那天問我的問題，我現在可以回答妳。我想過了，妹妹也好、女兒也罷，無理取鬧我也喜歡，喜歡才會寵著，是妹妹還是女兒都沒關係，只要是她就好，我一輩子都不會覺得厭煩。」

他的聲音清淡如水，在不面對陳清歡的時候，總是透著幾分與生俱來的薄涼。

蕭雲醒平靜地看著她，緩聲開口：「我不需要什麼溫柔又大方，體貼又端莊的另一半，也不需要賢妻良母，我只想要和我相互喜歡的女孩，純粹，乾淨，不帶一絲雜念，喜歡就是喜歡，不喜歡就是不喜歡，不需要妥協或者權衡後的『最佳伴侶』。」

秦靚直直地望著他。

他神色坦蕩磊落，不躲閃、不迴避、不含糊。

她這些日子的追求和表白，都未曾在他心裡激起一絲漣漪，她對他的感情根本不值得一提，兩人徹頭徹尾都是最陌生的關係。

她握緊拳頭，努力控制好自己的聲音和表情，艱難地扯出一抹微笑：「這就是你想了一夜的結果？」

「這個問題我一直很清楚，不需要花時間思考，只是覺得沒有必要告訴妳，現在也是。」說著，他輕輕搭上陳清歡的肩膀，紳士禮貌，「我只是當著妳的面說給她聽，因為她想聽。還有，我自己的事情我自己會說清楚，不需要別人，多、管、閒、事。」

秦靚被噎得一個字都說不出來。

陳清歡心中頓時升騰起五顏六色的煙火，面上卻裝作一本正經的樣子。

向霈無比佩服：「雲哥就是雲哥，高手出招，一招制敵。」

韓京墨拍掌稱讚：「有格調！」

向霈神色微妙地側身瞧了他一眼。

韓京墨皺眉：「看我幹嘛？雖然我和蕭雲醒不對盤，但不影響我偶爾誇獎他，畢竟讚美別人是一種美德。」

秦靚苦笑一聲，扔下幾句話便轉身離開。

「我喜歡你，你喜歡別人，這不是很常見的三角關係嗎？你喜歡你的，我不打擾你，我喜歡我的，這是我的自由，你也不能干涉我，畢竟我也沒辦法控制我的心。雖然再見面會很尷尬，但我們現在同班，頻繁的接觸也是無可避免的，我們就當彼此是普通同學吧。」

田思思聽得義憤填膺，指著她的背影吐槽：「我靠！我就說她不是什麼好東西！她幫自己設立這麼完美的人設，要是定力差的男人，現在肯定對她生出惻隱之心，男人一旦有了保護欲，沒過多久就會陷進去的，曾經就有人說過，哪種形式的喜歡和欣賞都沒關係，可一旦動了憐愛，那就要命了，簡直噁心至極！」

陳清歡「哼哼」兩聲：「那我也幫自己立個人設！」

田思思忽然有不好的預感：「什麼人設？」

陳清歡瞇著眼睛，收緊手指：「心狠手辣、玩弄權術、有仇必報的反派壞女人設定！以暴制婊！」

田思思神色複雜地看了她一會兒：「我先走了……」

陳清歡撐了一會兒便按捺不住，慢吞吞地笑著湊過去抓住蕭雲醒的手臂問：「我和她誰比較好看？」

蕭雲醒毫不遲疑：「妳比較好看。」

陳清歡立刻變臉：「我就知道，你只喜歡我的臉！」

韓京墨噗哧一聲，笑得格外誇張，極盡嘲諷：「得了便宜還賣乖，不喜歡妳的臉，難道喜歡妳的性格啊？」

陳清歡不服氣：「我的性格怎麼了？」

韓京墨雙手抱在胸前，挑釁道：「妳說怎麼了？當初向霈跟我說妳肆意妄為、無理取鬧、恃寵而驕，還真是客氣了，妳哪有他說得這麼好？」

陳清歡轉頭興師問罪：「向霈！你是這樣形容我的嗎？」

「我不是，我沒有，別亂說！」向霈後悔到想割斷自己的舌頭，面容扭曲地說出一個蹩腳的藉口，「我突然想到我下午還有課，我先走了，你們就不用留我吃飯了，再見！」

韓京墨攔住他：「你別走，我請你吃飯，午餐後我們在寢室進行一場學術探討。」

向霈難得收到邀請，格外重視：「主題是什麼？」

可惜主辦方對他非常敷衍：「你到時候就知道了。」

向霈疑惑：「我不需要提前準備一下嗎？」

主辦方吼他：「不需要！」

向霈有些委屈：「幹嘛這麼凶……小朋友要吃飯了，不能凶他，不然會影響食欲……」

韓京墨想一腳把他踹回隔壁學校。

眾人散去後，蕭雲醒邀請陳清歡共進午餐，陳清歡欣然同意。

蕭雲醒等她吃完才開始做深刻檢討，態度端正、言辭懇切：「我……畢竟經驗有限，沒辦法好好處理這種事，是我低估對方也高估自己，以後會盡力做得更好。」

陳清歡單手托腮，眉眼低垂，漫不經心地攪著面前的果汁：「沒關係，誰叫我喜歡的人這麼受歡迎呢，我以後會試著親自解決掉情敵，盡量不讓你出手。」

蕭雲醒看著面前的小女孩，雖然慵懶的模樣和往日如出一轍，卻讓他的心頭微微一震，一時間摸不清她是認真的，還是在說反話。

唯恐她下一句就風輕雲淡地說出「等我好到人神共憤，內心強大到刀槍不入，就不再需要你了」，或者「我累了，到此為止吧」之類的話。

時至今日，蕭雲醒才切實體會到，被一個女孩勾得心神不寧是什麼滋味。

過了許久，他再次開口建議道：「要不然……妳再對我扔一次蛋糕吧。」

「……」陳清歡瞬間洩氣。

陳老師說的優雅呢！她難得想走一次體貼懂事的路線，怎麼這麼難！難道扔蛋糕才是她的本色嗎！

蕭雲醒和陳清歡吃完午餐後，一回到寢室就被韓京墨拉住不放。

向霈坐在椅子上昏昏欲睡：「大哥，人也回來了，你現在可以說一下探討主題了吧？我還趕著回去睡午覺呢。」

韓京墨實在很好奇：「我們從學術的角度討論一下，陳清歡真的比秦靚更值得喜歡？」

「……」向霈一頭栽到桌子上。

蕭雲醒早就知道他不會提出多正經的主題，格外淡定地開口：「別侮辱『學術』這個詞。」

韓京墨又問：「秦靚不好看嗎？」

蕭雲醒一臉冷峻，淡淡瞥他一眼：「不知道。」

韓京墨猛拍大腿：「你也太目中無人了吧？」

向霈忍不住加入討論：「不不不，我得幫雲哥解釋一下，我之前看過雲哥他們家的大合照，他們全家人啊……嘖嘖嘖，無論男女老少，都長得特別好看，不得不說基因真是可怕。硬把秦靚拿來比的話，她真的稱不上好看。你想想看，在這種環境裡長大的人，什麼美人沒見過，標準肯定很高，再看看秦靚也不過如此。」

韓京墨冷笑：「那陳清歡呢？」

向霈鄭重解釋：「她當然不一樣，你有見過比她還漂亮的小女孩嗎，沒見過吧？她爸爸也是個妖孽等級的帥哥，他們家的基因也不差，一言以蔽之的話，陳清歡長得就像是雲哥家的人，正所謂『不是一家人，不進一家門』，他們互相喜歡也是理所當然。」

韓京墨實在不敢苟同他這番理論，轉頭問蕭雲醒：「你到底喜歡她哪一點？」

「嗯……」他垂著眼簾，眸色清淺，臉上卻忽然露出寵溺的微笑，「覺得她很可愛。」

任誰也想不到，蕭雲醒竟然喜歡可愛的女孩子。

韓京墨一頭霧水：「她做了什麼嗎？」

蕭雲醒歪歪頭：「什麼都不用做，光是站在那裡就覺得很可愛。」

韓京墨忽然明白，「可愛」都是唬爛的，蕭雲醒就是個膚淺至極的人，他就是看臉而已！

蕭雲醒忽然興致勃勃：「她小時候長得很可愛，我手機裡有照片。」說完後直接打開手機相簿。

韓京墨和向霈立刻好奇地湊過去：「很可愛嗎？讓我看看。」

蕭雲醒側目著兩人，瞬間收起神色，關上手機：「算了，突然不想給你們看了。」

「……」

蕭雲醒不再理會兩人，認真地打開櫃子翻找東西，大概是因為找不到，他走到隔壁幾間寢室詢問，最後拿了幾個大袋子回來。

韓京墨翹著二郎腿調侃他：「幹嘛，要去拋屍啊？」

蕭雲醒一本正經地回答他：「去夾娃娃。」

陳清歡沒有再扔他一身蛋糕的打算，只是提及學校附近有一家新開的夾娃娃店，叫他夾一百個娃娃給她。

蕭雲醒二話不說就答應了，於是兩人約好下午就去。

韓京墨覺得荒謬可笑，轉念一想就明白了：「賠罪？」

蕭雲醒點頭。

向霈湊過去，對某個問題格外執著：「不跪鍵盤了嗎？」

韓京墨在一旁幸災樂禍：「對啊，不用跪鍵盤？夾幾個娃娃就放過你了？」

蕭雲醒再次點頭。

韓京墨嘖嘖稱奇：「參考陳清歡往日的作風，應該會鬧到驚天動地，來一場血雨腥風才對啊，她有這麼好？」

蕭雲醒認真地回答他：「她不乖張、不傲慢，不蠻橫無理，不偏執驕縱，哪裡不好了？」

「你在跟我開玩笑？」韓京墨難以置信地點點他，「蕭雲醒，醒醒吧！給我把濾鏡拿掉！」

後來蕭雲醒被問煩了，甩下一句「本就雲泥之別，有什麼好比較的」，就上床睡午覺去了。

韓京墨被這句「判若雲泥」的言論驚得愣在現場，喃喃道：「靠，還嗆我？向霈你是對的，蕭雲醒嗆人的水準一流。」

向霈清清嗓子：「我想做一下本次學術探討的總結，可以嗎？」

韓京墨感到非常挫敗，敷衍地看著他：「有屁快放！」

「通過本次嚴謹又活躍的學術討論，我得出一個結論，如果雲哥願意的話，他可以偏心偏到奶奶家。」

「你給我滾回去睡覺！」

「利用完人家就一腳踢開，老韓真無情！」

「快滾！」

蕭雲醒才剛睡醒走出宿舍時，忽然發現身後跟了一個人，他站定，轉頭看過去。

被抓包的韓京墨神色坦然地開口：「這麼巧，我也要去夾娃娃。」

蕭雲醒不耐煩地別過眼。

「蕭雲醒，我總得有一樣技能比你強吧？別的就算了，夾娃娃這種討女孩子歡心的把戲，我再比不過你就真的沒天理了。」說著說著，他像是忽然想起了什麼，奸詐地問，「你之前是不是沒夾過娃娃？」

蕭雲醒如實回答：「沒有。」

韓京墨立刻眉飛色舞地催促：「很好，快快快，我們趕快去。」

蕭雲醒沒有想起跑的意思，只是慢悠悠地往校門口的方向走。

韓京墨在身後叫住他：「哎，你不用先去女生宿舍樓下接她嗎？」

蕭雲醒本來不想理他，又怕他沒完沒了地繼續問下去：「她和室友去逛街了，我們約在那裡見面。」

韓京墨誇張地驚呼一聲：「喲，小女孩長大了，蕭雲醒，你不再是她的唯一了，和室友逛街這件事都比你還重要。」

蕭雲醒看到韓京墨幸災樂禍的樣子，暗自咬咬牙。

韓京墨摸著下巴推理：「你這次肯定傷透了她的心，所以她已經開始放任你了？」

蕭雲醒冷冷地瞥他一眼，面沉如水。

「幹嘛瞪我，真的被我說中了？」韓京墨忽然一頓，「不對啊，之前我也說過這種話，當時也不見你有反應。怎麼，小女孩真的放棄你了？」

韓京墨見他沉默，厚臉皮而不自知，一副理所當然地繼續挑戰他的忍耐力，「說真的，女人這種生物，不怕她哭、不怕她發洩，甚至鬧情緒失控，就怕她沉默。她一旦沉默下來，就說明她對你徹底失望了，可能很快就會跟你提分手，要不然先發制人，你先提分手？」

蕭雲醒的臉黑如鍋底，懶得和他理論。

兩人在夾娃娃店門口等了一會兒後，就看到陳清歡慢悠悠地走過來。

田思思、田汨汨姐妹倆各自提著兩個購物袋，而陳清歡兩手插在口袋，走在兩人中間。

等她走近後，蕭雲醒才開口問：「什麼都沒買？」

陳清歡把一隻手從口袋裡伸出來，掏出一堆髮圈：「買了啊。」

韓京墨笑得格外誇張：「哈哈哈，打從我認識妳開始，就沒看過妳綁頭髮，妳買這個幹嘛？想全都套到蕭雲醒的手腕上？」

田思思舉手發言：「我糾正一下，她不是不綁，是不會綁。我曾經看過她綁馬尾綁了兩小時，最後還沒綁好，只能放棄。」

陳清歡的神色有些不自然。

田汨汨興奮地「哇塞」一聲，滿眼都是粉紅泡泡：「我的女神也太可愛了吧！我好喜歡！」

蕭雲醒別有深意地看了她一眼。

韓京墨大概也看出了端倪，在蕭雲醒去換代幣的時候，跟在他身後和尚念經。

「你不覺得……剛才那個女孩看陳清歡的眼神不太對嗎？該不會你傷她傷得太深，讓她從此討厭男人了吧？」

「說起來，女孩子大概也會喜歡陳清歡的長相吧？」

「你確定她還喜歡男生？她會不會已經……」

正當韓京墨打算繼續加油添醋，就被蕭雲醒打斷：「你能不能閉嘴？」

他認真地回答：「不能，我不說話會死。」

蕭雲醒把一把代幣塞給他，順便堵住他的嘴：「比賽開始。」

韓京墨果然閉嘴，面對幾十臺娃娃機後，開始尋找目標：「誰先夾到二十隻娃娃就贏了！」

相比韓京墨的爭分奪秒，蕭雲醒倒是相當淡定，中途還不忘詢問陳清歡的意見。

秦靚在上午受挫後，帶著難看的臉色回到寢室，鄭彤彤勸了半天也不見她笑一下，於是拉著她去逛街。兩人在路過夾娃娃的店鋪時，鄭彤彤無意間往裡瞄了一眼，忽然停住，拉著秦靚往裡面走：「快看快看，那是誰！我就說你們兩個很有緣吧，出來逛個街都能碰到。」

秦靚本來看到蕭雲醒還很開心，再看到站在他旁邊的陳清歡時，還來不及翹起的嘴角又垂下去了。

鄭彤彤對夾娃娃沒有抵抗力，一邊看一邊驚嘆：「哇，沒想到學霸這麼擅長夾娃娃！哎，那是我最喜歡的小熊娃娃！」

秦靚看著比肩而立的兩人，心中忽然升起一股鬥志，她為什麼就不能站到蕭雲醒的身邊呢？她也可以的！她比陳清歡更適合站在那個位置！

沒過一會兒，韓京墨就拎著二十個娃娃來找他，還得意地揚揚雙手：「我贏了！哈哈哈，蕭雲醒，我比你快！」

蕭雲醒連頭都沒回，敷衍地回應他：「嗯，你贏了。」

韓京墨有些失望地問：「就這樣？」

蕭雲醒沒想打擊他，終於轉頭看了他一眼：「恭喜。」

韓京墨都快哭了：「沒了？」

蕭雲醒點頭：「沒了。」

韓京墨沮喪地低下頭，過了一會兒再次抬起頭來：「沒關係，反正我也算扳回一城了！」說完後，他把手裡的娃娃一股腦塞給陳清歡：「拿好，這是哥哥送妳的。你們繼續玩，我去一下洗手間。」

等韓京墨走遠後，陳清歡才不高興地問：「你為什麼要讓他？你明明可以輕輕鬆鬆贏過他的。」

蕭雲醒對她笑了一下：「不讓他贏一次，等我們下次出來玩，他肯定還會跟著。」

陳清歡忽然就明白了，立刻露出笑容，噘起嘴「哦」了一聲。

沒想到韓京墨立刻就不爽了。

他雙手抱在胸前，一臉不可思議地攔住蕭雲醒控制搖桿的手：「不是，蕭雲醒你什麼意思？和我比賽的時候，你五分鐘內還抓不到一隻，我不過去了一下洗手間而已，你就抓到了十隻？」

蕭雲醒面無表情地看著他：「沒什麼意思，不虐你我也會死。」

「你……」韓京墨轉頭問陳清歡，「妹妹，妳說，他過不過分？」

「過分啊。」陳清歡贊同地點點頭，繼而滿眼粉紅泡泡地看過去，「可是我好喜歡他的過分！」

韓京墨指指兩人，長腿一伸，怒氣沖沖地離開了。

陳清歡小聲問他：「你不是說要讓他嗎？」

蕭雲醒也很苦惱：「我不小心忘記了。」

「……」

第二十章　溫柔的傻子

後來陳清歡被蕭雲醒趕到休息區去找田思思和田汨汨，她就抱著一堆娃娃坐在沙發上，遠遠看著蕭雲醒在夾娃娃機前奮戰。

此時，秦靚和鄭彤彤忽然坐到他們旁邊：「這麼巧啊。」

三人突然靜默，田思思和田汨汨默契地對兩人視而不見，但陳清歡卻彎了彎唇角，詭異的氣氛瞬間蔓延開來。

秦靚指指她周圍的兩大袋娃娃，笑著問：「清歡，可以送我一個嗎？」

陳清歡漫不經心地掀起眼簾：「不可以，這些都是我的。」

秦靚一滯，繼而開口：「那我請蕭雲醒也幫我夾一個。」

此話一出，極具挑釁意味，但陳清歡卻平靜得嚇人。

「不行。」說完她抬眉看了蕭雲醒的方向一眼，嘴角勾起一抹輕笑，慢悠悠地吐出幾個字，「他也是我的，所以他和他抓的娃娃都是我的。」

這宣示主權的霸氣讓韓京墨嘆為觀止：「靠，陳清歡真是個狠人。」

田汨汨雙手抱在胸前，一臉崇拜：「我的女神好帥！」

田思思捂著嘴偷笑。

秦靚既不尷尬也不生氣，溫柔地和她講道理：「妳怎麼這麼小氣？不過是一個娃娃而已，就連幼稚園的小朋友都知道要學會分享。」

陳清歡笑了一下，忽然說起無關的話題：「蕭雲醒的媽媽是個特別出色的女人，溫柔大氣，儀態萬方。」

「為什麼突然說這個？」

等陳清歡再次抬眼時，臉上已沒了笑意，冷淡地瞅她一眼：「如果一個男人有一位特別優秀的母親，那他看女人的眼光就會很高。」說完後，意味深長地看了秦靚一眼。

秦靚回味過來後氣得渾身發顫。

看不上她？她哪點比不上陳清歡？

秦靚惱羞成怒：「陳清歡，妳不要太過分！」

聽到她的聲音，陳清歡微微側頭看了她一眼，嘴角露出一抹壞笑，聲音略帶挑釁：「妳看起來明明很聰明，怎麼記性這麼差，總是會忘記一些事情，比如，大吵大鬧是解決不了問題的，這連幼稚園的小朋友都知道啊。」

她本來就不是口齒伶俐的人，但那張嘴卻總能氣死人，分毫不讓，分分鐘怒嗆回去，吃不了任何一點虧，充分展現出陳老師的「優雅方針」。

秦靚頓時語塞。

陳清歡生了一張讓人豔羨的容貌，眼尾微挑，唇紅齒白，帶著這個年紀的女孩該有的天真和恰到好處的嫵媚，純真可愛，眉眼生得異常出色，是個相當漂亮的小女孩。但這個小女孩卻又得到了英姿煥發、舉世無雙的男人的眷顧和偏愛，確實該如此放肆和驕縱。

鄭彤彤看不下去，才剛想開口聲援就被秦靚擋下，她神色淺淡地對她搖搖頭。

口舌之爭毫無意義，她會用實際行動告訴蕭雲醒，她比陳清歡更優秀，她會比陳清歡更適合他。

秦靚依舊溫柔地笑著開口：「妳們好好休息吧，我們要再去逛一會兒，再見。」

等兩人走遠後，田思思好奇地問：「哎，蕭雲醒的媽媽真的那麼好嗎？」

說起這個，陳清歡毫不保留自己對隨憶的好感：「嗯！超級好的！」

韓京墨的聲音中蘊含著揶揄的笑意：「喲，都還沒嫁給他，就拍婆婆的馬屁啊？」

陳清歡眉眼彎彎，語氣頗為溫和，用最溫柔的聲音說最狠的話：「再不閉嘴的話，我回去就請田思思再開一篇新的連載。」

韓京墨臉色一變，略顯局促：「哎，上次請你們吃飯的時候就說好，不會再提起這件事了！」

「這次該寫什麼呢……」陳清歡伸出食指在空中畫圈，一本正經地開始構思，「這次幫你配個年下小狼狗好了，你依然是受方，斯文敗類老流氓遇上奶凶野性小狼狗，如何？」

田思思立刻鼓掌：「這個設定太厲害了！我一分鐘可以寫七段！」

韓京墨側目：「妳腦子有病嗎？」

田思思很認真地反駁：「這叫『想像力』！」

韓京墨是真的害怕，站起身後恨恨地看著兩人：「好，我不說，我走！」爾後迎面碰上拿著兩袋娃娃過來的蕭雲醒，他咬牙切齒：「蕭雲醒，我恨你！」

蕭雲醒深邃漆黑的雙眸平靜無波，微微點頭，氣得韓京墨捶胸頓足而去。

蕭雲醒站到陳清歡旁邊，把兩袋娃娃遞給她。

陳清歡在接過後努力仰著小腦袋，水汪汪的大眼滿含笑意地看著他：「夾到多少了？」

蕭雲醒還沒回答，餘光就掃到一個中年男人哭喪著臉走過來。

「小夥子，你能不能去別的地方玩啊？我都要賠光了！」

蕭雲醒摸摸陳清歡的腦袋，不答反問：「還要夾嗎？」

「不夾了。」陳清歡看看周圍的大袋子，「反正也拿不動。」

「好，那就不夾了。老闆，這些娃娃先寄放在你這裡，我們等一下再回來拿。」

「好好好！」

陳清歡轉頭叫上雙胞胎：「走吧？」

田思思姐妹倆極有眼力地搖頭拒絕：「不了，我們分頭逛吧！」

兩人走遠，田汨汨抓著田思思悄聲道：「怪不得秦靚一直糾纏著蕭雲醒，這樣一個翩翩少年，話語間帶著笑意和寵溺，試問誰能不心動？」

田思思抬手遮到嘴邊：「他也只會對陳清歡這樣。」

田汨汨點頭，很是贊同，愣了一下後忽然問：「他們都走了，我們為什麼還要壓低聲音？」

田思思放下手：「明明是妳先開始的。」

「……」

從夾娃娃店出來後，陳清歡就拉著蕭雲醒去手搖店排隊。

排到時，陳清歡直接告訴店員：「兩杯奶茶，兩杯都全糖，其中一杯去冰。」

蕭雲醒眉心一跳，本能地拒絕：「我不喝。」

陳清歡轉頭看他，有些不滿地問：「為什麼不喝？這個很好喝的！」

蕭雲醒看著她一語不發，他知道她一定是故意的，明明知道自己不喜歡乳製品。

當她把那杯全糖去冰的奶茶遞給他時，蕭雲醒更加肯定她還沒氣消。

田思思和田汨汨在閒逛的時候，看到前面有一家琴行門口擠滿了人，在一群人中還有一個熟悉的身影。

他們擠過去問韓京墨：「你站在這裡幹嘛？怎麼這麼多人，鋼琴打折？」

韓京墨無處發洩剛才的怒氣，揚揚下巴示意兩人去看，一張嘴特別毒舌：「看人賣藝啊。」

琴行門口的一架鋼琴前坐著一位女孩，正滿臉陶醉地彈著曲子，吸引不少路人停下來欣賞，巧的是，這個女孩也是熟人。

雙胞胎姐妹看了一眼後，立刻異口同聲地輕嗤：「賣弄！」

韓京墨不置可否地笑了笑，一轉頭剛好看到蕭雲醒拿著一杯奶茶：「你如果不喝的話就給我吧，我正好口渴了。」

「不行！這是蕭雲醒限定的！全糖去冰！」

「全糖去冰……」韓京墨摸著下巴猜，「又暖又甜？」

說完自己就笑了，戲謔地看著陳清歡：「這也不像妳啊，妳應該是全冰無糖。」

「不會說話就閉嘴！」陳清歡幽幽地望著他，「真想斃了你。」

「殺人犯法。」韓京墨看向田汨汨，「你不是學法律的嗎？快幫妳的女神解釋一下法律條文。」

田汨汨轉頭安慰陳清歡：「沒關係，想斃就斃吧，妳開心就好，我們系上有位教授專門打這種官司，一定能幫助妳的。」

韓京墨不開心了：「我靠，明明是個學法律的，三觀怎麼歪成這樣？」

田汨汨搖搖手指：「你沒聽過『三觀跟著五觀走』嗎？清歡女神的顏值決定了一切，她做什麼都是對的。」

韓京墨輕哼一聲：「流氓不可怕，就怕流氓懂法律。」

田汨汨冷冷瞟他一眼：「彼此彼此啊，不怕壞人壞，就怕壞人長得帥。」

韓京墨忽然意識到他今天不宜出門，諸事不利，還是早點回寢室睡覺吧。

秦靚從小學琴，在這幾年驚豔了無數人。一曲終了，耳邊便響起熟悉的掌聲和驚嘆聲。她站起身來對人群鞠躬致意，一抬眼就看到熟悉的幾個人，忽然指著身前的鋼琴，故作親熱地開口：「清歡，來一段吧？」

陳清歡看了鋼琴一眼，輕描淡寫地拒絕：「不要。」

秦靚一臉吃驚：「妳不會？」

陳清歡一副老神在在的模樣：「確實不太會。」

蕭雲醒聽後忍不住彎起嘴角，他就喜歡看她裝模作樣捉弄人的樣子。

「你還笑？」韓京墨一臉莫名地看著他，「在大庭廣眾之下，這多丟臉啊。」

「丟臉？」蕭雲醒難得回應他，「是有人要丟臉了。」

秦靚篤定陳清歡不擅長彈鋼琴，試圖讓她出醜。

這麼多人圍觀，陳清歡也懶得浪費口舌，直接坐到鋼琴前抬起雙手，在手指即將觸碰到琴鍵時倏地停住，看起來頗為糾結，最後把手收回：「還是算了。」

鄭彤彤噗哧一笑，滿臉嘲諷：「姿勢擺得挺像模像樣的，原來只是做做樣子。」

田思思聽不下去了，在她準備回擊時，卻被田汨汨拉住，她皺眉：「妳要幹嘛？」

田汨汨一副高深莫測的樣子：「別怕，我覺得她下一秒就會用實際行動吊打他們！」

果然，陳清歡白了鄭彤彤一眼後，彈起一首歡快的兒歌。

鄭彤彤笑得更大聲了：「未免也太普通了。」

這次陳清歡沒理她，手指再次跳躍起來。

韓京墨百思不得其解地摸著下巴，轉頭問蕭雲醒：「雖然我不懂鋼琴，但總覺得……陳清歡彈得比秦靚還要好。」

蕭雲醒的視線一直落在陳清歡的身上，毫不謙虛地回答：「的確。」

「她剛才還說『不太會』？那『很會』的定義是什麼？」韓京墨一邊念叨一邊看向他，「你那是什麼表情？」

蕭雲醒微微一笑：「我就喜歡她彈琴的時候，那趾高氣昂的樣子。」

一曲〈Flower Dance〉之後，便是比剛才更熱烈的掌聲。

鄭彤彤笑不出來了，秦靚的臉色也比剛才還要難看。

韓京墨笑得意味深長：「這手速，嘖嘖，蕭雲醒有福了。」

田思思聽完演奏後也沒什麼反應，反倒是田汨汨變得不自在。

田思思盯著她好奇道：「妳臉紅什麼？」

韓京墨也歪著頭，壞笑著問：「是啊，妳臉紅什麼？」

田汨汨的臉紅得更澈底了：「我……我覺得很熱，不行嗎？」

韓京墨意味深長地「哦」了一聲。

田汨汨看到陳清歡走過來後，立刻拉住她轉移話題：「女神！妳怎麼連這麼複雜的樂譜都能記住！」

陳清歡搖晃著腦袋，理所當然地回答：「就跟數字排列組合一樣啊，很簡單。」

田汨汨看看她，又看看姐姐，最後發表總結：「都是數學系的，差距真大啊。」

一句話引來田思思一頓暴打。

陳清歡一副求表揚的模樣，湊到蕭雲醒面前：「雲醒哥哥，好不好聽？」

蕭雲醒揉揉她的腦袋，輕笑回答：「嗯。」

行家一出手，就知有沒有。

蕭雲醒曾經聽說過，陳清歡的母親當年也是個天才少女，在鋼琴的造詣上不比數學差，小小年紀拿獎拿到手軟，就連那個吊兒郎當的陳慕白都是箇中翹楚，他們的女兒怎麼可能不會彈鋼琴？

人群散去，秦靚走到陳清歡面前執拗地發問：「妳的鋼琴級數多少？參加過什麼比賽？得過哪些獎？」

她嚴重懷疑陳清歡是來剋她的！

陳清歡眼神飄忽，一副不想理她的樣子，語氣更透著一股無所謂：「沒考過鋼琴檢定，沒參加過比賽，也沒得過獎。」

鄭彤彤搶著問她：「為什麼不考？」

陳清歡反問道：「為什麼要考？」

對方一噎，也是，對於這種神仙等級的人物，灑脫出世，向來看不起這種俗物，確實不需要考檢定來證明什麼了。

秦靚繼續問：「妳是和哪位老師學鋼琴的？」

「跟我媽媽學的。」陳清歡懶洋洋地瞄她一眼，「我媽只是隨便教教，我就隨便學學，學藝不精，我弟弟在這方面比我還要厲害。」

「妳弟弟？」

「哦，對了，妳這麼喜歡參加比賽的話，應該聽過他的名字，他叫陳清玄，不過他也只是隨便彈彈，志在參加而已。」

秦靚一愣。

她確實聽過陳清玄的大名，比她小了幾歲，卻是個鋼琴天才，不是她能比擬的，天賦極高又肯下功夫，連她的老師都對他讚譽有加，也曾惋惜過他不該只把鋼琴當作業餘愛好。

沒想到他竟然是陳清歡的弟弟？

韓京墨在一旁看著秦靚多變的臉色，小聲問蕭雲醒：「陳清歡的家人都這麼……」他說到一半忽然頓住，一時想不出適合的形容詞。

蕭雲醒看他一眼：「什麼？」

韓京墨思索著措辭，喃喃低語：「都不把天賦當一回事啊？這就是傳說中的『身懷絕技而不自知』？」

蕭雲醒沒接話，不知道想到了什麼，忽然笑了一下。

韓京墨滿臉疑惑：「還有，她又不是不會，剛才到底在糾結什麼？」

蕭雲醒看了鋼琴一眼：「她嫌棄那臺鋼琴太差。」

韓京墨瞇著眼睛審視他：「你好像有所保留？」

蕭雲醒被揭穿，很快補充：「而且那臺鋼琴被秦靚和其他人碰過。」

「……」韓京墨不知道該說什麼才好，半天才吐出兩個字，「矯情。」

聲音不大不小，換來蕭雲醒淡漠的一瞥。

「幹嘛？」韓京墨瞅他一眼，「平日裡說你一萬句你都懶得理會，一提到陳清歡就這副德性，怎麼？說不得？」

蕭雲醒收起神色，眉眼間一派輕鬆地拿出閒聊的架勢：「聽說，你最近在申請國外的學校？」

韓京墨看著他這副模樣，心裡微微發怵，忽然有了不好的預感：「怎、怎麼了？」

「正巧，我也對那間學校很感興趣。」

點到為止的一句話，瞬間讓韓京墨臉色大變，主動求饒：「不要！蕭雲醒你不能這樣！我大學四年都活在你的陰影下，終於有機會脫離你重回巔峰，你不能跟過來！我已經充分了解到我們智商上的鴻溝，請允許我離你越遠越好！」

蕭雲醒不為所動，開始翻舊賬：「不知道當初是誰，非要和我一決高下，我就給你個機會，讓你餘生的每一天都可以做這件事。」

韓京墨知道事情的嚴重性，認真且害怕地開口：「哥，對不起，我錯了，我以後會改進，再也不會在背地裡說她壞話。」

蕭雲醒似乎並不太滿意，意義不明地嘆了口氣。

韓京墨主動示好：「還有！如果以後被我聽到誰說她壞話，我絕對會幫她嗆回去！義不容辭！」

蕭雲醒這才微微轉頭看他一眼。

韓京墨信誓旦旦，滿目真誠：「你相信我！」

蕭雲醒點點頭，輕描淡寫地開口：「好吧。」

韓京墨這才鬆了口氣，大魔王真可怕！

後來大家自由活動，蕭雲醒和陳清歡抱著一堆娃娃坐在商店街小廣場的臺階上，把娃娃送給每個路過的小朋友。

蕭雲醒轉頭看著她：「氣消了？」

陳清歡托著下巴歪著頭，神色不明地回望他。

尼采曾經說過，「壞脾氣的消失，可以準確反應智慧的增長」，這句話在陳清歡身上體現得淋漓盡致。

人一旦開竅後，悟性便會高得讓人望塵莫及。

「我本來就沒生氣。」陳清歡勾唇淺笑，「因為我一直都記得，有個人曾經對我說過，在所有的先來後到和輕重緩急面前，我先，全世界後；我重，全世界輕；我急，全世界緩。區區一個秦靚而已，沒什麼大不了的。」

蕭雲醒始終都會擔心，終有一天他會變成她的「無所謂」，還是打算解釋清楚：「我不喜歡懂事的女孩子。」

「嗯？」陳清歡一愣，「那你喜歡什麼樣子的？」

喜歡他這麼久，卻從來沒問過他到底喜歡什麼樣的女孩子。

蕭雲醒憑藉本能，不假思索地回答：「我認識妳的時候妳是什麼樣子，我就喜歡什麼樣的。」

陳清歡喟嘆一聲，她這輩子果然和溫柔大方、善解人意、體貼懂事這種詞彙無緣。

蕭雲醒忽然握住她的手，慢慢吐出一口氣，此時此刻牽著她的手才覺得安心。他轉頭看過去，這世上有那麼多人、事、物，大概只有眼前的小女孩可以讓他心亂如麻了。

陳清歡喜孜孜地說：「看我幹嘛？」

蕭雲醒撫了撫她的頭髮，輕聲開口：「我幫妳綁小辮子吧。」

沒等她回答，他就開始動手，幫她綁了個貓耳朵的髮型。

看到她又變回老愛對他微笑的小女孩，蕭雲醒也不自覺地勾起唇角。

蕭雲醒時至今日才知道，原來她不會綁頭髮，怪不得自從他升上大學後，她整日都披頭散髮，本以為是懶惰，沒想到是不會。於是蕭雲醒每日風雨無阻，都會準時出現在女生宿舍樓下幫小女孩綁辮子。

後來陳清歡還是會在校園裡碰到秦靚，有時候是她一個人，有時候是和蕭雲醒一起。

秦靚每次都神色自然地跟他們打招呼，而他們則選擇視而不見。

陳清歡和冉碧靈在通話時聊起此事，讓冉碧靈聽得直捲袖子：「這個女人的手段真高明啊！既能在蕭雲醒面前刷存在感，又能噁心妳，一箭雙雕啊！」

陳清歡則表示她氣死人的本事一流，既然甩不掉，那就氣死她！

天氣漸漸轉涼，某天陳清歡一下課，和田思思從教學大樓出來時，就看到一群西裝革履的學生走過。

她好奇地看了幾眼：「他們在幹什麼？」

田思思正低頭滑著手機，抬頭看了一眼，心不在焉地回答：「大四生在找工作吧？」說完又自我否定，「不對啊，最近有校園徵才？我怎麼沒聽說過。」

她又抬頭看了看，一邊指著某個方向，一邊碰碰陳清歡：「蕭雲醒！」

陳清歡一轉頭，就看到蕭雲醒和韓京墨從路口走過。

這是她第一次看到他穿正裝的樣子，果然長得好看的人穿什麼都好看，這大概就是玉樹臨風的樣子吧？

像是有心電感應，蕭雲醒也往她這邊看了一眼，勾著唇角笑了笑，然後朝她走過來。

陳清歡扯扯他的西裝袖子，笑咪咪地問：「你去哪裡了？」

蕭雲醒指指學校會議廳的方向：「獎學金評選。」

陳清歡又笑了笑，沒再說話。

旁邊的韓京墨一臉狐疑：「一堆神仙在打架，直接把X大的最強陣容聚集在一起，妳怎麼都不問問結果？」

此刻的韓京墨鬆開領帶，西裝外套也懶散地搭在肩上，帶了點莫名吸引人的頹然氣質，和旁邊清俊出塵的蕭雲醒完全不一樣。

不過陳清歡看都沒看他一眼，輕描淡寫地回答：「有什麼好問的？但凡雲醒哥哥出手，就沒有空手而歸的時候。」

像蕭雲醒這樣的人，要麼不出手，否則一出手就是巔峰，真正的實力都是深藏不露的。

「靠！」韓京墨嘆了一聲後，又興致勃勃地問，「那妳問問我吧？」

陳清歡更是興致缺缺：「至於你……就更不用問了，能有什麼結果？鎩羽而歸吧。」

韓京墨忿忿不平：「再怎麼說，我和妳的雲醒哥哥也是齊名的，我太差勁的話肯定也會拉低他的水準。」

陳清歡抿抿唇，嫌棄地看他一眼：「那你勉強倒數第一吧。」

韓京墨伸出兩根手指：「第二！倒數第二好嗎！我後面還有人墊底！而且是得獎的倒數第二！」

陳清歡聳聳肩膀，不發表任何看法，和蕭雲醒手牽手一起去慶祝了。

韓京墨不信邪，捲著袖子問田思思：「妳說！她這是什麼意思？」

田思思指指他豎起的兩根手指，試探性地回答：「大概是覺得你很中二？」

韓京墨無言以對，一言不發地轉身走了。

被冉碧靈譽為「手段高明」的秦靚，依舊和蕭雲醒是同班同學，班上也就只有那幾個人，因此不可避免會被分到同一個小組。

本學期最後一次小組討論，蕭雲醒又「中獎」了，韓京墨看著分組結果幸災樂禍道：「這下又有好戲可看了。」

蕭雲醒依舊帶著陳清歡前往，而秦靚不知道出於什麼目的，也帶著鄭彤彤一起去。

這次陳清歡沒有坐在她的「專屬座位」上，只是乖巧地坐在蕭雲醒旁邊，默默聽他們討論。

大概是太無聊了，她一會兒摸摸蕭雲醒的袖子，一會兒蹭蹭他的小腿，小動作不斷，讓其他人都克制不住地盯著兩人看，明顯的心不在焉。

秦靚看得失神，她從未想過蕭雲醒會當眾和別人眉來眼去，好似旁若無人。

她覺得自己應該做點什麼來阻止這一切，她很快站起來，親暱地拉著陳清歡的手，懂事體貼地建議：「我這部分結束了，清歡，我帶妳去買甜點吧，別打擾他們了。」

陳清歡眨眨雙眸，不就是演戲嗎？她也會！

精緻粉嫩的小臉上立刻露出一抹明顯的嫌棄之色，毫不猶豫地拍掉秦靚的手，一臉無辜地開口：

「我不想和妳去。」說完還委屈地靠到蕭雲醒的身上，並揉了揉剛才被秦靚碰過的地方。

秦靚瞬間被噎得說不出話來，原本盛開的笑意都僵在臉上。

那一聲動靜不大也不小，卻足以讓在座的人都聽清楚，周圍瞬間陷入一片尷尬的寂靜。

剛才還活蹦亂跳的小女孩，現在卻委屈地窩在蕭雲醒的懷裡。

蕭雲醒臉色微變地開口解釋：「她不喜歡陌生人碰她。」

說著拉開她的手，拿出一張溼紙巾幫她擦了一遍，寬大的手掌在被蹂躪得通紅的皮膚上蹭了蹭。

言簡意賅的一句話，讓在場的所有人面面相覷。

不得不說，陳清歡身上那些矯情的毛病，多是繼承她那位父親。當年那個不喜歡和人接觸的慕少，可是個被人碰一下手指，就恨不得把整個手臂都剁掉的大少爺，雖然蕭雲醒沒見識過，但也聽聞過不少事蹟。和他相比，陳清歡已經好很多了。

陳清歡忽然湊到他耳邊，氣鼓鼓地小聲咬耳朵：「我不允許你跟她說話！」

蕭雲醒笑著捏了捏她的手：「好。」

秦靚很是尷尬地坐在那裡，臉色一陣青一陣白，漂亮的眼裡迅速蒙上一層霧氣，連指尖都在顫抖，我見猶憐。即便這樣，蕭雲醒都能視若無睹，起身帶著陳清歡去隔壁買甜點哄她開心。

離開後，陳清歡才問：「我剛才是不是演過頭了？」

蕭雲醒滿目贊許：「剛剛好。」

陳清歡莞爾一笑，謙虛道：「還要感謝你的配合。」

蕭雲醒笑著點頭：「客氣。」

兩人前腳剛離開，鄭彤彤就氣不過地拍了拍桌子：「靠，公主病吧！」

韓京墨忽然開口：「毛病這麼多，不是公主病就是真公主，妳猜，哪一種的可能性比較大？」

鄭彤彤冷笑：「肯定是公主病啊！」

韓京墨慢條斯理地開口：「妳看她手腕上的那隻手錶，那可是限量款，有錢都不一定買得到。她前兩天還戴了一條項鍊，妳猜多少錢？還有她每次背的包包……」

鄭彤彤在聽完這番話後看了秦靚一眼，不說話了，陳清歡確實走著低調奢華的路線。

有人笑著打圓場：「老韓，別這麼說嘛，秦靚也是好意啊，你看她都快哭了。」

韓京墨看著秦靚被氣得發白的臉，慢悠悠地開口：「妳別在蕭雲醒面前用那些招數，實在太浪費了，只要蕭雲醒一碰上陳清歡，就沒什麼理智可言。」

聽聞韓京墨的勸阻後，秦靚的臉色更難看了，連漂亮話都說不出來，收拾好東西後就拉著鄭彤彤離開了。

韓京墨無奈地聳聳肩，他說的都是實話，秦靚遇上陳清歡確實沒什麼勝算可言。

由於去買甜點的兩人久久未歸，於是韓京墨打了一通電話給蕭雲醒，沒想到被對方用一句話打發掉了。

『清歡累了，我們吃完甜點就先回去了。』

韓京墨搖著手機對眾人挑眉：「我們也散了吧？」

不知道秦靚是被刺激得知難而退，還是聽進去韓京墨的勸導，自那之後一直到再次開學，陳清歡都沒再見過她。直到過了半個學期，陳清歡才想起那個許久都沒有來招惹自己的人，弄得她開始琢磨，難道自己氣死人的本事又進步了？

不過她現在沒心思管秦靚，因為冉碧靈要參加升學考了。

升學考前，陳清歡特地跑到附中去見她，幫她加油打氣。

冉碧靈的心態不錯，不緊張也不煩躁，還跟她聊了一會兒八卦。

「差一點忘記告訴妳，方怡沒拿到X大的保送名額。」

聽到這個消息後，陳清歡一愣，她差點忘記方怡這個人了，覺得沒幸災樂禍的必要，只是有些好奇：「怎麼會？她之前有參加集訓隊，肯定能拿到保送資格啊。」

冉碧靈搖搖頭：「我不清楚詳細情況，只是聽說她在面試的時候出了問題，最後被刷掉了。她本來還想效仿妳直接跳級，不過被老楊阻止了。老楊說，不是每個人都是陳清歡，然後她就放棄了，保送到了H大。」

陳清歡哈哈大笑了起來：「老楊幹得好。」

說完，兩人又開始閒聊起瑣事。

陳清歡冷眼看著冉碧靈，從剛才聊到現在，她唯獨沒提過褚嘉許，有些反常。

她怕影響冉碧靈考試的心情，也沒戳破。

升學考結束後，陳清歡就趁著長假找冉碧靈一起出去玩。

天氣太熱，兩人找了間甜點店坐了一整個下午。

「考得如何？」

「正常發揮吧。」

「褚嘉許呢？」

「那個傻子啊……應該考得不錯吧。」

陳清歡這才意識到不對勁：「應該？」

冉碧靈目光躲閃：「我最近沒和他聯絡，是聽別人說的。」

陳清歡想起冉碧靈之前說過的話：「那你們兩個……」

冉碧靈忽然不說話了。

「升學考都結束這麼久了，他都沒找妳？」

「我跟他說我和爸媽出去旅遊，他就相信了。」

兩人沉默了一會兒，陳清歡覺得可惜，她很看好這一對的，不希望他們因為畢業而分開。

「妳真的要和那個傻子繼續冷戰？」

冉碧靈胡亂地點著頭：「讓我思考一下吧。」

陳清歡看著窗外有感而發：「追根究柢來說，不過是『喜歡』或者『不喜歡』。」

冉碧靈忽然笑了起來：「妳真的變了，之前當同學的時候還沒感覺，後來妳提前參加升學考去追蕭雲醒，才發現妳真的開竅了。」

她還想繼續說些什麼，突然看到陳清歡的神色有些微妙，直直地看著她的身後。

冉碧靈覺得奇怪，也回頭看了一眼，只見那個傻子正注視著她。

褚嘉許還來不及打招呼，她就立刻把頭轉回來了。

升學考結束後，她忽然和他斷了聯絡，電話不接、訊息不回，讓他都開始懷疑了。

褚嘉許走過來打招呼：「妳什麼時候回來的？」

冉碧靈一愣：「啊？」

褚嘉許提醒她：「妳不是說妳和爸媽出去玩了嗎？」

冉碧靈差點忘記這個藉口：「啊，對，我剛回來。」

隨後陷入了一陣沉寂，陳清歡坐在一旁倍感尷尬。

褚嘉許沉默了一會兒後再次開口：「妳怎麼不回撥電話，我打給妳好幾通了。」

冉碧靈敷衍地回答：「太忙了，沒空。」

冉碧靈在這段時間對他冷淡了許多，即使褚嘉許再遲鈍，都意識到了不對勁，於是小心翼翼地問：「妳是不是不喜歡我了？」

冉碧靈忽然鼻酸，像是被一坨棉花堵住嗓子，一句話都說不出來。

褚嘉許眼眶紅了，有些局促地看著她，認真地開口：「妳不要討厭我，我知道我嘴笨不會說話，也不會哄妳，我有哪裡做得不好，妳說出來，我一定會改。」

冉碧靈咬著牙，忍住眼裡不斷聚積的水氣：「你沒什麼不好的，你說得對，我不喜歡你了，我喜歡上別人了。」

褚嘉許傻傻地看著她，喃喃開口：「妳喜歡他什麼？妳告訴我，他可以做到的，我以後也能做到。」

「以後……」冉碧靈吸了吸鼻子，忽然頓了一下，「沒什麼以後了……祝你前程繁花似錦。」

褚嘉許氣得渾身發抖，蹙著眉頭緊盯著她，像是要望到她心裡去。

他忍住即將爆發的怒火，漸漸握起拳頭：「冉碧靈，妳是不是太過分了？」

她還沒見過褚嘉許發火的樣子，果然平時脾氣越好的人，一旦發起火來就越可怕。

冉碧靈縮了縮脖子，有些心虛：「對……對不起……你不會打我吧？」

褚嘉許頭上的青筋都冒出來了，她害怕他會動手，沒想到他只是轉身離開了。

褚嘉許一走，冉碧靈就毫無形象地開始放聲大哭。

陳清歡看著冉碧靈趴在桌上哭，心裡很不是滋味，一句安慰的話都說不出口。

她想到了她和蕭雲醒。

等到再開學的時候，蕭雲醒就升上大四了，轉眼間就要畢業，而她距離畢業還有兩年，不可避免要再次面臨分離。

她和冉碧靈分開後，打了一通電話給蕭雲醒。

蕭雲醒這幾天去了外婆家，大概還要一週才會回來。

電話一接通，陳清歡就溫柔地喊了一聲：「雲醒哥哥。」

蕭雲醒的聲音從話筒裡傳出來，顯得格外低沉且富有磁性：『怎麼了？聽起來不太高興？』

陳清歡不想讓他被自己的情緒感染，避重就輕地回答：「沒什麼，剛才在路邊看到有人求婚，忽然想到你都沒有正式跟我表白過，我們還不是男女朋友呢，雲醒哥哥，我都長大了，什麼時候才可以當你的女朋友啊？」

蕭雲醒的輕笑聲伴隨著風聲傳來：『快了。』

不知為何，明明沒什麼實際意義的兩個字，只是從他嘴裡說出，卻讓陳清歡煩躁又不安的心安定了下來。

她的心情瞬間好起來，突然覺得自己剛才的消極有些莫名其妙，甩甩腦袋，跟蕭雲醒撒嬌了一下後就掛斷電話。

升學考成績很快就出來了，冉碧靈算是正常發揮，褚嘉許則比預估的分數還要高，和冉碧靈的差距更大了。

陳清歡把冉碧靈約出來，她沒多想就前往赴約了。等到她到了約定的地點後，才發現褚嘉許也在，她的表情瞬間冷了下來。

陳清歡對她眨眨眼：「外面太熱了，我們等等再去逛街吧。我等妳的時候正好碰到褚嘉許，妳說，是不是很巧？」

冉碧靈瞪她一眼，連謊話都懶得想，說得這麼沒誠意，還真是陳清歡的風格。

坐下後，褚嘉許開門見山地問：「妳打算去哪間大學？」

冉碧靈對他格外冷漠：「關你什麼事啊！」說完拉著陳清歡就要走：「不是說要幫我慶祝嗎？走吧！」

陳清歡於心不忍，對褚嘉許發出邀請：「一起去吧？」

褚嘉許抬起頭來，還來不及說話，就被冉碧靈一臉煩躁地打斷：「幹嘛叫他？我們又不熟！妳不去的話，我自己去就好了！」

褚嘉許臉色蒼白地站起身來，笑得有些勉強：「我就不去了，妳們去玩吧。」

冉碧靈偷看他一眼，因為見慣他臉紅窘迫的樣子，如今看到他這副模樣，心底有著說不出的難過，眼眶一紅便轉身跑出去。

陳清歡看看假裝生氣，實則落荒而逃的某人，又看看面前心如死灰的褚嘉許，咬咬唇開口：「你別怪她。」

褚嘉許艱難地點頭：「我都知道，妳快去陪她吧。」

陳清歡點點頭，追了出去。

正式填志願的前一天，冉碧靈回到學校把模擬志願交出去。

她剛從教室後門走出來時，就看到褚嘉許站在前門往裡張望。

她靜靜地看了他一會兒，他才察覺到她的視線，兩人默默對望，直到褚嘉許朝她走過來，她才別開視線。

冉碧靈覺得心酸，她連他想去哪間學校都不知道。

等他走近，她忽然笑著張開雙臂：「傻子，我們抱一下吧。」

由於不想讓他看見眼淚，她在抱完之後立刻轉身，邊哭邊往前走，深怕被他看出來，還不敢抬手擦眼淚。

等跑了好一陣子後，她才忍不住蹲在地上大哭。半晌，她突然被人從地上拉起來，唇上便是一熱。

冉碧靈終於掙脫開來，氣不打一處來，捂著嘴瞪他，連眼眶都紅了。

褚嘉許沒多做解釋，轉身就走，依舊紅著臉。

被強吻的冉碧靈驚得忘掉了難過，愣在原地半天，最後直接跑去找陳清歡吐槽。

陳清歡聽得目瞪口呆：「哇，真意外。」

冉碧靈依舊難以置信：「他哪來的膽子？」

過了一會兒，陳清歡神色古怪地盯著她：「我可以問個問題嗎？希望妳不要介意。」

冉碧靈直覺她問不出什麼好話，卻還是鼓勵她：「什麼？」

「嗯……」陳清歡扭捏了一下，「伸舌頭了嗎？」

冉碧靈立刻露出一副果不其然的表情，同樣扭捏了一下後回答：「嗯……」

陳清歡咬牙切齒地看著她，「哼！」

冉碧靈紅著臉推她：「幹什麼，妳也有雲醒哥哥啊！」

陳清歡對她吐了吐舌頭。

冉碧靈離開後，天空就下起了傾盆大雨。

大雨滂沱，褚嘉許站在體育場的看臺上出神。

——「你最喜歡哪個足球運動員啊？」

——「蒂埃里．丹尼爾．亨利，是一位法國的足球運動員，已經退役了。」

那時候，她問他最喜歡的足球運動員是誰，他還記得那句關於亨利的話。

三十二歲的亨利就坐在那裡，深情的目光望過去，滿眼都是自己二十二歲的影子。

而此刻，十八歲的褚嘉許站在這裡，望過去，滿眼都是冉碧靈十五歲時的影子。

他低頭去看手裡的志願表，一份是他自己的，另一份是從楊澤延那裡抄來的冉碧靈的志願。

剛才他祈求楊澤延去找冉碧靈的班導，想看看她填寫的志願。

楊澤延給他看的時候，連手都在抖：「小褚，你可得想好了，要是被丁老師知道這件事，我肯定會被宰掉的。」

褚嘉許一改往日的靦腆，落落大方地對他一笑：「楊老師，我只是看看而已。」

話雖這麼說，但楊澤延從他眼中看出了某種決心和篤定，卻又覺得是自己想多了，像褚嘉許如此聽話又懂事的孩子，應該做不出出格的事情。

他本想再勸兩句，還沒開口就聽到褚嘉許問：「楊老師，您為什麼要來我們學校教書？」

楊澤延笑著打哈哈：「教育學生，功德無量啊。」

「我那天看到您母親來學校找您。」

「然後呢？」

褚嘉許一笑：「我在電視新聞裡見過她。」

楊澤延忽然指著他笑了：「你這小子……在這等著我啊。」

當年，他罔顧家裡的意思，非要來這裡當老師，氣得他父母有好幾年都沒理他，只是後來看他確實鐵了心，關係才緩和不少。

褚嘉許是看準了這點，才想拿這件事來堵他。

褚嘉許給班導和家長看的志願表，和他最後繳交出的那份完全不一樣，在收到錄取通知書的時候，果然引起了軒然大波，但冉碧靈對這些事情一無所知。

冉碧靈最後被南部的某所大學錄取，要去報到那天，陳清歡去送她。

兩人站在車站前說了很久，最後陳清歡覷她一眼，提醒道：「褚嘉許呢？雖然他看起來笨笨的，不過人家智商高、長得好看，還不花心，老實敦厚，待人又真誠，放出去的話，不知道會被多少女生喜歡，妳可要抓緊一點。」

冉碧靈這才鬆口，垂著眼睛低語：「就是因為知道這些，才不想耽誤他……」

陳清歡看她：「妳真的捨得？」

冉碧靈灑脫一笑，像是真的放下了：「再說吧，時間差不多了，我先進去了。」

陳清歡揮手和她告別，到底有沒有放下，大概只有她自己最清楚。

新生報到的時候，冉碧靈怎麼也沒想到，竟然在學校門口看到了那個傻子。

「你怎麼會在這裡？」

褚嘉許搖著手裡的資料袋：「報到啊！」

他笑得開懷，一口大白牙晃得她頭暈：「我們以後就是校友了，請多多關照！」

冉碧靈睜大了雙眼，就這麼愣愣地看著他。

褚嘉許伸出五指在她眼前晃了晃：「幹嘛，看傻了啊？」

冉碧靈忽然揍了他一拳：「你為什麼不早說？害我……」

褚嘉許硬生生接住拳頭：「我想說啊，可是妳不理我，我哪有機會。」

「你明明就是故意的！褚嘉許，你學壞了！」

「好了好了，對不起，是我的錯，以後不騙你了。」

冉碧靈抹了把眼淚，又是慶幸又是惋惜：「你為什麼要這麼做啊……真是個傻子……你明明可以進更好的學校……」

褚嘉許手忙腳亂地幫她擦眼淚：「哎，妳別哭啊……我錯了，都是我的錯，妳別再哭了，求求妳了……」

褚嘉許想告訴她卻沒說出口。

因為我怕妳在大學會遇到更好的人，那段時間我天天做夢，夢到妳跟我說妳遇到更喜歡的人了，每次驚醒後都一身冷汗，我不想讓這件事實現，所以就來了。

事後，冉碧靈哭得稀里嘩啦地打電話給陳清歡，陳清歡還以為發生了什麼事，嚇了一跳。聽她斷斷續續地說完後才笑出來：「褚嘉許真是好樣的啊！」

掛斷電話，田思思審視她：「什麼事啊，笑得這麼開心？褚嘉許是誰？」

陳清歡不答反問：「妳為什麼不談戀愛啊？」

正被數學題目折磨的田思思立刻瞪她：「這位同學，請妳注意言詞，不要剛開學就挑撥我和高斯的關係，談什麼戀愛？要什麼男朋友？」

眼看她又要開始念叨，陳清歡連忙阻止她：「我到時候介紹我朋友給妳認識，妳們兩個肯定合得來。」

田思思被她帶偏：「是嗎？說到做到啊。」

不久後，褚嘉許特地打電話給陳清歡，表示冉碧靈近期對他格外溫柔，讓他惶恐不安，所以想諮詢一下她到底怎麼了。

陳清歡笑得前仰後合，還不忘提醒冉碧靈，那個傻子無福消受她溫柔的樣子。

冉碧靈氣急，從此對褚嘉許恢復了往日的凶悍，褚嘉許才終於放心。

第二十一章　盛大的告白

又迎來草長鶯飛的時節，陳清歡終於等到了她的十八歲生日。

距離生日還有半個月，她就開始跟蕭雲醒念叨：「我快要成年了！」

蕭雲醒看著她：「這麼高興啊？」

陳清歡搖頭晃腦地計畫著：「當然，只要成年，你就能對我為所欲為了！」

「……」蕭雲醒不知道該說什麼。

陳清歡歪著腦袋問：「雲醒哥哥，以後不管你想對我做什麼，都是合法的，你高興嗎？」

蕭雲醒看著眉眼彎彎的小女孩，心裡卻想：陳慕白可能會不高興。

某天，陳清歡和田家姊妹吃過午餐離開食堂後，就看到學校的人行道上擠滿了人。

田思思接過正在發放的傳單，就拉著兩人往那邊擠：「那裡怎麼這麼熱鬧？」

田汨汨一臉神祕：「哎，我告訴妳！那可是X大之光啊！」

陳清歡低頭看著傳單：「為什麼這裡有一行小字，僅限男生參加？」

「據說這個比賽，是之前某個學姐為了滿足自己的惡趣味才舉辦的，而活動也傳承到了現在。」

田思思興致勃勃地問：「很厲害嗎？」

田汨汨理所當然地點頭：「當然，這場比賽的角逐，歷來都是諸神之戰，就不提大四的神仙了，大三霸主們的口碑也是有目共睹的，大二的男神們也開始嶄露頭角，大一也會突然冒出幾個小鮮肉，讓人刮目相看，向來被稱為『X大之光』之爭。」

田思思一開口就暴露本性：「有很多帥哥嗎？」

田汨汨嫌棄地遠離她：「雖說是學識之爭，但能進決賽的顏值都尚可。」

聽得田思思眼冒綠光。

陳清歡本來沒把這件事放在心上，但沒過幾天，蕭雲醒竟然告訴她，他參加了這場比賽，而且還進了決賽，希望她能來看。

決賽那天恰好是陳清歡生日的前一天，她隱隱覺得蕭雲醒正在籌畫什麼。

那天晚上，陳清歡有個小考，她原本想蹺掉考試去看蕭雲醒比賽，卻被蕭雲醒果斷制止，她才收起這個念頭。

考試一開始她就飛快地答題，沒想到做完後，監考老師才說不允許提前交卷，氣得陳清歡也不檢查了，就坐在座位上怒視監考老師，以示抗議，不知道的人還以為那是她的殺父仇人。

一宣布交卷，陳清歡立刻衝出教室，邊跑邊舉著手機，風風火火地開口：「考完了！考完了！我馬上就到！你一定要等我！」

蕭雲醒倒是格外淡定：『好，我等妳。』

她跑得飛快，田思思在後面追得很辛苦：「陳清歡！妳等等我！」

陳清歡和田思思一頭栽進禮堂，朝第一排直奔過去。

田汨汨坐在最中間對兩人招招手，小聲邀功：「女神，第一排中央，全場最好的位子！我幫妳占到的！」

陳清歡雙手合十，在胸前搖了搖：「妳太棒了！改天請妳喝奶茶！」

田汨汨豪爽地擺手，跟陳清歡念叨：「不用不用。不過妳沒看到剛才那幕實在是太可惜了。蕭雲醒剛剛邊看題目邊打電話，然後點出答案。實在沒見過這麼囂張的人，正確率還百分百！他旁邊的選手都快哭了！」

他們到的太晚，比賽已經進入了尾聲，其他參賽者都陸續被淘汰退場，而蕭雲醒也進到最後一個環節，還剩下最後一題，如果他答對了，就能問鼎冠軍。

田思思往臺上看了看，轉頭問田汨汨：「別人都被淘汰了？一個都沒留？同為『航太系二帥』的韓京墨呢？」

田汨汨早就把所有的熱情都奉獻給女孩了，只要提及異性，她總是興致缺缺：「他？早就被淘汰了。」

陳清歡一臉痴迷地盯著臺上：「雲醒哥哥好棒啊！」

他家學淵源，說一句通曉古今也不為過，當然不會有對手。

田思思輕聲提醒她：「謙虛一點……」

陳清歡睜著烏黑清澈的大眼，不解地看著她：「雲醒哥哥這麼棒，為什麼要謙虛？」

「……」面對如此直擊靈魂的發問，田思思無法回答。

在公布最後一道題目前，主持人笑著問臺上的蕭雲醒：「我們都知道蕭雲醒之前從沒參加過這個活動，為什麼到畢業前才來參加呢？」

蕭雲醒頓了頓，忽然抿唇笑了一下：「我有點緊張。」

主持人笑著問：「是因為最後一道題目嗎？」

蕭雲醒搖了搖頭。

主持人也沒追問：「那我們就來看看最後一道題目吧。」

題目一出，下面全是抽氣聲，連陳清歡都皺起了眉頭。

坐在後排的韓京墨忍不住吐槽：「這他媽是什麼東西啊？我跟你說，蕭雲醒完蛋了。」

向霈毫不擔心，閒閒地嘆了口氣：「你一點都不了解雲哥。」

韓京墨不服氣，信誓旦旦地開口：「如果蕭雲醒能答對這題，我就……」

向霈淡定地看著他：「你就？」

韓京墨不接招，瞬間冷靜下來：「不怎麼樣，蕭雲醒是個變態，他答對也沒什麼稀奇的。」

蕭雲醒看完題目後，神色未變地緩聲開口：「答完這題後我想說幾句話，可以給我一點時間嗎？」

主持人笑著開玩笑：「是獲獎感言嗎？」

聚光燈下的男生再次搖了搖頭，很快給出答案。

主持人也不含糊：「回答正確！讓我們恭喜蕭雲醒同學！」

底下的驚嘆聲此起彼伏，接著便是雷鳴般的掌聲。

田思思邊鼓掌邊在陳清歡耳邊喊：「他要說什麼啊？」

陳清歡正格外賣力地鼓掌，熱烈的視線落到某個人身上久久不動，似乎還沒意識到即將發生的事，搖了搖頭：「我不知道。」

主持人示意臺下安靜後，好奇地看向蕭雲醒：「你可以說你想說的話了。」

蕭雲醒深吸了一口氣，看著臺下很快開口：「我喜歡一個人，想讓她做我的女朋友，所以想站在所有人都看得見的地方跟她表白。她一直說要做我的女朋友，我不知道怎麼樣才算數，或許只要表白就可以了吧？不會耽誤大家太久，給我幾分鐘的時間，可以嗎？」

安靜了幾秒後，尖叫聲瞬間響起，臺下的女孩們瘋狂喊叫著。

「多久我都給！」

「給給給！給一輩子！」

向霈聽著耳邊震耳欲聾的尖叫聲，再看看臺上那熟悉又陌生的面孔，直接傻眼：「靠，不是吧？這麼高調，不像他的作風啊！」

韓京墨盯著臺上，滿臉審視：「他該不會是被陳清歡強迫的吧？」

向霈輕嗤一聲：「強迫？哼，不可能，我看雲哥樂意得很呢！」

韓京墨揉了揉耳朵，覺得蕭雲醒越來越有意思，戲謔地笑著：「雲哥人氣很高啊。」

向霈一臉得意：「那當然，雲哥的一切都很完美，連我這個男的都愛，更何況是這些女生。」

韓京墨調侃向霈：「雲哥準備放大絕來屠盡天下單身狗了，你還不防禦嗎？」

向霈一副破罐破摔的模樣：「防禦有用嗎？」

韓京墨摸著下巴：「這倒也是。」

田思思揪著陳清歡的手臂很是興奮：「靠！陳清歡！別告訴我妳完全不知道這件事！」

陳清歡也傻眼了，愣愣地看著臺上那道身影，腦中一片空白，不知道發生了什麼事，也不知道接下來會發生的事情。

他穿著最簡單的白衣灰褲，英姿颯爽地站在那裡，稜角分明的臉在錯落的光影中顯得格外乾淨柔和。

再次開口前，他忽然露出一抹清澈而溫暖的笑容，一塵不染，眉宇間縈繞著淺笑。

他什麼都還沒說，底下再次湧起尖叫聲。

「天啊！蕭雲醒笑了！我的心快要融化了！」

「蕭雲醒簡直就是人間理想啊，不，是人間妄想！不不不！是連想都不敢想！」

蕭雲醒唇邊噙著一抹淺淺的笑，眉眼低垂，緩緩開口：「我們小時候就認識了，相伴長大，沒有經歷過的人無法想像，生命中有個人，能從以前到現在都把我放在心上最重要的位置，何其有幸。她送過我很多東西，小時候送過小鴨子，後來送了愛的抱抱，給我的感情真摯又熱烈，我自嘆不如。有時候我會想，我能給她什麼？她說，別人總羨慕她能和我一起長大，我卻在想，我何德何能可以讓她從小喜歡到大？我是個特別挑剔、要求很高的人，我愛上的人肯定是世界上最好的，她也值得擁有世界上最好的。或許我能給她的第一步，就是一個配得上她的表白。」

那些回憶隨著他的娓娓道來呼嘯而至，他沉浸在兩人的回憶裡，只有那雙瀅意浮動的眼睛燦若星辰。

「我還記得有一年她問我，『雲醒哥哥，你是不是也喜歡我』。」他的眉眼間忽然籠上一層繾綣的笑意，「我怎麼可能不喜歡？我是個悶葫蘆，因為她的存在，我的青春才肆意灑脫了許多。因為她，等我以後回憶起來，整個青春都是鮮活清亮的，而記憶裡的她可愛、青澀、溫暖、美好，讓我如何不心動？」

「她喜歡康萬生，我一直不知道原因，不知道她為什麼喜歡京劇又不去學，但是此刻我好像突然明白了。」

一向警醒的他有點自責，頗為後知後覺，蕭雲醒頓了頓後繼續道，「她不是喜歡京劇，也不是喜歡康萬生，她是喜歡康萬生原生態的唱法。那種氣吞山河的氣勢，就像她對我的喜歡，用盡所有的力氣，義無反顧地吼出那一聲喜歡，不問結果，不知未來。我想回她一句，一往無前，此情可待。」

「她從未掩飾過對我的喜歡，不畏人言，不懼別人的目光，從未想過全身而退。」

我不像她一樣勇敢。

「她對我的喜歡赤誠乾淨，珍貴純粹，慎重到不敢辜負，那種勇往直前的無畏和一心一意的單純何其美好，讓我自嘆不如，無以回報，只能以身相許了。」

他的側臉清俊深邃，眉眼溫和，嗓音低沉地緩緩說著，禮堂裡空曠安靜，只迴盪著他的聲音。這或許不是一場單純的表白，而是蕭雲醒心甘情願地剖開自己的心，如數奉到陳清歡面前。

他把自己放低，願對她俯首稱臣。

韓京墨玩世不恭地指指臺上：「蕭雲醒看起來很緊張啊，都開始語無倫次了，這還是蕭雲醒嗎？他那引以為傲的縝密思維呢？」

向霈白他一眼：「他跟你不一樣，你這個身經百戰的感情騙子。」

「感情騙子？向霈，我勸你說話小心一點，我承認我身經百戰，但我不是騙子。我很認真對待歷任女友，也付出了真摯的感情，沒想到時間一久他們就原形畢露了，剛開始都可可愛愛的，時間一長就露出真面目了。我才是受害者，我還沒控訴他們是騙子呢！」

韓京墨歪頭看過去，剛想繼續，卻被他的樣子嚇了一跳：「你幹什麼！」

向霈抹抹眼角：「感動啊，不行嗎？」

韓京墨輕嗤一聲：「又不是跟你表白，你感動什麼？」

向霈不理他：「你別說話！我要好好記住這一刻，畢竟這沒有重播。」

說到這裡，蕭雲醒忽然停住，朝陳清歡的方向看去，微微一笑，少年的眼底浮動著笑意，滿心滿眼都是她。

如此謹慎的溫柔，可能因為緊張，耳尖微微泛紅。

陳清歡眉眼含情地看著他，蕭雲醒忽然受不了，眼眶不動聲色地紅了。

他從頭到尾都沒提過陳清歡的名字，卻當著眾人肆無忌憚地深情對視，再次讓眾人激動不已。

陳清歡忽然心跳加速，因為他剛才看過來的眼神，讓她預見即將發生的事，那是一種直覺，一種歲月沉澱下來的默契。

陳清歡定定地看著他，那雙深邃的眼眸裡正掩著說不出的深情，讓她心甘情願想要溺死在裡面。

她忽然抓住田思思的手。

田思思看向她：「怎麼了？」

陳清歡抬手捂住胸口：「這裡……」

「不舒服啊？」

「這裡，好像吃了一顆跳跳糖，我控制不住……」

田思思搖頭：「果然沒人扛得住蕭雲醒的眼神……」

她還沒有調整好呼吸和心跳，就看到蕭雲醒再次抬眼看過來：「我的心上人，從小到大說過最多次的一句話就是，『等我長大後就嫁給你，好不好？』，一想到這輩子會和她一起走過，心裡就暖暖的。有女同行，顏如舜華。彼美清歡，德音不忘。所以，陳清歡，妳，可不可以做我的女朋友？十八未滿，成年將至，天氣已經暖和，繁花盛開，清歡，妳終於長大了，雲醒哥哥已經等了妳好多年……」

蕭雲醒平日話不多，整個人清冷淡然，但看起來越禁慾的人，一旦稍微露出點凡人的情態，就性感不已，讓人欲罷不能。

不止陳清歡欲罷不能，還有一顆顆蠢蠢欲動的少女心。

但他們都不知道，在沒人看見的地方，蕭雲醒的手正在顫抖。

「啊啊啊！蕭雲醒表白啦！我要瘋了！再甜一點吧！反正我也不想活了！」

「天啊，這兩個人又開始聯手虐單身狗了！」

「哪是虐狗，簡直就是直接大開殺戒！」

「這到底是表白還是求婚啊！」

「哎呀，果然越是清冷的人，動情就越撩人。」

「我靠！陳清歡到底是誰啊？能被蕭雲醒當眾表白，這肯定是一個女孩的巔峰吧？她這輩子真是圓滿了！此生無憾啊！」

「我真的沒有忌妒，真的！」

田思思還在逗她：「喲，讓蕭雲醒都自嘆不如的人，厲害了！未免也太甜蜜了吧？想好要去哪裡度蜜月了嗎？生男孩還是生女孩啊？打算生幾個？」

陳清歡捂著泛紅的臉，忍不住笑出來。

其實她從來就沒期待過當眾表白，只要蕭雲醒能溫柔悠然地等她長大，便是最深情的表白了。

田思思忽然感慨：「說真的，蕭雲醒實在是太完美了，好到不真實，沒想到他也有七情六欲。」

田汨汨在另一邊幸災樂禍：「竟然是為了表白才想拿冠軍，惡趣味學姐要祭出她的青龍偃月刀了！」

向霈嘖嘖稱奇：「這絕對是我認識雲哥以來，他笑了最多次的時候，你剛剛有數他今晚一共笑了幾次嗎？我一直以為他不會笑。」

韓京墨歪頭調侃向霈：「蕭雲醒怎麼可能不會笑？他啊，是把所有的溫柔都給了陳清歡。」

向霈忽然收斂起神色，格外正經地問他：「老韓，你還記得你的初戀嗎？」

韓京墨橫他一眼：「怎麼了？」

向霈失落地搖頭：「沒什麼，只是突然想到我的初戀，那個我看到就臉紅，也會對我臉紅的小女孩。」

韓京墨繼續道：「你那是什麼表情？你當時對不起人家了？」

向霈的模樣古怪，神色微妙，支支吾吾地開口：「其實……也沒什麼……就是……」

韓京墨抬手阻止他繼續往下說：「別說了，渣男。」

向霈一握拳：「我要去打電話給我的初戀！」

韓京墨涼涼地看他一眼：「我勸你不要這麼做，討罵。」

向霈不理他，像風一般地跑出去，又匆匆地跑回來。

「這麼快？」韓京墨逗他，「不接？」

向霈一臉沮喪地垂著腦袋：「接了，她叫我滾。」

韓京墨笑得毫無形象可言：「哈哈哈哈！活該！」

陳清歡不知道自己當時的表情，也不知道這場屬於她的盛宴是怎麼結束的，等她回神的時候已經落幕，蕭雲醒牽著她的手站在禮堂後門。

一切都像一場夢，美好和驚喜都是這麼不真實。

她低頭去看兩人牽在一起的手。

小時候，蕭雲醒經常牽著她的手到處走走，後來兩人長大，到了男女避嫌的年紀，就不再讓她牽他的手，所以她只能勾起他的尾指，賴皮般地晃來晃去。

他一直努力克制，默默等她長大、等她成年，除了她收到錄取通知書時得到的獎勵外，他從未做過出格的舉動，相比她的肆無忌憚，他才是辛苦隱忍的那一方。

也許就是他的自律和克制，才讓顧九思對他那麼放心。

她純淨又熱烈的喜歡，他謹慎而內斂的溫柔，大概就是這個青春年華裡最美好的情感了。

蕭雲醒忘了一件事，就是壓制後的猛烈反彈。

「這屆的冠軍是誰？」

「蕭雲醒啊，實至名歸。」

「哪個蕭雲醒？」

「X大也只有一個蕭雲醒啊。就是當年軍訓的時候，你在表白牆上高調尋人，從而單方面決定和他成為情敵的那個人！」

「能不能別提了？什麼情敵，那是單方面碾壓好嗎？我猜陳清歡至今都不知道我是誰。」

「這不是重點。」

「重點是什麼？」

「重點是，蕭雲醒拿冠軍的目的，是為了跟一個女孩子表白。」

「靠，春天果然到了，沒想到蕭雲醒也會做這種事情……那個女孩答應了嗎？」

「怎麼可能不答應！」

「你知道那個女孩是誰嗎？」

「有完沒完！還能有誰？都叫你別提了！」

「為什麼不提？那可是你的巔峰時刻啊！哈哈哈！」

幾人討論得熱火朝天，並沒有發現在黑暗中緊靠在一起的兩人。

等人聲和腳步聲遠去，蕭雲醒才微微歪頭躲了一下，氣息不穩地開口：「陳清歡，不准再親了！」

真要命！再親下去的話，他真的要有反應了！

他一邊輕喘，一邊低頭看她，只見她眼睛雪亮，像藏著數不盡的小星星。

看著她仰頭望向自己的模樣，蕭雲醒有些難以抑制激動，像個毛頭小子，心跳如雷，雖說早已心意相通，可直到現在，經歷過剛才的表白，他才覺得陳清歡終於屬於他了。想要好好抱在懷裡親一親。在這光線朦朧的湖邊角落，像其他校園情侶一樣，做一些無傷大雅的親密舉動。

「不行！要親！再親一下，一下就好，求求你……」

看他許久沒有動作，陳清歡踮起腳尖，摟著他的脖子黏過來，抵著他的唇模糊不清地回答，最後幾個字淹沒在唇舌間，「畢竟我想了這麼多年……」

蕭雲醒無奈地輕笑，抱著她又親了一會兒。

長公主當著眾人的面表現得相當得體大方，感動得恰到好處，即便後來和蕭雲醒獨處時，都看不出任何異狀，但她一進家門就坐到地板上，隨手抱起東西開始哭。

帶著小狗來做客的唐恪被嚇了一跳：「那個……長公主啊，妳先把我家的狗狗放開，牠膽子小，沒見過這種大場面，別嚇壞牠。」

陳清歡哭得毫無形象可言，這是她成年後第一次號啕大哭，嚇得唐恪直喊陳慕白。

「陳三兒！你快來！我一個人承受不了！」

陳慕白聞聲趕來，看到寶貝女兒哭成這樣，就差拿刀出門砍人了。

蕭雲醒把陳清歡送回家後才回去，沒想到竟然在宿舍樓下被人堵住。

今晚看了整場恩愛秀的秦靚大受刺激，在喝完酒後鼓足勇氣來見他，她藉著酒勁問道：「她到底有哪點值得你喜歡？因為她家世比我好？還是因為她長得比我好看？」

蕭雲醒沉默不語地看著她，過了許久才神色淡然地開口：「因為她是陳清歡。」

秦靚愣愣地看著蕭雲醒，正努力消化著這句話。她張了張嘴，似乎想繼續開口，但蕭雲醒沒有再給她機會。

「只因為她是陳清歡，與她的家世和長相無關。妳不會理解這種感覺的。」

她瞬間清醒了。

她一直不明白，他是所有女孩的初戀，若她得不到，別人也只能仰望。但為什麼陳清歡是個例外？她憑什麼可以成為蕭雲醒生命中最重要的人？

「她不過是比我早認識你，但人總是不斷前行的，你在不斷成長，會看到更廣大的世界，見到更美的風景，有更美好的未來，也會遇到更驚豔的人，等你再回頭去看就會發現，她也不過如此。」

聽到這裡，教養維持的那份溫和已被她澈底耗盡，蕭雲醒扯出一抹鄙薄的微笑，「到底是什麼樣的不自量力，讓妳誤以為自己能比陳清歡驚豔？」

這句話說得有些重，澈底激怒了秦靚，她咽不下這口氣：「她不過勝在比我早認識你，你以為朝夕相處就是喜歡了嗎？為什麼不給我一次機會！」

蕭雲醒鄭重地看向她：「那妳為什麼喜歡我？」不等他開口，他匆匆地繼續說下去，「陳清歡身材高挑，膚白貌美，有內涵、有閱歷，父母皆是正直且清華的人，心中溫暖純粹，做人乾淨磊落，努力上進，就算沒有二十幾年的朝夕相伴，她身上的任何一點都符合世俗尋找另一半的條件，該有的都有，我為什麼會不喜歡她？」

「你……」秦靚無言以對。這的確是事實，憑心而論，以陳清歡的條件，如果她是個男人也願意找這樣的另一半。

蕭雲醒沒看她，神色淡漠地開口：「一個人的教養，不在於表面的言行舉止，而是在於對待所有人，是否一視同仁。」

秦靚的眼底浮出一絲鄙夷：「對所有人都是目中無人，嬌蠻又任性，這樣也算？」

蕭雲醒一臉理所當然：「有何不可？」

秦靚被氣笑：「蕭雲醒，你也太偏心了吧！」

蕭雲醒不覺得有什麼不對：「喜歡不就是偏心嗎？這不是最自然的反應嗎？不偏心她的話，怎麼知道我喜歡她？」

秦靚被他的反問堵得無話可說。

她低低開口，聲音裡滿是悲傷和絕望，還帶著一絲絲的不甘心：「我說不過你，但蕭雲醒，你會後悔的。」

後悔嗎？

蕭雲醒忽然笑了起來：「平生不悔。」

中天一片無情月，是我平生不悔心。

為了避免日後不必要的誤會和麻煩，蕭雲醒勉強壓下不悅，耐著性子和她一次說清楚：「或許在這個世界上，真的有比陳清歡更好的女孩子，但在我心裡，沒有。我是個唯物主義者，但面對陳清歡，我是唯心主義者。也許我以後真的會遇到比陳清歡更好的人，但在我眼裡，她是最好的，就算真的有人比她好也與我無關。」

「蕭雲醒！」秦靚從來沒有如此失態過，撲上去抓著蕭雲醒的手臂發酒瘋，「我不過是比她晚遇到你，我做錯了什麼，你要對我這麼絕情？你為什麼不肯給我機會？」

「不是時間早晚的問題，我已經說得很清楚了。」蕭雲醒推開她的手讓她站好，「妳，好自為之。」他的目光沉靜而銳利，像是能把人心看透，她心底的那點伎倆在他面前無所遁形。

是啊，她沒喝醉，不過就是為了找個藉口罷了。

秦靚受到連環暴擊，恨不得吐血身亡，拉住他的衣袖做最後的掙扎：「你聽我說……」

蕭雲醒拂開她的手：「我的教養讓我能繼續聽妳說下去，但是我的心不允許。」

秦靚知道沒辦法再為自己爭取機會，索性撕破臉，冷笑著開口：「你以為你們可以一直這麼甜蜜下去？一輩子那麼長，男人都是博愛的，你管得住自己嗎？就算你可以，那她呢？陳清歡長了一副……」

蕭雲醒的臉色沉了沉，壓下爆粗口的衝動。他眸光冷冽地看過去，襯托出整張臉的剛毅和凌厲，氣勢迫人，讓秦靚說不下去。

過了許久，直到秦靚心虛得目光躲閃，他才收起凜冽，恢復一貫的氣度：「我其實很懶惰，沒有精力再去了解其他人，餘生也只會和她在一起。至於能不能讓她和我一直走下去，那就是我的事了。」

秦靚站在原地看著蕭雲醒轉身離開，愣愣地出神。

此時此刻，秦靚終於知道，陳清歡身後有個不可戰勝的蕭雲醒，在她面對自己時，那份肆無忌憚的自信是他給的。因為她知道，蕭雲醒永遠都會在她身後力挺她。

待蕭雲醒一進宿舍，趴在陽臺上的兩人立刻跑去向韓京墨彙報。

「雲哥回來了！」

「秦大美女還在樓下哭！」

韓京墨一邊打遊戲，一邊搖頭嘆氣：「他還真是無情啊！」

蕭雲醒一進寢室就被兩人圍住。

「你的衣領怎麼皺成這樣？」

「是和人打架了？不過你的身高……一般人應該抓不到你的衣領才對。」

蕭雲醒撫著衣領，不動聲色地紅了臉。

韓京墨秒懂，揶揄地笑著：「一般人根本沒辦法接近他，這肯定是一隻大妖怪！還和大妖怪戰了三百回合，那個擾亂人心的妖怪就叫做陳、清、歡。」

蕭雲醒一言不發地看著他。

他的衣領確實是剛才和陳清歡接吻時，被她抓皺的。

韓京墨調侃他：「看我幹嘛？我還沒問你呢，你不聲不響地布下這局，就為了和陳清歡表白？那你當初幹嘛還拉我一起報名？你就不怕自己被我幹掉，然後拿不到冠軍嗎？」

蕭雲醒漫不經心地坐下：「不怕。」

韓京墨好奇：「為什麼？」

蕭雲醒看也不看他：「你沒有那種實力。」

「靠……」

韓京墨氣得捶胸頓足，剩下兩人憋笑喝水。

第二天中午，韓京墨收到秦靚的訊息。

他不明白秦靚為什麼要約他出去，總不會是要追他吧？當他是冤大頭嗎？

他準時赴約，秦靚倒是很直接，開門見山地讓他幫忙追蕭雲醒。

韓京墨非常無言地看著她，對她的為人處世實在不敢恭維。明明是個漂漂亮亮的女孩，怎麼這麼固執。

他懶懶地抬眸拒絕：「雖然蕭雲醒看起來淡然，其實是個很專情的人，他內心自有他的柔軟和信仰，只不過妳不在他的專情範圍內。如果妳當初耐得住寂寞，一直以朋友的身分自居，或許還能讓他看妳一眼，至於現在……他對妳是什麼態度，妳自己知道。」

秦靚的眼裡盡是不甘和懊惱：「如果我執意如此呢？」

韓京墨笑了一下，一副事不關己的高姿態：「在蕭雲醒眼裡，人只分兩種，那就是陳清歡和其他人。他只看得到陳清歡，再也容不下別人了，我奉勸妳還是別想了。」

秦靚已然聽不進去了：「我們馬上就要畢業了，我只是想要奮力一搏去爭取一下，有什麼不對嗎？」

「當然沒問題，不過……」韓京墨懶洋洋地看了她一眼，「別病急亂投醫，即便妳來找我也沒用。」

秦靚楚楚可憐地看著他：「我們同學一場，或許畢業後，這輩子就不會再見面了，你就不能幫幫我嗎？」

韓京墨意義不明地笑了一下：「妳這是道德綁架。」

她已經沒有退路了，索性承認：「是，那又怎樣？」

韓京墨慢條斯理地啜了一口咖啡，不要臉地回覆她：「不怎麼樣，妳可能不太了解我，我這個人沒什麼道德，妳綁架不了我。」

秦靚咬著牙不說話，沉默了半晌才再次開口：「你難道不喜歡陳清歡？」

韓京墨瞬間掃了她一眼，和她對視許久才慢慢笑出來，繼而猛拍桌子放聲大笑。

秦靚在他的笑聲中愈加尷尬。

韓京墨笑完後，揉了揉發酸的臉頰，一本正經地跟她解釋：「第一，我這個人雖然沒有道德，但還是有底線，我不會做出橫刀奪愛的事情。第二，陳清歡不是我的菜。第三……」

他忽然靠近秦靚，吊兒郎當地壞笑道：「第三，妳的長相蠻合我胃口的，妳也別在一棵樹上吊死，蕭雲醒不理妳，但妳可以追我呀，妳看看我怎麼樣，要不要追追看？」

秦靚被他曖昧不清的態度氣得直接走人。

韓京墨繼續放聲大笑。

昨天晚上，陳清歡因為太興奮而失眠，第二天直接睡到下午才回宿舍。

她一進門就被田思思架住：「陳清歡！老實交代！昨晚跑去哪裡了？」

陳清歡趴在桌上：「回家了呀！」

田思思持懷疑態度：「真的？沒和蕭雲醒發生不可描述的事情？」

陳清歡嘆了口氣，昨晚她本來想乘勝追擊，一舉拿下蕭雲醒，但那人卻直接把她送回家了。

田思思滿臉狐疑地問：「可是有人看到妳和他在禮堂後面接吻！」

陳清歡換了個姿勢繼續趴著：「那又如何？」

「那又如何？所以是真的？」田思思的態度忽然轉變，八卦得不得了，「跟蕭雲醒接吻的感覺如何？」

陳清歡忽然紅了臉：「妳怎麼這麼八卦！」

田思思對此產生了濃厚的興趣，繼續挖掘：「幹嘛不好意思，初吻啊？」

陳清歡咬了咬唇，支支吾吾地回答：「不是！就是……第一次，伸舌頭而已……」

「嘖嘖……還有呢？」

「還有？」陳清歡認真想了一下，「昨天雲醒哥哥抱著我的時候貼著我的身體，還把手放在我的腰上。」

「他之前都放在哪裡？」

「肩上或背上，就像朋友的擁抱一樣。」

田思思卻忽然憂傷了起來。

陳清歡擔心自己說錯話：「妳怎麼了？」

田思思做出西子捧心的樣子：「一提到腰，我就想起林教授了。」

陳清歡無語：「夠了，要是被妳的諸位數學男神聽到的話就完蛋了。」

「妳說得對！童言無忌、童言無忌啊！」田思思立刻恢復正常，從桌上拿了個包裝精美的禮物盒遞給她，「我和田汨汨送給妳的，十八歲生日快樂！」

陳清歡接過來，拿在手裡笑嘻嘻地搖了搖：「謝謝妳們啊！」

田思思八卦：「今天晚上有安排活動嗎？」

陳清歡立刻眉飛色舞：「先回家和我爸媽吃飯，然後……雲醒哥哥說要帶我去山頂放煙火。」

田思思立刻咋舌：「沒想到蕭雲醒也是有錢人。」

晚餐後，陳慕白看陳清歡要出門，便陰森森地問：「妳要去哪裡？」

陳清歡停下歡快的腳步，理所當然地回答：「換一件漂亮的小裙子，去和雲醒哥哥過生日啊！」

陳慕白看了時間一眼：「妳不在家和我們一起過生日嗎？」

「我們剛剛一起吃過飯了啊！我現在要和我的男朋友去過生日啦！」

「男朋友？」

陳慕白對這個詞挺陌生的，這還是他頭一次從陳清歡的嘴裡聽到。

陳清歡抿唇一笑，精緻的眉眼間染著甜蜜的笑意：「就是雲醒哥哥啊，他昨天跟我表白了，他說我已經成年，可以談戀愛了，我們是正式的男女朋友啦！」

陳慕白眉眼微抬，拿出家長的威嚴提高聲音：「我允許了嗎？」

「你允許什麼？」陳清歡一臉懵懂地指指顧九思，「當初你和顧女士在一起的時候，有徵求你爸的意見了？你爸允許了？」

陳慕白咬牙切齒地捏著杯子：「唐恪這個大嘴巴，我遲早要把他的嘴縫上！」

被提名的顧九思開口趕人：「趕快去吧！不要太晚回來喔。」

陳清歡換好衣服、背起包包，哼著歌出門了。

陳慕白對顧九思的做法很是介意：「什麼叫『不要太晚回來』？」

顧九思好似不解地反問：「難道我要跟她說『清歡，晚上不要回來了』？」

陳慕白面沉如水：「她敢！」

「看吧？」顧九思幫他倒了一點水，「我還是站在你這邊的。」

陳慕白喝了口水，一改剛才炸毛的狀態，有些洩氣地靠在顧九思的肩上：「不是因為這個。」

「嗯？那是因為什麼？」

「因為我送給清歡的禮物……」

「禮物怎麼了，剛才不是給她了嗎？」

「我一開始想送的禮物……被蕭雲醒那小子搶先買下了！」

陳慕白一想起這件事就火大。

距離陳清歡生日還有半個月的時候，陳慕白就找唐恪來商量：「女兒的成年禮，我該送什麼比較好？」

唐恪建議他：「小女孩嘛，都喜歡夢幻的東西，你就放一整個晚上的煙火給她看，越多越好，最好華麗一點、浮誇一點，她肯定會很高興的，以後回憶起來，就會覺得這是她人生中收過最棒的禮物。」

陳慕白表面嫌棄他的主意太俗氣，私下卻叫陳靜康去把每家店的煙火定下來，沒想到他晚了一步，因為有人「剽竊」了他的想法。

如今那份「最棒的禮物」將由蕭雲醒送給她，他怎麼能不氣憤、不遺憾呢？

所以他轉頭去找唐恪，希望唐恪能出面收拾一下蕭雲醒。

但唐恪不明白他為何不親自去幹掉「情敵」。

陳慕白告訴他，蕭雲醒的父親曾經幫過他，他從人道主義的角度出發，不能做這種恩將仇報的事情。

唐恪隨即拒絕，他表示從財產保護的角度出發，沒辦法接下這個任務。

某一年蕭雲醒過生日，陳清歡絞盡腦汁想著到底該送他什麼才好。

後來從陳慕白那裡翻出一個內畫壺後，深受啟發，想仿造一個。但內畫壺太小，她「施展」不開，於是打起了酒瓶的主意。

她找了許久，也沒有找到滿意的，於是愛女成痴的陳慕白就帶她去打劫唐恪。

陳清歡一眼就看中了一瓶：「唐叔叔，我們開一瓶酒吧！」

唐恪珍藏了不少好酒，他也不是小氣的個性，「妳從一進門就盯著這酒櫃，說吧，看上誰了？」

陳清歡抬手一指：「這個！」

唐恪點頭：「有眼光啊，妳這雙眼睛還真毒，怎麼專挑最貴的呢？這瓶酒……」

陳清歡轉頭，對旁邊等著開酒的人說：「把裡面的酒倒出來，我要瓶子。」

唐恪炸毛：「什麼？妳！暴殄天物啊！即便現在有錢也買不到這瓶酒了！妳要把它倒去哪裡？」

「馬桶啊。」

說完後，陳清歡親自動手，以迅雷不及掩耳的速度把酒瓶倒了個底朝天。

唐恪抖著手指著她：「妳……妳必須要賠給我！」

陳清歡置若罔聞，繼續氣他：「唐叔叔，你這瓶酒真不錯，明明酒都倒出來了，酒瓶內還留有餘香。」

唐恪轉頭對坐在沙發上看戲的陳慕白怒吼：「陳慕白，你女兒和你一樣，都是瘋子！強盜！」

陳慕白雙手抱拳一拱：「多謝誇獎。」

唐恪痛心疾首：「長公主啊，這是一瓶好酒，是拿來品嘗的，不是拿來倒的。」

陳清歡搖搖頭：「雲醒哥哥說，小孩子是不能喝酒的。」

不得不說，陳清歡寵起人來，什麼都幹得出來，頗有其父風範，烽火戲諸侯之類的都不在話下。

從那之後，唐恪只要聽到「蕭雲醒」這三個字，就會條件反射般地顫抖。

他覺得如果得罪了蕭雲醒，以陳清歡的作風，絕對不是一瓶限量版好酒能擺平的。

兩人在看完煙火後，蕭雲醒簡單跟陳清歡說起此事。

陳清歡看了一整晚的煙火，終於心滿意足，覺得死而無憾了。

她今天心情特別好，坐在副駕駛上笑得前仰後合：「哈哈哈哈哈，怪不得我剛才出門的時候，陳老師的臉色那麼臭。」

蕭雲醒目視前方開車，還趁機撩了她一把：「嗯，我這次大概是得罪了陳老師，說不定他以後不會同意把妳嫁給我。」

陳清歡正緊緊盯著他那雙骨節分明的手，手腕上戴著的手錶旁，是她綁頭髮用的髮圈。

當她正對著這雙手流口水時，就毫無徵兆地聽到蕭雲醒說的話。

他很少開這種玩笑，所以陳清歡愣了許久後，才傻乎乎地開口問：「什、什麼？」

蕭雲醒轉頭看她一眼，露出淡淡的微笑：「這不是妳剛才許的願嗎？」

「哪、哪有……」陳清歡忽有些不好意思，臉上泛著好看的羞紅，她偷偷瞄了蕭雲醒一眼，踟躕了一下後還是問，「你怎麼知道啊？」

蕭雲醒臉上的笑意愈加明顯，彰顯著他的好心情：「因為某人從小到大、翻來覆去就只會許這個願望啊。」

確實，陳清歡每年的生日願望都只有一個，不只是生日，甚至連過節都要許願，絕不放過任何一個可以許願的機會，就如蕭雲醒所說，她從頭到尾都只有一個樸實的願望——「希望長大後能夠嫁給蕭雲醒」。

陳清歡捂著臉害羞了一會兒，才忽然意識到蕭雲醒的意圖，畢竟他平常也不太會說出這種話。

她側過身鄭重地望向他，輕聲開口：「所以呢？」

蕭雲醒沒有看她，只是略微頓了一下：「妳知道的，我馬上就要畢業了。」

陳清歡極有默契地「嗯」了一聲後便不再開口，轉頭看向窗外。

她知道，那是蕭雲醒給她的承諾，也是一個誘惑，激勵她繼續往前走，無須多言。

一場盛大的煙火落幕後，便是傷感的離別。

蕭雲醒很快畢業，按照計畫去國外繼續進修，而陳清歡則留在國內完成X大的課程。

他離開的那天，陳清歡去送他的時候忽然崩潰，靠在他的胸膛大哭，讓他十分心疼。他低頭抹掉她眼角的淚水，從她眉間往下親，啄一口叫一聲清歡，最後吻在唇上，輕緩溫柔，捧在手心裡疼愛，極盡寵溺。

兩人旁若無人的親暱讓旁邊的幾人靠在一起打哈欠。

姚思天揉著眼睛吐槽：「我就說不要來吧，結果你們非要來，你們看，多礙眼啊，雲哥肯定很討厭我們。」

向霈打了個大大的哈欠：「我還特地早起呢，結果雲哥連看都不看我一眼。」

聞加撓著腦袋：「我這個請假從南部趕回來的人都沒說什麼了，別抱怨。」

「不是，這真的是雲哥嗎，他就這麼無視我們，和清歡小妹妹卿卿我我？」

「這才是雲哥好嗎，一向不在意別人眼光的雲哥。」

此時的蕭雲醒正抱著陳清歡低聲哄著：「我先過去熟悉環境，把一切都安排好後妳再來找我，好嗎？」

過了老半天，陳清歡才收拾好情緒，重新抬起頭來：「好。」

蕭雲醒走後，陳清歡在學業上越發用功，大三那年，她終於修完了大學學程，跟著蕭雲醒的腳步去國外學金融，她一心要去她父母一戰成名的地方闖一闖。

第二十二章　我願被她占有

幾年後，兩人相繼回國，陳清歡順利進入金融界，準備在業內掀起一場腥風血雨，至於蕭雲醒……

蕭子淵本來想干預他的就業方向，當初他回國的時候，蕭子淵就正式地約談他。父子倆坐在書房裡，都是正襟危坐的樣子。

「你有沒有想過繼承家業？」

「從來都沒有。」回答得篤定堅決且不假思索。

「那……」

他大概知道蕭子淵要問什麼，便直接回答：「不是還有蕭雲亭嗎？」

蕭子淵提醒他：「但你是長子。」

蕭雲醒連眉毛都沒抬：「那又如何？」

他這句「那又如何」說得理所當然、理直氣壯，噎得蕭子淵說不出話，他大概還要臉，不比他兒子隨性灑脫。

緩了一會兒，蕭子淵再次開口：「你這樣是不是有點……愧為人兄？」

蕭雲醒微微抬眸，毫無顧忌面子地直接揭穿他：「如果當年姑姑是叔叔，您確定您會『子承父業』？」

蕭子淵不接他的話：「你弟弟……個性太跳脫，不如你穩重，適合這條路。」

「喬二叔是我見過最溫柔、善良的人。」點到為止，蕭雲醒還沒說出剩下的話，蕭子淵就懂了。那麼溫柔的人都能在這條路上走得安安穩穩、風生水起，他弟弟定然也能做到。

蕭雲醒出去後，蕭子淵認真地思考了一下，如果當年他有的是弟弟而不是妹妹，他……確實不會子承父業，想當年，他可是有一顆熱氣騰騰，搞機械大業的心！只能說蕭雲醒比他的命好了一點，還有個弟弟能幫他。

蕭雲亭的性格好得沒話說，在外人面前總是一本正經、穩重內斂，在自家人面前則上竄下跳，和小時候一模一樣。

想起這件事後，蕭子淵有些同情地看向某個房間。蕭雲亭一直以為是蕭雲醒不願意做才輪到他，數年後，蕭子淵隱晦地告訴他，是哥哥讓給他的，有祖輩的庇護，他可以走得輕鬆一些。

他總以為蕭雲醒是個不聲不響、拋父棄弟的人，過了好幾年後，蕭子淵才告訴他什麼是「兄長」。

「雲亭從小到大都是在我的陰影下長大的，被比較了這麼多年，依舊溫柔善良，個性溫和又陽光，就憑這一點，我這個做哥哥的也要為他做點什麼。我要走上和他截然不同的一條路，讓他從此不再只是『蕭子淵的小兒子』或是『蕭雲醒的弟弟』，他是『雲滿長空雪滿亭』的蕭雲亭。當然，這條路也是我自己喜歡的。」

這天蕭雲醒去上班，在研究所門口碰到了幾年沒見的韓京墨。

他略顯驚訝：「這麼巧？」

韓京墨聽得想翻白眼：「巧什麼巧，我是聽說你在這裡才特地來的，你都不看公告的嗎，沒看到我的名字？」

蕭雲醒面無表情地回答：「沒看。」

「你……」韓京墨咬牙切齒地看了他幾秒，「算了算了！這幾年下來我發現，如果沒有你虐我的話，我完全沒有奮鬥的動力，所以我回到你的身邊來討虐了。」

蕭雲醒腳步沒停，繼續往研究所裡走：「歡迎你。」

工作幾天後，「受到熱烈歡迎」的韓京墨被虐得嘆為觀止，「蕭雲醒的科學研究水準，在同齡人裡依舊超軼絕塵啊。」

午餐時間，蕭雲醒和韓京墨正坐在食堂吃飯。

韓京墨嚼著菜根吐槽：「我們食堂的菜色也太差了吧？向霈那傢伙也是，我都回來這麼久了，也不約我吃頓飯，不行，改天得騙他一頓大餐！對了，聽說他現在和陳清歡在同一家公司上班？」

蕭雲醒專心吃飯，漫不經心地「嗯」了一聲。

韓京墨的八卦之心燃起，握著筷子靠近了一些：「你和陳清歡還在交往嗎？」

蕭雲醒沒抬頭，夾菜的動作卻忽然停下。

韓京墨被虐久了，瞬間就領悟到他的不舒坦，立刻解釋：「沒有別的意思，就是關心你們，真的。」

蕭雲醒沒理他，繼續吃飯。

韓京墨忍不住嘴賤，本想繼續說下去，餘光就看到所長端著餐盤坐過來。

「雲醒啊，週末有沒有時間？」

蕭雲醒想起週末和陳清歡的約會，眉頭一皺：「加班？」

所長搖頭：「不是不是，說起來還真不好意思，我侄女兒想約你吃個飯。」

韓京墨開始偷笑：「所長，您是要幫他介紹對象？」

所長「哈哈」笑了兩聲，算是默認了。

蕭雲醒微微垂眸，像是在努力思索著什麼，半晌才抬頭看過去：「我看起來像單身？」

韓京墨上前插科打諢：「所長，他有女朋友了，要不要把您家的姪女介紹給我，我單身。」

所長微愣，而後訕訕一笑，很快拿起餐盤離開了。

韓京墨面露難色：「他這是什麼意思？」

蕭雲醒不介意所長尷不尷尬，也不關心韓京墨高不高興，只是又問了一次：「我看起來像單身嗎？」

「你糾結這個幹什麼？」韓京墨好不容易逮到個機會，便不遺餘力地又褒又貶，「你不知道你是我們的八卦焦點嗎？低調且價格不菲，像你這種有溫度又有距離的男人最吸引人。沒有曖昧對象，風評又好，謙遜禮貌，保持著恰到好處的疏離感，凜然，溫和，發SCI跟喝水一樣簡單，年輕的海外歸國博士，不僅涉獵廣，也不是個書呆子。我們老是沒日沒夜地加班，再加上你平時不苟言笑，這麼目中無人、潔身自愛，誰知道你竟然英年早戀，對象還是從小一起長大的青梅竹馬？」

蕭雲醒一聽他開始胡說八道，也拿起餐盤走了。

他還沒走兩步就被副所長攔住：「雲醒啊，我有件事想請你幫忙，我老婆的外甥女和你一樣，最近剛從國外回來……」

差不多的開場白讓蕭雲醒聽得眼角一跳，而身後不遠處的韓京墨正趴在桌上笑到流淚。

蕭雲醒看著副所長：「我看起來像是單身嗎？」

韓京墨笑完後，吊兒郎當地走過來。

他那副搖頭晃腦的囂張模樣，看得副所長直皺眉：「韓京墨！你給我好好走路！」

「遵命！所長！」韓京墨立刻立正站好，「您也有好對象啊，不如介紹給我？」

副所長瞪他：「別胡鬧，你怎麼可能還是單身。」

韓京墨把臉湊到蕭雲醒面前：「看到了吧，不想被抓去相親的話，就得像我一樣。」

蕭雲醒認真地盯著韓京墨的臉，幾年不見，韓京墨倒是越發風流不羈了。

韓京墨擺手：「我又不是圖紙！你幹嘛這樣看我？」

副所長插話問道：「雲醒，你給個答覆吧？到底行不行啊？」

蕭雲醒搖頭：「所長，我有女朋友了。」

副所長露出尷尬的笑容：「是嗎？不好意思，我真的不知道，對了，過兩天我們和別的研究所一起舉辦了舞會，你一定要把她帶來給我們看看啊！」

蕭雲醒點頭應下。

陳清歡同樣碰到了麻煩。

公司的副總裁忽然把她叫到辦公室，對她說了一堆亂七八糟的話，爾後意味深長地看著她：「妳這個長相太誘人，可能沒辦法在這行待太久。」

陳清歡更加莫名，難道金融業還看長相？她在這個圈子廝殺了這麼久，也沒聽過這條規定。她仔細思考了一下，像是忽然明白他的話，不確定地問：「你打算潛規則我？」

看她終於上道，副總裁立刻露出微笑：「不是我，是陳老師。」

聽到這個熟悉的稱呼，陳清歡眼角一跳：「哪個陳老師？」

「陳慕白啊，妳應該聽說過這位前輩吧？雖然他的年紀和妳有差距，但人家保養得很好，看起來只有四十歲，關鍵是人還長得帥，那通身的氣度啊……」

陳清歡的腦子頓時混亂。

何止是有差距？他都能當我爸了！

你幫他介紹女人，他老婆知道嗎？

你的膽子也太大了！沒聽說過顧女士嗎？顧女士凶起來的話，也是會屠你滿門，順便株連九族的！

你和陳老師有仇嗎？只要顧女士打死他，你就能報仇雪恨了？

她已經聽不下去了，開口打斷：「陳慕白要潛規則我？他瘋了嗎？」

副總裁不好意思地搓搓手：「其實也不是，是我們單方面……最近我們公司有事想請求他……」

陳清歡終於明白了，很快揚眉一笑：「好，我答應你！」

沒想到她答應得這麼爽快，副總裁立刻眉飛色舞起來：「這就對了，記得打扮得漂亮一點啊！」

陳清歡懷著看戲的心態參加了晚上的飯局，公司的幾位高層幾乎傾巢出動，她心裡越發覺得好笑。

陳慕白一進門就看到了陳清歡，而陳清歡只是猛朝他使眼色，沒有搭話。

席間，那位副總裁主動開口，指著陳清歡做介紹：「陳老師，這是我們小陳總，也是姓陳，您說，是不是很巧？小女孩長得可好看了，讓她陪您喝一杯？」

陳慕白的神色陰晴不定，微抬眉眼，嘴角勾著一抹意義不明的笑，重複了一句：「喝一杯？」

年輕時候的陳老師，本就是個頗具爭議性的人物，人長得帥，能力好，權謀之術爐火純青，但脾氣也是真的壞。

眾人摸不清他的意思，一時間不敢亂動。

這些人似乎忘記，這位三爺早已收斂，很疼老婆的。

冷場半晌後，陳慕白興致缺缺地開口：「那就先看看吧。」

副總裁立刻熱情地推銷起來，把陳清歡推到陳慕白面前：「這就是我們公司的小陳總，年輕有為，人還長得漂亮，名字也好聽，叫陳清歡。」

陳慕白心裡冷笑，這是老子取的，能不好聽？

他裝模作樣地伸出手，笑著開口：「陳總好。」

眾人沒想到潔癖的陳老師竟然主動和人握手，果然英雄難過美人關。

陳清歡垂眸看著伸過來的那隻手，毫無波瀾地扔出一顆地雷：「聽說你要潛規則我？」

陳慕白見慣了大場面，不動聲色地橫掃眾人一圈，竟然還笑了笑，拋出意義不明的兩個字：「是嗎？」

沒見過有人會把這件事擺到檯面上說，紛紛打圓場：「年輕人不懂事，您別跟她一般見識……」

陳慕白不理他，轉頭看向陳清歡：「叫人。」

陳清歡抿抿唇，老實叫了聲：「爸。」

眾人又是一驚。

爸……爸？

原來陳老師喜歡這種「跪下叫爸爸」的戲碼？現在的年輕人也很上道嘛！

陳慕白深深看那人一眼：「我自己教出來的女兒，哪裡不懂事了？」

副總裁覺得尷尬：「這……」

某些人頓時回過神來：「是親爸爸？不是乾爹？」

陳慕白一杯酒潑過去：「胡說八道什麼啊！怎麼，我們長得不像？」

眾人琢磨，這麼一看確實挺像的。

陳慕白又掃了一圈：「我女兒還要陪人喝酒？」

眾人紛紛苦著臉搖頭：「不敢、不敢。」

小陳總看看眾人，又看看自己的親爸，面無表情地開口：「金融圈真亂。」

眾人想起公司裡的傳言後紛紛感嘆，有這樣一位父親，難怪目中無人，誰都看不上。

出來的時候，陳慕白交代自家女兒：「妳別跟妳媽提到今天這件事啊。」

陳清歡一臉輕蔑，孤傲高冷地掃他一眼：「之前也常常發生這種事吧？」

陳慕白立刻否認：「沒有！我是被拉來的，本以為只是個飯局，誰知道他們會搞這一齣！」

陳清歡明顯不信：「哼，渣男！」

陳慕白委屈地反駁：「我做了什麼？哪裡渣男了？」

「誰知道你幹什麼了。」

「我什麼也沒幹，千萬別跟妳媽說，知道嗎？」

「我偏要告訴她！我現在就要打電話給她！說你要潛規則我！」

「妳還是我女兒嗎！」

「你還是我爸嗎！」

兩人嘴上吵著，腳下不停，爭先恐後地跑回家，一個找顧九思告狀，一個主動坦白解釋和爭取寬容處理。

這場戰役的結果不得而知，只知道當晚陳老師是睡在沙發上的。

第二天是週末，陳清歡難得沒睡懶覺，打了通預定電話後就急急忙忙地出門了。出門前還故意製造噪音來吵醒沙發上的陳慕白。

最後「砰」的關門聲，終於把陳慕白的起床氣激發到最大值，他猛地坐起來，剛想發飆，就被顧九思的眼神打得偃旗息鼓，默默縮了回去。

蕭雲醒在上午十點才結束加班，連續通宵好幾天的他終於受不了了。

韓京墨和他一起去停車場，在打了個哈欠後發出邀請：「一起吃個早餐再回去補眠吧？」

蕭雲醒拒絕：「我要回家。」

「別這麼無聊嘛！」韓京墨拚命死纏爛打，「大家都是孤家寡人，一起吃飯比較熱鬧。」

蕭雲醒看他一眼：「我不是。」

「你不是什麼？」

「我不是孤家寡人。」

韓京墨冷笑一聲：「呵，炫耀什麼，你以為陳清歡在家裡等你啊？金融業也常常加班，向霈這傢伙都放我兩次鴿子了，和孤家寡人有什麼差別？」

蕭雲醒懶得和他浪費口舌，開車走人。

他回到家的時候，一進門就看到門口的高跟鞋，陳清歡圍著圍裙從廚房探出頭來，眉眼彎彎地看著他：「你回來了？我煮了海鮮粥，馬上就好，你先去洗澡！」

說完也不等蕭雲醒的回應，立刻縮回廚房。

蕭雲醒神色微妙地看了廚房一眼，也沒多說什麼，慢條斯理地洗好澡換上衣服，然後才出現在廚房。

陳清歡正拿著湯匙，像模像樣地攪動著砂鍋裡的粥。

蕭雲醒就站在門口，也沒走近，看了一會兒後才開口揭穿她：「把粥打包回來，再倒進鍋裡？」

陳清歡立刻不演了，扔下湯匙湊到他面前，睜大眼睛一臉驚訝：「你怎麼知道！我明明把包裝都扔掉了！」

蕭雲醒無奈地笑了一下，指指她：「圍裙也穿錯了。」

「是嗎……」陳清歡低頭整理著「道具」，差點把自己纏起來了，皺著眉頭頗為苦惱地和它較勁，「這個到底應該怎麼穿啊……」

蕭雲醒搖搖頭，走過去把她解救出來：「別穿了，先吃飯吧。我來盛，妳去坐好。」

「好！」陳清歡乖乖坐到餐桌前等待。

蕭雲醒把瓦斯關掉後盛了兩碗粥出來，和陳清歡邊吃邊聊。

陳清歡看著他嘗了一口後問他：「好吃吧？我把這附近賣砂鍋粥的店都嘗了一遍，只有這家做得最有家常味！你到底是怎麼猜出來的啊？」

蕭雲醒覺得好笑，這個答案明明顯而易見，畢竟陳清歡和廚房可說是八竿子打不著，但他不忍心打擊她，於是想了一下後才回答：「嗯……廚房太乾淨了，做飯的時候通常會留下痕跡。」

「這樣啊……」陳清歡咬著湯匙，想著下次乾脆請鐘點工過來提前做飯。

吃完飯後，陳清歡靠在冰箱上看蕭雲醒洗碗，看著看著忽然提議：「雲醒哥哥，我幫你刮鬍子吧！」

蕭雲醒下意識摸了一下下巴，最近因為太忙就把這事忘記了。

春末的午後，陽臺上，艷陽高照，蕭雲醒躺在陳清歡的腿上，一抬眸就被她晃了眼。

她輕柔地幫他刮著鬍子，眉眼低垂的認真模樣，讓她看起來像帶了一絲和平日不一樣的柔順恬靜。

她情不自禁地抬起手，粉嫩的指尖輕輕撫過他清俊沉毅的臉龐，最後落在他的眼下，那裡一片青灰：「都有黑眼圈了……」

他下意識閉上眼睛，笑著笑著就不小心睡著了。

不知睡了多久，一睜眼就看到陳清歡趴在他身上，撫著他的鬢角感嘆：「鬢角長得真好看，不知道我們的孩子會不會遺傳到。」

「……」

他閉著眼睛聽她嘰嘰喳喳地說著，但他一直沒有動靜。

陳清歡洩氣：「雲醒哥哥，你有沒有在聽我說話啊？」

他依舊閉著雙眼，卻勾起了唇角：「嗯，今天也特別想妳。」

「只有今天啊？我們好幾天沒見面了！」陳清歡委屈地掰著手指頭數，「有三天半了吧？」

「這幾天都在想妳。」

「敷衍。」

蕭雲醒微微用力，把她拉到懷裡抱住，彎起唇角。

陳清歡不安分地在他懷裡扭了幾下，到底貪戀他懷裡的溫暖，軟軟地貼著他。

蕭雲醒閉著眼睛靜靜地抱著她，許久都沒有說話。

「雲醒哥哥，你又睡著了？」

「沒有。」蕭雲醒頓了一下後才繼續開口，「這幾天都想像這樣把妳抱在懷裡，什麼都不做，就覺得安心愜意。」

陳清歡被餵了一口蜜，喜不自勝地趴在他懷裡傻笑。

後來蕭雲醒去驗收成果，一照鏡子就感覺到一股難以言喻的怪異：「妳對我的臉做了什麼？」

陳清歡湊到鏡子前，邀功似地彙報：「沒做什麼啊，就是刮完鬍子後，又順手幫你修了修眉毛，怎麼樣，手藝很好吧？」

蕭雲醒看著鏡子裡的自己，神色有些微妙：「嗯……」

隔天，蕭雲醒去上班，一碰到韓京墨就被他調侃：「才一天不見，好像哪裡不一樣了，清秀不少嘛！」

蕭雲醒摸了一下眉毛。

韓京墨嚇唬他：「有家室的人就別花枝招展了，本來就受歡迎，還不安分一點，小心被人盯上！」

蕭雲醒懶得聽他胡說八道，抬腳就走。

韓京墨跟在他後面繼續碎念：「我回國之前還碰到秦靚，她還跟我打聽你，看來她對你念念不忘啊。」

迎面走來一個女生笑著叫人：「雲醒前輩早！」

蕭雲醒淡淡地點了一下頭，算是打招呼。

女生看到緊跟其後的韓京墨，只是淡淡地點了一下頭就走開了。

韓京墨看著她的背影，格外興奮地開口：「蕭雲醒，恕我直言，這位蘇揚後輩肯定對妳有意思，只是沒膽搭訕你。」

蕭雲醒轉頭看他：「你今天是和我槓上了？」

「我只是好心提醒你。」韓京墨摸著下巴暢想，「雲醒前輩……雖然和某人的『雲醒哥哥』略有差別，卻有異曲同工之妙！你說，要是被某人聽到了，會不會直接宰了你？」

蕭雲醒停下腳步：「你是不是很閒？」

韓京墨把他拉到一邊，一副準備長談的架勢：「你不覺得蘇揚的穿衣風格、妝容和聲音都挺可愛的嗎？和某人的樣子挺像的。當然，也就只是相似而已。陳清歡在你面前是小公主、小仙女，在別人面前就是一把AK47，恐怖分子的標誌。」

眼看蕭雲醒的臉色越來越難看，韓京墨意識到自己又說錯話了，趕緊轉移炮火：「我就不信你沒看出來？」

蕭雲醒微蹙眉頭：「沒看出來。」

「好吧，如果是別人跟我說這些話，我打死都不會相信，但是從你嘴裡說出這些，我還是信的，畢竟除了那把AK47，你也看不見別人，可惜蘇揚後輩的一番心思囉！對了，舞會的郵件已經寄出了，記得帶小仙女出席喔！」

韓京墨覺得陳清歡一出現，肯定又是一場好戲，科技研究的生活太無趣了，他需要一點調劑。

蕭雲醒跟陳清歡說了此事後，她當即鬥志昂揚地表示自己肯定會盛裝出席！

幾天後，蕭雲醒準時帶著陳清歡出席。

兩人一出場就吸引了無數目光。

當年擔心自己長不高的小女孩，已經完美發育成絕世仙女了，身材窈窕高挑，長髮挽起，露出修長且優雅的脖頸，皮膚白皙透亮，氣色又好，帶著一雙水汪汪的大眼，明明什麼表情都沒做，眉宇間卻帶著些許的妖嬈嫵媚，既美又魅。

一個女人美成這副模樣，實在是遭人恨啊！更何況旁邊還站著眉目清朗、風姿瀟灑的蕭雲醒。即便被眾人用打量或是審視的目光盯著，她仍從容淡定，挽著蕭雲醒的手臂款款而來，甚是端莊大氣，不需故作姿態已是儀態萬千，一顰一笑都閃耀得讓人移不開眼。

有時候韓京墨不得不服氣，別的女人或貌美如花，或氣質出塵，可一旦站到蕭雲醒身邊，便會立刻遜色不少，被他壓制得死死的，唯獨陳清歡，兩人站在一起真是相得益彰。一個身姿挺拔，一個玲瓏有致，磁場相吸，氣場相融。

儘管韓京墨看不慣蕭雲醒的「守身如玉」，此刻也不得不感嘆一句：「靠，登對成這樣，確實有點過分了！」

跳舞的時候，陳清歡偷偷問蕭雲醒：「怎麼樣，有沒有豔壓全場？能不能氣哭在場所有的女生？」

她花了很多時間挑選禮服，暗藏心機，天鵝頸，蝴蝶骨，仙女臂，螞蟻腰凸顯無遺，氣質優雅，嫵媚動人。

一雙貓瞳裡沁著狡黠又調皮的笑意，清淺的眉目瞬間變得嬌媚，整個人都鮮活了起來，連帶眼角旁的桃花痣，更加動人心魄，哪還有剛才端莊婉約的模樣。

蕭雲醒捏了捏她的手，眉眼含笑地無聲回答她，恰好兩人隨著舞步轉到角落裡，他傾身在她額前輕輕落下一個吻。

陳清歡的雙眼瞬間亮起。

兩人站在一起頗為奪目，他們也沒有表現欲，跳了一曲後就下場休息了。

趁著陳清歡去洗手間的功夫，韓京墨湊過來調侃蕭雲醒：「陳清歡啊，對別的事情還有所保留，但一對上你的事，就不遺餘力地火力全開，就說她是一把AK47吧，掃翻全場，一個不留，占有欲很強嘛。」

蕭雲醒面無表情地回答：「我願意被她占有。」

韓京墨差點把嘴裡的酒吐出來：「服了，我閉嘴就是了。」

他確實想閉嘴，但眾人不願意，他拿著酒杯加入一群人閒聊時，果然有不少人都蠢蠢欲動地跟他打探。

「蕭雲醒的女伴跟他是什麼關係？」

「女朋友啊，如何，算不算得上是絕色？」

「蕭雲醒有女朋友？」

「他不能有女朋友嗎？」

「沒聽說過啊，真是保密到家啊，在一起多久了？他女朋友是做什麼的？」

韓京墨沒想到，這些知識份子們八卦起來也這麼孜孜不倦，問題一個接一個，他回答到嘴巴都瘦了，不敢久待，適時退出，找了個角落休息。

陳清歡從洗手間出來後，忽然聽到一道女聲：「陳前輩！」

她下意識回頭後看到一位陌生女子，於是向她確認：「叫我嗎？」

蘇揚點點頭，朝她走近幾步：「妳不認識我吧？我叫蘇揚，也是附中的，比妳晚一屆，現在是雲醒前輩的同事。」

本來正常的幾句介紹，對方卻明目張膽地含著挑釁，一聲「雲醒前輩」就知道來者不善。

出於禮貌，陳清歡對她微微點了一下頭，但面容清冷，神情倨傲，顯然沒把她放在眼裡。

蘇揚看著陳清歡忽然語塞，只覺得她氣勢迫人，即便她此刻看向了別處，依舊讓能對方覺得矮了一截。

她其實早已聽說過陳清歡這個人，出身真正的名門望族，極為受寵，眾星捧月般地長大，背景強大，本人也很強悍，光是站在那裡什麼都不說，就有一股不容置喙的優越感，那是一種即便她再怎麼努力，也不可企及的優越感。

韓京墨捏著酒杯，看著蕭雲醒從一群人中抽身出來：「你相信我會算命嗎？」

蕭雲醒不知道他又發什麼瘋，沒理他，低頭抿了口水。

「我剛才掐指一算，你今晚會損失一個鍵盤。」

蕭雲醒不為所動。

「我剛才看到……」韓京墨捏著嗓子，矯揉造作地模仿著蘇揚，「那個『雲醒前輩』去找AK47了，你是要現在過去收屍呢，還是等等再去？」

蕭雲醒不動如山，又低頭喝了口水。

蕭雲醒的反應完全出乎他意料：「你不去看看？」

蕭雲醒往那個方向看了一眼便收回視線：「我過去會影響她發揮。」

「那蘇揚怎麼辦？」

「我不是親友，不負責收屍。」

「向霈說得沒錯，你真是偏心偏到奶奶家了。」

沒過一會兒，就看到陳清歡昂首闊步地回到蕭雲醒的身旁。

韓京墨笑著揮揮手：「妹妹好啊，好久不見，我回來之後好像還沒見過妳。」

陳清歡沒忽略他剛才的幸災樂禍，她一向有仇必報，輕飄飄賞了他一個眼神，「你是誰啊？」

韓京墨瞠目結舌地看向蕭雲醒，想要討個說法。

沒想到蕭雲醒只是一直在喝水，看也不看他，放任陳清歡肆虐，縱容的意味十分明顯。

韓京墨輕嗤一聲：「一個心黑，一個眼瞎，可真是絕配。」

兩人極有默契地選擇無視他。

陳清歡軟趴趴地倚在蕭雲醒身上，轉了轉鞋跟：「腳痛。」

蕭雲醒低頭看了她的高跟鞋一眼。

陳清歡拉起裙擺給他看，含沙射影地開口：「新鞋磨腳，和新人一樣讓人討厭。」

蕭雲醒秒懂，放下手中的杯子：「走？」

這話正中她下懷，陳清歡立刻站直：「打個招呼再走吧。」

說完後就挽著蕭雲醒走向蘇揚所在的方向，步履穩健，氣場全開，又酷又美，不知道剛才是誰在喊腳痛。

蕭雲醒沒有多問，就已經猜到了她的意圖。

蘇揚原本在和一群人說話，用餘光看到兩人後就停下來了，轉過身笑著打招呼：「雲醒前輩。」

明明旁邊還有一個人，但她卻對陳清歡視而不見，只向蕭雲醒打招呼。

陳清歡也不介意，臉上掛著恰到好處的得體微笑，不說話，只是靜靜地看著她，唯一的動作便是緊握他的手，然後十指相扣。

蕭雲醒配合她的反擊和示威，面色冷然地開口：「一直沒說，我姓蕭。」

蘇揚一時間沒反應過來：「啊？」

蕭雲醒繼續：「妳可以直接叫我蕭雲醒，或是蕭前輩，其他的叫法都不好，畢竟我們不熟。」

蘇揚一時不知所措，窘迫地看看周圍，有些下不了臺。

陳清歡對蕭雲醒的表現很滿意，臉上也露出了真心實意的笑容，高傲又囂張地看著蘇揚下戰帖：「下次見啊。」

說完後再次挽著蕭雲醒，如同出場時一般款款離去。

韓京墨嘆為觀止地感慨道：「小女孩果真不一樣了，之前還只會坐在蕭雲醒的大腿上，裝笨賣萌地演戲，如今都能以一己之力，華麗血洗整個學術界了，今晚業界內肯定有一堆妹子要輾轉難眠了！」

蕭雲醒的目標完美達成，自舞會後就再也沒人幫他介紹對象了。

這天，顧九思帶著手下們出現在陳清歡公司的會議室裡，不明真相的群眾則三五成群地湊在一起竊竊私語。

「什麼情況，有什麼大生意嗎？Nine Gu 竟然親自來一趟。」

「我倒是聽過一個八卦，興許和這件事有關。」

「什麼八卦？」

「聽說二老闆前陣子帶著小陳總去應酬了。」

「所以呢？」

「關鍵是對方是陳慕白！況且，你們還不清楚二老闆這個人嗎？業務水準一般，就愛搞潛規則，所以正宮娘娘就親自上門了。」

「怪不得最近幾位副總裁都對小陳總畢恭畢敬。這麼說，陳清歡是搭上陳慕白了？」

「搭不搭得上，還是先過了正宮娘娘這關再說吧。」

眾人看著殺氣騰騰的會議室拚命發抖。

顧九思混到現在，早已不用親自來做這些談判，卻難得在會議上和一個小女孩對上了。

母女兩人唇槍舌劍，你來我往了半天，顧九思一面冷著臉和對方談條件，一面在心裡自豪，她女兒還挺不錯的。

結束的時候，顧九思起身走到門口後忽然停住，轉頭看著陳清歡開口：「妳爸叫妳晚上回家吃飯。」

陳清歡手下動作一頓，裝模作樣地整理起頭髮，眼睛看向別處：「再看看吧，我今天還要加班，工作根本做不完，不知道要到幾點……」

顧九思微微笑了一下，打斷她：「妳爸已經知道妳提前預訂好餐廳了。」

「……」陳清歡沉默了幾秒後開始炸毛，瞬間殺氣沖天，「我這個月和雲醒哥哥只見了兩次！他好不容易擠出一點時間陪我吃飯！能不能管管妳老公！不要總做這麼惹人厭的事情！」

說著說著竟然委屈得眼眶通紅，剛才在會議上那麼劍拔弩張，都沒見她這麼氣急敗壞，現在竟然為了一頓飯氣成這樣。

「妳老公」這個稱呼成功取悅到了顧九思，她想了一下，「好吧，那妳去吧，我幫妳搞定。」說完後頓了一下，眉尖輕挑，「還有，這個月才過了九天，你們已經見了兩次，這個頻率還可以，不算低，不要因為這樣就跟雲醒鬧脾氣，知道嗎？」

陳清歡被戳穿後也不見尷尬，輕輕地「哦」了一聲，吐了吐舌頭：「我只是換個說法而已……」

顧九思搖搖頭，一轉身就打電話給討人厭的陳慕白。

「陳老師，晚上要不要去看場電影？」

陳慕白很聰明，一聽就知道她是陳清歡的說客，但又捨不得說不去，沉默了好一陣子。陳慕白不說話的時候氣勢逼人，顧九思受到早些年的影響，每每面對如此沉默的陳慕白，總是沒什麼自信，又加了一把籌碼：「順便回老家看看？很久沒回去了……」

陳慕白立刻答應下來。

顧九思帶著一票人浩浩蕩蕩地離開，留下一群大眼瞪小眼，努力消化著巨大資訊量的人們。

妳爸叫妳回家吃飯？所以剛才這位是……妳媽？

有人率先問道：「Nine Gu 是妳媽？」

陳清歡抬眼看過去，覺得被冒犯了，不動聲色地反擊：「你媽。」

那人趕緊改口：「不是不是，妳媽媽。」

陳清歡點了點頭：「嗯。」

她心不在焉的一個「嗯」字，再次於眾人心中掀起滔天巨浪。

原本殺氣騰騰的小陳總在離開會議室後，就委屈地打電話給蕭雲醒賣慘了。

過了好大一會兒，其他人才神色古怪、三三兩兩地從會議室出來。

一出來就被門外的八卦群眾攔住。

「哎，剛才是什麼情況？Nine Gu 是來興師問罪的嗎？透露一下啊！」

「不知道從何說起……」

「你們怎麼都是這種表情？」

「我來說我來說，你看，Nine Gu 的慣用手是左手，我們小陳總也慣用左手，這說明什麼？」

「說明左手為慣用手的女人，都不是那麼好應付的人？」

「分析到位，總結精闢，不過不是重點。」

「重點是什麼？」

「重點是……這兩人是母女。」

「靠！顧九思是她媽？那陳慕白不就是她爸？二老闆這下完蛋了……」

辦公區瞬間開始八卦。

「小陳總本來實力就夠好了，有了家世背景加持，更是無人能敵啊。」

「我只能說，背景很強大，本人很優秀。」

不斷有人加入八卦大軍一起討論。

「你們圍在這裡幹嘛？」

「聊八卦啊！」

「今天八卦的主角是誰啊？」

「小陳總啊。」

「說起小陳總，你們不覺得她身上有股氣勢嗎，說不出的熟悉感，跟某個人很像，但我想不起來是誰。」

「你很有眼力嘛，我告訴你像誰，像陳慕白！」

「對對對！到底是前輩，這麼眼尖！厲害厲害，一下子就想到了，真的很像陳慕白。你們說，陳老師姓陳，陳清歡也姓陳，會不會是他的私生女啊？」

「人家是正經八百的親生女兒！陳慕白和顧九思的女兒！」

「不會吧，那可是真正的大小姐啊！」

向霈端著咖啡從茶水間出來：「聊什麼呢，這麼熱鬧？」

「大八卦！你知道小陳總的爸爸是誰嗎？」

向霈一臉理所當然：「陳慕白啊，怎麼了？」

「你知道？」

「是啊，我以前和清歡小妹妹是校友，那個時候還小，沒入行，不知道陳慕白是誰。」

「你為什麼從來沒說過，小陳總有這麼優秀的爸爸！」

「這……陳清歡本身就挺優秀的，有沒有這樣的爸爸加持也沒什麼影響吧？」

「說的也是。」

「這消息一出，追陳清歡的人大概又要加強兵力了。」

「錯！大錯特錯！」

「什麼意思？」

「陳老師這個男人，年輕的時候什麼都玩過。」

「所以呢？」

「他又是個愛女如命的人，把最好的都給她了。」

「你到底想說什麼？」

「我想說，他的女兒肯定特別難追。」

「為什麼？」

「你想想看，你幫她製造驚喜、渲染浪漫，想讓她感動一下，但她可能連看都懶得看，還會說『呵呵，我爸爸早就做過這些事了』。你說，難不難追？尷不尷尬？」

「尷尬……」

「還敢不敢追？」

「不敢了……」

向霈適時地插話：「你們是在說陳清歡嗎？她有男朋友啊。」

眾人覺得今天的八卦挖得太深了，一時間唏噓不已。

「她有男朋友？什麼時候有的？幹什麼的？」

向霈捂住嘴，忽然意識到自己說錯話，正當他不曉得該怎麼逃走時，就看到陳清歡的助理往茶水間走去，他一把拉住米秋：「你們問她吧！我還有事，就先走了！」說完後迅速跑路。

一臉懵懂的米秋立刻被圍攻。

「小陳總有沒有男朋友啊？」

米秋點頭：「有啊。」

「從事哪方面的工作？是業內人士嗎？」

「不知道。」

「不知道？不想說就算了。」

「我真的不知道。」

「這麼神祕啊。」

「的確很神祕，跟著小陳總的人都知道她有個男朋友，但是叫什麼、從事哪行、在哪裡上班就不得而知了。」

忽然有人提出一個問題：「不知道宣總聽到這個消息，會是什麼心情……」

一群人幸災樂禍起來，又討論了許久後才散去。

沒過幾天，宣平就被副總裁彭明山叫到辦公室商量對策。

彭明山捏著眉心問：「最近公司裡都在謠傳陳清歡是陳慕白的女兒，你聽說了嗎？」

宣平點頭，臉色不太好：「聽到了一點，是真的嗎？」

「我也有出席那天的飯局，還能是假的？只不過事後陳慕白有放話，不想讓太多人知道，所以只有當天有出席的人才知道這件事，看樣子，應該是陳清歡自己的意思。」彭明山嘆了口氣，「你和她的過節，可不是一點兩點。」

宣平和陳清歡是公司裡著名的死對頭，鉤心鬥角了這麼久，沒想到竟然出現這種插曲，他有些不服氣：「我怎麼知道她是陳慕白的女兒？姓陳的人那麼多，難道個個都是他的女兒？」

「偏偏陳清歡就是他女兒，能怎麼辦？」

第二十三章　小陳總的蕭先生

米秋從茶水間回到自己的工作崗位後，終於鬆了口氣，看到周圍都是自己人，才有了滿滿的安全感。

作為陳清歡的「頭號心腹」，她剛才又被一群人圍攻，逼她說出陳清歡的男朋友是誰。有人看她出神，出聲叫她：「想什麼呢？」

米秋拍拍胸口：「剛才去茶水間，那裡有一群人在八卦小陳總。」

一位新來的同事立刻神祕兮兮地湊過來：「我也有個八卦！我入職前找了算命師幫我看事業運，我給他看了小陳總的照片，他說小陳總是我的貴人！」

「算命師還說了什麼？」

「算命師還說小陳總長了一雙貓眼，貓目好閒，容貌姣好，近貴隱富，個性純真。」

聽到最後四個字，不少人開始憋笑。

個性純真？

瑩白精緻的小臉上滿是天真無邪，垂著眼簾抿著唇，一副乖巧的模樣，看起來很好拿捏，但被她坑過的人都知道那是騙人的，和「純真」完全沾不上邊啊！

陳清歡的辦公室大門是敞開的，本來有一句沒一句地聽著他們閒聊。聽到這裡，她趕緊拿出化妝鏡，對著鏡子看了看自己的雙眼，又圓又大，正是貨真價實的貓眼啊！

個性純真？她點點頭表示贊同，在面對蕭雲醒時確實是這樣，至於別人……她明明是可御可甜才對。

米秋也被勾起了好奇心，接著問：「還有呢？」

那人仔細回憶了一下：「還說這個女人不一般，眼含春水，一般人沒辦法搞定她。」

眾人又是一陣哄笑。

那人一頭霧水：「我說錯話了？」

有人輕咳一聲提醒他：「嗯，你才剛來所以不清楚，那位『不一般的人』已經出現了。」

「誰啊？」

「蕭先生啊。」陳清歡喜歡在外人面前叫他「蕭先生」，聽起來帶了一絲絲禁欲的味道，非常有感覺，還特別刺激，久而久之，別人也都稱呼他為「蕭先生」。

那人眼底閃著異樣的光芒：「蕭先生是誰啊？」

不知道陳清歡是什麼時候出現的，雙手抱在胸前倚靠在桌邊，慢悠悠地開口：「我也會算命啊。這位蕭先生劍眉鳳目，鳳目主貴，正所謂『鳳眼波長貴自成，影光秀氣又神清』，眼尾微微上翹，線條優雅，流光清澈，一看就聰慧過人。」

眾人立刻收斂起神色：「陳總……」

陳清歡微微一笑：「都這麼閒啊？」

米秋立刻跳起來：「陳總！剛才茶水間裡，有好多人都好奇妳的男朋友，不過我一個字都沒說！」

眾人附和：「對對對，也有人來問我，我也沒說！」

「我也是！我也是！」

陳清歡格外滿意：「都這麼優秀？那今天不用加班了。」

眾人對這意外的福利不太適應：「為什麼？」

陳清歡準備轉身走回辦公室：「你們不是整天嚷嚷著喜歡『有趣的靈魂』嗎？今天是個好日子，你們倒是去啊！有趣的靈魂萬里挑一，去慢慢挑吧！」

今天是個好日子？

眾人滿臉疑惑地去翻日曆確認，然後就看到了三個字：中元節。

往年的中元節，蕭雲醒都會陪著陳清歡，不過蕭雲醒今年因為出國參加會議，大概是趕不回來了。

下班時間一到，陳清歡也沒多待就收拾東西下班了，從停車場出來後猶豫了一下，沒回自己家，反倒去了蕭雲醒的住處。

陳清歡本來打算休息一整個晚上，早早就睡了，沒想到半夜卻被美國總部的電話吵醒，然後開始加班。

第二天中午，陳清歡揉著眼睛走出臥室，一睜眼就看到蕭雲醒穿著家居服坐在沙發上，她瞬間清醒，驚喜地朝他撲過去：「你回來了！」

蕭雲醒自然嫺熟地接住她，唇角勾起：「怎麼沒去上班？」

陳清歡打了個大大的哈欠後跟他抱怨：「昨晚加班加得太晚，天亮後才睡下去，下午就會去公司。」

蕭雲醒揉揉她那頭亂髮：「不是說會害怕嗎，怎麼還來這邊，不怕一個人在家了？」

陳清歡埋在他懷裡撒嬌，摟著他的腰不鬆手：「我想你了嘛，所以來睡睡你的床。」

蕭雲醒抱了她一會兒：「餓了嗎？想吃什麼，我去做。」

陳清歡搖頭：「還不餓，會議順利嗎？」

蕭雲醒點頭：「還好。」

陳清歡忽然想起了什麼，忍俊不禁：「這次有沒有人又以為你是某位學術大神的助理？」

「有。」

「那他知道你是大神本人後，反應如何？」

「沒留意。」

「哈哈哈哈哈！下次帶我去吧，我幫你好好留意！」

「好。」

兩人坐在沙發上聊了一會兒後，陳清歡先去漱洗，蕭雲醒則去做飯。

吃完午餐後，陳清歡躺在沙發上哼哼唧唧，半天都沒有要出門的意思。

的。」

蕭雲醒看了牆上的時鐘一眼，提醒她：「怎麼還不去上班？」

陳清歡抬頭看著窗外的陽光，臉上寫滿了拒絕：「不行不行，天氣太熱了，我一出門就會融化的。」

蕭雲醒眉眼含笑地聽她胡說八道，她不是嫌天氣熱，是想和他多待一會兒。

陳清歡咬著唇靠過來，眨著雙眼問：「雲醒哥哥，你下午還會去上班嗎？」

「不去了，休息半天。」

「太好了！那我也不去了！我們在家邊吹冷氣邊玩！」

陳清歡看著隨性，實則心裡有分寸，蕭雲醒很少過問她工作上的事，既然她說可以不去，應該就沒什麼關係，所以欣然同意。

說是玩，其實也沒特別做什麼，蕭雲醒坐在沙發上看書，陳清歡則躺在他腿上看電視，很快就昏昏欲睡。

等她睡醒後，蕭雲醒從冰箱裡拿出切好的西瓜給她。

「哇！冰鎮西瓜！我的最愛！」陳清歡雙手抱著西瓜，啃了一口後忽然歪頭去看蕭雲醒，水汪汪的眼眸轉了轉，「雲醒哥哥，這個西瓜不好吃。」

蕭雲醒低頭咬了一口：「還可以啊，怎麼不好吃？」

陳清歡抿著唇，像是在努力證明什麼，用力回答：「不甜！」

蕭雲醒看看她，忽然心領神會，笑著湊過去親了她一口：「甜了嗎？」

陳清歡猛點頭，紅著臉繼續吃西瓜。

甜！當然甜！甜死了！

這是她吃過最甜的西瓜，接過最甜的吻，是西瓜味的吻，帶著夏天的氣息。

後來陳清歡開始覺得無聊，就被蕭雲醒帶去逛街和看電影。

陳清歡本來對愉快的一天滿意得不得了，沒想到兩人的約會卻硬生生地被打斷。

電影院附近的一家咖啡店裡，陳清歡面無表情地看著對面的男人喋喋不休。

「陳總，這就是我的方案，還有，對方想知道您的底線，然後再繼續談。」

陳清歡動了一下：「底線啊？看情況吧！」

對方試探著性地詢問：「比方說呢？」

「比方說……長得越好看的，我越沒什麼底線，你看坐在那邊的那位，」陳清歡朝遠處的蕭雲醒抬抬下巴，「如果長得跟他一樣，我什麼都能忍。如果是你，方案就不准有任何紕漏，聽懂了嗎？任何一點失誤都不能有，我的容忍度是零。」

那人看了蕭雲醒的側影一眼：「哈哈哈，陳總真會開玩笑。」

「沒開玩笑。」陳清歡看著對方，用最溫柔的語氣發出最致命的威脅，「如果你下次再拿這種東西來浪費我的時間，特別是我最寶貴的約會時間，我就在業內封殺你，讓你提前退休。」

那人立刻闔上電腦站起身來：「好、好的，打擾了，我馬上回去改！」

蕭雲醒等人離開後才坐過來：「妳平常都這樣威脅別人嗎？」

陳清歡滿臉不高興：「其實我很少威脅人，都是直接動手。」

蕭雲醒直接被逗笑：「好了，別氣了，走吧，向霈說要請我們吃飯。」

向霈不知道發什麼神經，大手筆邀請他們吃四位數的海鮮自助餐，平時的他完全捨不得吃這些。他提早抵達餐廳，心事重重的他靜靜地站在門口等待。不久後，就看到兩人十指相扣地從停車場出來，眼角和眉梢都帶著繾綣的柔情密意。

蕭雲醒一手牽著陳清歡，另一手提著一個紙袋，陳清歡的另一手則拉著他的手腕，正仰著頭和他咬耳朵。

蕭雲醒垂頭傾聽，目光裡帶著溫柔的笑意，視線落在她的臉上，專注而溫和，眼裡根本容不下旁人。

向霈認識蕭雲醒這麼些年，認為蕭雲醒這個人偏高冷，但和小魔女在一起的時候，他身上總是泛著一股難得的暖意和別樣的放鬆，放鬆到能明顯看出一絲慵懶。但他可能不知道，只要一看到她，他滿眼都是寵溺，嘴角會不自覺地上揚。

向霈忽然想拍一張照片傳給韓京墨，讓他看看陳清歡和蕭雲醒是何其的般配。這個畫面明明很養眼，為什麼老韓當年會看他們不順眼呢？簡直就是眼拙！

蕭雲醒這種氣質清冷的芝蘭玉樹，就是要配個萬種風情、活色生香的絕世美人。

趁著陳清歡去拿吃的，向霈拉著蕭雲醒閒聊，看似閒聊，卻句句都在鋪陳。

「當年上學的時候真的沒想過，有朝一日我能和清歡小妹妹待在同一家公司。」

蕭雲醒不鹹不淡地看他一眼。

向霈趕快改口：「雖說等級有點差距，但也在同一家公司啊。自從進了同間公司後才發現，小魔女現在無論是看人還是做事，都有你的影子。」

蕭雲醒微微挑眉。

向霈像是發現新大陸：「對對對！就連挑眉不語的神情和動作，都有一點相似！」

蕭雲醒還是不說話，向霈才漸漸進入正題。

「我老闆最近叫我去和小魔女搶客戶，她挺念舊情的，竟然留了一點福利給我，其實我知道她是看在你的面子上。小魔女一工作起來，驕傲自負到六親不認，我記得前陣子有個她留學時認識的學長，寫了一封郵件跟她套近乎、要資源，她倒是客氣地回覆了，洋洋灑灑寫了不少字，整篇讀下來，可以明顯看出她的厭惡。還把那封郵件轉寄給全公司，弄得對方下不了臺。」說完後，向霈瞄了蕭雲醒一眼。

蕭雲醒抿了口水，不動如山。

向霈只能繼續：「說起來也好笑，聽說我是近年來第一個能從她手裡得到好處的人，沒想到公司就開始謠傳，她要潛規則我的八卦，你說，是不是很好笑？哈哈哈……」

乾笑聲在蕭雲醒犀利的一瞥中戛然而止：「不……不好笑嗎？」

蕭雲醒聽他東拉西扯了整個晚上，終於繞到正題上，這才開口。沒想到一開口就擊中要害：「這就是你今天請客的原因？」

向霈又「嘿嘿」笑了笑：「我知道這件事遲早會暴露，與其東窗事發被你碎屍萬段，不如我早日坦白自首，爭取寬容處理，起碼能讓你留個全屍給我！」

說完之後，向霈更加小心翼翼了，眼睛一眨不眨地盯著蕭雲醒，生怕錯過他細微的神色變化，唯恐哪句話說得不對，直接被他滅口。

「你會留全屍給我的，對吧？」

蕭雲醒倒也沒表態，正巧陳清歡端著盤子回來，看了看兩人：「你們在聊什麼呢，怎麼看起來那麼嚴肅？」

蕭雲醒笑了一下，輕描淡寫地回答：「在聊要是解剖一個人，最多可以切多少刀。」

向霈只覺得後背發涼，不自覺地打了個寒顫。

陳清歡看出了端倪，繼續嚇唬向霈：「那得請教隨媽媽啊，畢竟她是專業的。」

蕭雲醒看了向霈一眼：「我表叔也可以。」

陳清歡也跟著掃了向霈一眼：「嗯，家學淵源。」

向霈咽了咽口水，垂死掙扎：「我是不是白請這頓飯了？」

蕭雲醒轉頭問陳清歡：「妳覺得這頓飯如何？」

「還好。」陳清歡把面前的盤子拿給他看，「起碼食材新鮮，對得起這個價格，應該會吃得很開心。」

蕭雲醒點頭：「開心就好，那就不算白請。」

向霈聽到這裡才鬆了口氣，跟在蕭雲醒身後去取餐。

他一放鬆下來，就開啟話癆模式：「對了，聞加過幾天要過來出差，老姚說他也會過來，到時候一起聚聚？」

蕭雲醒一貫的話少：「到時候再通知我。」

向霈調侃他：「叫你來你就能來？聽說現在清歡小妹妹想見你一面都要提前預約，就算預約了，還有可能被你臨時放鴿子。」

說起這件事，蕭雲醒就有些愧疚：「最近還好，不會太忙。」

向霈立刻敲定：「那就說好了，到時候誰不來誰就是小狗！」

蕭雲醒和陳清歡難得能在工作日悠閒地共進晚餐，而向霈也解決了一個大問題，於是三人吃得格外愉快，還順便合照留念。

向霈看著手機裡的合照，心裡感慨萬分。他一直都覺得學生時代那可愛灑脫的陳清歡也好，後來進入公司，腹黑強勢的陳清歡也好，骨子裡總帶了幾分清冷，連帶那張漂亮的臉都有些冰冷，雖然漂亮，卻總覺得缺少了一些什麼。但每次和蕭雲醒在一起的時候，那份清冷就如同冰雪消融一般，全力地為她身邊的男人綻放，那才是作為一個女人的漂亮。

他這次實在沒忍住，把照片傳給韓京墨，想讓他睜眼看看這兩人有多般配。

韓京墨看到後很是氣憤，發出悲慘的嘶吼：「老子加班加到冒火，連找女朋友的時間都沒有！蕭雲醒竟然還在和女朋友約會？這份工作我實在做不下去了！請這麼貴的自助餐都不叫我！沒辦法做朋友了！封鎖！以後別聯絡了！」

向霈無所謂地收起手機，封鎖就封鎖，他這個金融業奴隸也很不容易的！

飯局進行到尾聲的時候，陳清歡忽然接到陳慕白的電話。

『陳清歡，妳昨晚為什麼沒回家？』

連句開場白都沒有，直接開門見山，雖然陳慕白聽起來好像很平靜，但陳清歡卻緊張地開始胡扯：「昨天不是中元節嗎，我被鬼抓走了！今天才被放出來！」

陳慕白冷哼一聲：『麻煩請那隻把妳抓走的鬼立刻送妳回來。』

陳清歡趕快回答：「已經在回家的路上了！馬上就到！」

『這句話的意思是……還沒出門嗎？』

「……」陳清歡連飯也不吃了，提起包包就要走。

蕭雲醒緊跟著站起來：「我送妳。」

陳清歡胡亂點著頭：「快快快！如果把陳老師惹毛了，我就再也別想夜不歸宿了！」

向霈迅速塞了兩口食物後跟著站起來：「我沒開車過來，帶上我啊！」

陳慕白掛斷電話就開始計時，每隔五分鐘就發一次火：「都已經過去五分鐘了，怎麼還沒到！她下次別想夜不歸宿了！」

顧九思聽得心裡直發笑：「怎麼老愛揪著這件事情不放啊？你明明知道他們什麼也沒幹。」

「我是防患未然！」

「難道那種事情只有晚上才能做？」

「……」還是顧女士厲害，幾句話就能讓陳慕白安靜下來，不說話也不發飆了，一直沉默到陳清歡進門。

當蕭雲醒把陳清歡送回家、回到車上後，就看到向霈搖著手機：「老韓結束加班了，約我們喝一杯。」

蕭雲醒看時間還早，回去也沒什麼事，便帶著向霈驅車前往。

三個男人聊著聊著，就把話題繞回陳清歡身上。

向霈想起剛才的事情，忍不住發出感慨：「清歡小妹妹已經從當年的小魔女，進化成會血洗整個金融業的女魔頭了，我以為她刀槍不入、百毒不侵呢，沒想到她也會有害怕的對象。」

蕭雲醒看他一眼，端起杯子喝了口水：「哪有你說的這麼誇張，剛才吃飯的時候不是一直在笑嗎？」

向霈立刻反駁：「在你面前當然會笑啊，在別人面前可是會咬人的！你知道我們公司的老狐狸都怎麼評價她嗎？行事不羈，性格乖張，布局起來完全不輸老手，你不知道，每年都有一堆人被她斬於馬下。要是面對你，柔弱得不能自理，你不在的時候，殺傷力十足，分分鐘吊打全場，血洗團滅，一個不留。『十步殺一人，千里不留行。事後拂衣去，深藏身與名』說的就是她！她就是個活閻王！不，閻后！」

蕭雲醒微微側目：「是嗎？」

韓京墨端著酒杯喝了一大口：「她現在這麼可怕的嗎？」

「何止可怕！」向霈看向蕭雲醒，「你說，清歡小妹妹是不是人格分裂啊？在你面前和在公司完全判若兩人，知道業內都怎麼稱呼你家的小朋友嗎？『智多近妖』。」

蕭雲醒難得沒表達意見。

這或許就是生活的無奈。無論什麼人，不管願不願意，總要長大的，不可能一直單純下去，陳清歡亦是如此。畢竟是陳家的孩子，當年的陳家環境複雜，個個都是算計人心的好手，那是祖傳的洞察人性，善於揣測人心和猜度局勢。

他多多少少也會關注一下陳清歡工作上的事情。他曾經看過一篇關於陳清歡的訪談文章，文章中有一段對她的分析：

『對數字之敏感，眼光之毒，出手之快，怕是無人能及。波譎雲詭的局面在她眼裡，就像雲開月明一樣清晰。洞察力驚人，看得清楚透澈，論審時度勢，確實很有一手。』

她不是人格分裂，她是把最好、最珍貴的東西都留給他，無論在外面是什麼樣子，在他面前永遠都是個可愛純真的小女孩。邪惡也好，善良也罷，全都純粹通透，活得坦蕩自在，這是他希望她能成為的樣子。

向霈和兩人碰了一下酒杯，嘆了口氣：「我們公司那幫牛鬼蛇神，每天鉤心鬥角，只要上班就覺得心累，清歡小妹妹也不容易。還是你們科學家比較好，搞科技研究的人都很單純，你們的圈子是不是純潔多了？」

蕭雲醒笑了笑沒說話。

韓京墨看了蕭雲醒一眼。

不是沒有牛鬼蛇神、陰謀詭計，不過在擁有絕對實力的蕭雲醒面前，那些都不夠看。看起來和氣，從不疾言厲色，心裡的主意卻穩如磐石，誰敢招惹這樣的狠角色？是腦子壞掉了嗎？

三個人又坐了一會兒後就各自離開了，畢竟明天還要上班。

而陳清歡為了以後的福利，老老實實地在家裡住了幾個月，眼看著天氣都變冷了，她那顆「夜不歸宿」的心又開始蠢蠢欲動。

某個週末，她睡到自然醒，收拾一下後就要出門。

陳慕白正坐在客廳看書，頭也沒抬：「妳要去哪裡？」

「我約朋友去逛街，我的國中同學和大學室友。」陳清歡仔細地交代後，誠心誠意地發出邀請，「您要一起去嗎？」

陳慕白皺眉，他沒事去參加小女孩的聚會幹什麼？

「幾點回來啊？」

「不確定，我們好久沒聚了，逛完街後要去看電影，看完電影再去吃飯，吃完飯後去唱歌，唱完歌再去酒吧坐一會兒，總之會很晚，老年人不宜熬夜，您早點睡吧。」

「為什麼要帶睡衣去逛街？」

「這是我新買的睡衣，我想穿給……」

陳慕白掃了她一眼。

陳清歡及時把接下來要說的話咽回去，硬生生轉了彎：「我想，如果我和朋友們玩瘋了，就開一個睡衣派對，我想穿給他們看。」

陳慕白扯了一下嘴角：「如果玩得再更瘋一點，是不是就順便住下，不回來了？」

陳清歡點頭：「是啊！畢竟我沒有親姐妹嘛，和朋友們睡在同一張床上聊到睡著，不是很棒嗎？

所以爸爸，你不要等我，該睡就睡。」

陳慕白直接戳穿她：「妳不用陪妳的雲醒哥哥嗎？」

陳清歡信手拈來一些冠冕堂皇的話：「雲醒哥哥很忙啊，我要做個聽話又懂事的乖寶寶，不能總黏著他，要學會自我娛樂。」說完後看了時間一眼，立刻大驚失色，「哎呀，我要遲到了！就這樣！爸爸，我們回頭再聊，再見！」

她不再給陳慕白任何開口的機會，風風火火地衝出家門。

陳清歡和冉碧靈、田思思逛街逛累後，找了一家甜點店休息，順便等蕭雲醒忙完後來接她。

冉碧靈大學畢業後就回來了，經陳清歡的引薦和田思思結識，兩人志趣相投、相見恨晚，很快打成一片。

陳清歡喝了幾口果汁後才緩過神，踢踢冉碧靈：「褚嘉許呢？不來接妳？」

冉碧靈坐在沙發上嘆了口氣：「唉，別提了，被他媽媽叫回家了。」

田思思對他們兩個的事情略知一二：「怎麼，你們兩個還沒搞定他爸媽啊？」

一提到這件事，冉碧靈就頭痛：「他爸爸的脾氣很好，每次見到我都樂呵呵的，他的好脾氣真的是遺傳他爸爸！至於她媽媽就任重道遠了，其實我也能理解，辛苦養育了十幾年的兒子，突然一聲不吭地跟一個認識沒多久的女人跑到南部讀大學。說真的，他媽媽算是脾氣好、有修養了，如果換作是我，我就打斷他的腿！」

陳清歡吃了一口蛋糕後問：「那褚嘉許的態度呢？」

冉碧靈撇撇嘴：「夾心餅乾啊！盡可能安撫雙方。我也能理解他，如果他真的為了我和家裡一刀兩斷，我就得好好考慮一下他的人品了，他今天能和養育他幾十年的父母斷絕關係，明天就能一腳踢開我，推己及人。」

陳清歡和田思思被逗笑：「哈哈哈！」

冉碧靈一本正經地開口：「妳們別笑啊，一個女人對妳最大的肯定，就是看對方的媽媽願不願意讓妳當她的媳婦。妳們想想看，婆媳天敵啊，連這道檻都能過，肯定很優秀！」

陳清歡想了想，問：「如果妳有兒子，妳願意讓我當妳的媳婦嗎？」

「不願意。」冉碧靈想也沒想就搖頭，「妳很好，就是……長得太好看了，我忌妒！實在忍不了！」

陳清歡皮笑肉不笑地冷笑兩聲：「我的婆婆就很好啊，我可是她的小粉絲！隨媽媽真的很好！」

「那是妳運氣好！有個好婆婆。」

陳清歡不死心，轉頭去問田思思：「如果妳有兒子，願意讓我當妳的媳婦嗎？」

田思思捏捏她的臉頰，笑哈哈地逗她：「我也不願意，這麼標緻的小美人，我可不能便宜別人，我要讓妳當我老婆！」

陳清歡洩氣，推開她的手坐回去，被打擊得不想理人。

冉碧靈和田思思默契地擊掌，問她：「妳等等要去哪裡啊？」

田思思看了看時間：「哪裡也不去，快期末了，我要回家幫孩子們制定複習計畫。」

冉碧靈看著她搖頭嘆氣：「我真搞不懂妳，X大的高才生耶！千辛萬苦從那個瘋人院廝殺出來，竟然去當小學的數學老師？」

「我從小到大有兩個夢想，一個是當小學老師，一個是能擁有自己的超市。」田思思托腮暢想，「妳不知道當小學老師有多舒坦，不用和職場上的牛鬼蛇神打交道，也沒那麼多鉤心鬥角，每年都能帶薪放寒暑假！還有，我們學校的小朋友們都可愛的不得了！最近我們班有個可愛的小男孩，和隔壁班兩個長得很好看的小男生和小女生經常玩在一起，一看就是複雜的三角關係。」

冉碧靈被她勾起興致：「那……那個好看的小女生，是喜歡跟她同班的小男生，還是喜歡你們班的小男孩？」

田思思白她一眼：「胡說什麼，一看就知道小女生才是第三者好嗎？」

冉碧靈無語：「妳的腦袋能純潔一點嗎？」

田思思立刻關閉腦洞，認真道歉：「對不起，我錯了。」

陳清歡忽然開口：「妳和那個相親對象怎麼樣了？」

田思思臉上的笑容立刻沒了：「唉，別提了。」

陳清歡好奇：「怎麼了？」

田思思嘆氣：「他約我吃飯，我不想去，就讓田汨汨代替我去，沒想到一眼就被他看穿，還說雖然肉體一樣，但靈魂不同。不同個屁！我和田汨汨長得那麼像，我不想去上課的時候，讓她替我去，我的同事和學生們都看不出來！他才見過我幾次而已，有這種本領，不如改行去算命？關鍵是，他還跟介紹人告狀，那個介紹人又把這件事告訴我媽，我媽把我和汨汨罵得狗血噴頭！我從小就最討厭告狀的人了！」

陳清歡都快笑瘋了。

冉碧靈立刻來了興致：「什麼相親對象啊？」

「我們校長幫我介紹了一個對象，男的，在我們學校門口開了一間雜貨店。」

「那很好啊，沒做成超市老闆，成為雜貨店老闆娘也不錯啊，妳的人生兩大理想都實現了，多好！」

陳清歡捂著嘴笑：「她還沒說完呢。」

冉碧靈追問：「還有什麼？」

田思思不情不願地繼續：「還有……聽說站在校門口往外看，那半條街都是他們家的。」

冉碧靈猛拍手：「那就更好了！」

田思思猛搖頭，嘴裡還念叨著：「不好不好，我們不適合。」

「怎麼了，貧富差距太大，妳有負擔？」

「才沒有！」

「長得不行？」

「還行。」

「妳不是外貌協會嗎？長得還行的話為什麼不行？不是妳的菜？」

「不，蠻合我胃口的。」

「身高不行？身材不好？」

「都還可以。」

「那哪裡不行？」

田思思被逼急後才說實話：「妳想，如果我真的變成老闆娘，我的同事、學生來買東西，我肯定不好意思收錢，長此以往下去，肯定虧死了，不好不好。」

冉碧靈無語，不得不誇她一句：「真是高瞻遠矚。」

田思思假裝沒聽出她話裡的深意：「那當然。」

陳清歡撐著下巴歪頭問：「他真的一無是處？」

田思思認真地想了想：「那倒不是，我很喜歡他養的那隻貓。」

「什麼貓？」

「他養了一隻貓來看店，還叫他『貓警長』。」

「是黑貓還是白貓啊？」

「不止啊，他還說那隻貓住在他們家的客廳，應該是『花貓廳長』！」

「那就是『花貓警長』。」

「花貓！」

「升官了啊。」

「哈哈哈哈哈！妳剛才不是還說喜歡他的貓，怎麼又開始罵人？」

「你說，他是不是有病？」

「那不一樣，貓是貓，人是人，我喜歡他養的貓，一點也不妨礙我討厭他這個人！」

陳清歡看著怒氣沖沖的田思思，忽然想起了什麼：「哎，對了，我那天看到……」

她說到一半又頓住。

「看到什麼？」田思思看過去。

「沒什麼。」陳清歡笑了笑，「妳妹妹最近還好吧？」

田思思不在意地擺擺手：「很好啊，出門前還鬧我呢，非要我替她去參加他們工作單位的團體活動，被我駁回，大概正在準備上訴呢。」

陳清歡試探著性地問：「她有男朋友了嗎？」

田思思搖頭：「沒有，我媽一提相親，她就把我推出來，說什麼『長幼有序』。我只不過比她大了幾分鐘而已，所以我媽就集中火力炮轟我，讓我每天苦不堪言，照這樣下去，離家出走只是指日可待的事！」

陳清歡和冉碧靈被她逗笑，三個人正鬧著，忽然聽到一道女聲。

「陳清歡？冉碧靈？」

陳清歡下意識轉頭看過去，看著來人一臉茫然。

方怡微微皺眉：「不記得我了？」

冉碧靈嘆了口氣，也是服了。陳清歡根本不會讓討厭的人在自己的腦子裡留下任何痕跡。

她抬手遮了遮嘴角，小聲提醒：「方怡。」

陳清歡恍然大悟，露出一副不懂人情世故的模樣看著方怡：「以我們的關係，就算看到了，不是也該假裝不認識嗎？妳忽然過來打招呼是什麼意思？弄得我們都很尷尬。」

田思思跟著壓低聲音問：「她是誰啊？」

冉碧靈飛快地回了一句：「就是等級比較低的秦靚。」

田思思點點手指：「懂。」

方怡雖然略感尷尬，卻又面色如常地開口：「好久不見了，介意我坐下來聊幾句嗎？」

陳清歡還是有一點容忍力的，她點點頭：「坐吧。」

方怡坐下後對她一笑：「聽說……妳還和蕭雲醒在一起？」

陳清歡按兵不動，示意她繼續。

「我沒有別的意思，妳知道的，像蕭雲醒這樣的人，在我們這些凡夫俗子的眼中總是不一樣的存在，在每個人的歲月裡，總有一個十分耀眼又遙不可及的人，如此高不可攀，宛如神仙的人，讓我們愛慕傾心而不可得。」方怡說到這裡，忽然頓了一下，直直看向陳清歡，語氣裡是不加掩飾的羨慕，「只有妳，可愛亦可得。蕭雲醒是多少人的青春啊！我只是其中一員而已，無論妳知不知道，妳身邊的那些女生，或多或少都對他存了一些小心思，我們都曾羨慕妳羨慕得要死。」

在每個人的青春裡，總會有那麼一個人，只要你動了念頭，除非得到了，否則這輩子都不可能真正放下，每每不經意地想起，心底都會為之動容，終生意難平。

過了這麼多年，當方怡再次想起這個人的時候，依舊心生漣漪。

陳清歡過了半天都沒有反應。

冉碧靈和田思思你看看我，我看看你，默契地保持沉默。

方怡在說出藏在心底多年的話後輕鬆不少，很快起身，道別離開。

冉碧靈看著方怡的背影問：「她這是什麼意思？主動示弱求和？」

陳清歡看她一眼，神色微妙：「妳以前喜歡過蕭雲醒嗎？」

「我的媽呀，我哪敢啊？我怎麼敢喜歡那種神仙？」冉碧靈立刻正色，「是一種……仰慕吧？讓我知道，原來這世上真的有這麼厲害的人存在，妳也是這樣的人。有些人註定不屬於你，但是當你發現這些不屬於你的人出現在你的生命中，其實也挺好的。」

陳清歡轉頭看向田思思：「妳呢？」

田思思立刻舉起雙手投降：「我？我只是單純喜歡帥哥，看看臉就好了，從未想過把他們據為己有。」

陳清歡像是得到了證明一樣，一拍桌子：「看吧！我就知道她在胡說八道！」

冉碧靈忽然正經起來：「她有句話倒是說對了，有時候真的挺羨慕妳的，上學的時候活潑可愛得像個小朋友，進入社會後，立刻變得專業又迷人，關鍵是，面對蕭雲醒的時候，永遠保持著一顆少女心。妳這個人一身孩子氣，讓人覺得傻乎乎的，看似純真善良，不懂人情世故，沒想到一入社會卻能左右逢源，混得風生水起，成熟又理智，誰都坑不了妳，不知道該說妳天賦高，還是隱藏得深。」

陳清歡挑眉。

天賦高嗎？

不管是陳老師還是顧女士，抑或是她的雲醒哥哥，一直在用最溫柔的方式告訴她生活本來的模樣，和那些變幻莫測的未來，也教會她如何心懷善意，但又能遊刃有餘地在這陰險的世間行走，也同時告訴她這世界的美好。強大又柔情，犀利且溫情，心存善意，亦可仗劍天涯，這大概就是他們期望她看到的。

而田思思從來都沒有小看過陳清歡，雖然覺得她任性妄為，但有些事情，陳清歡看得比誰都透澈，並非一般女孩可比擬的。想著想著，她無意間一回頭，就看到蕭雲醒穿過人行道走過來，便踢踢陳清歡示意她去看。

冉碧靈也跟著看過去，忍不住感慨：「怎麼過了這麼多年，蕭雲醒的身上還是帶著那麼乾淨的少年感呢？正所謂『少年不常在，而少年感可以常存』。他是不是吃五穀雜糧長大的啊？怎麼身上完全沒有煙火氣呢？」

陳清歡歪歪頭，一副與有榮焉的模樣：「蕭雲醒可是這世間獨一無二的少年啊，不，是全宇宙！」

田思思一副受不了的表情，轉頭問冉碧靈：「妳應該要去問她，她是吃什麼長大的，怎麼都過了這麼多年，一看到蕭雲醒還是這副欲罷不能的德行。」

陳清歡喜孜孜地對她一笑：「妳管我！」

方怡從甜點店出來過馬路的時候，正巧和蕭雲醒擦肩而過，他目不斜視地往前走，似乎沒有注意到她，又或許於他而言，她一直都是個可有可無的陌生人。

她停下腳步轉頭看過去。

看到他不疾不徐地走到陳清歡面前，嘴角掛著很淺的笑意，眼底俱是溫柔地低頭和她說話，陳清歡一改剛才散漫刻薄的樣子，眨著眼睛對他撒嬌，透露出旁若無人的親密。

她看著他的側影微微出神，歲月真是偏愛他，即便過了這麼多年，歲月也不曾在他身上留下痕跡。容貌出眾，風度清雅，若是非要說有印記，那大概是他周身越發出眾的氣度吧。

如果這種人不屬於自己，這輩子千萬不能再看他一眼，她立刻轉過身，頭也不回地離開了。

第二十四章　見招拆招

陳清歡一見到蕭雲醒，就「重色輕友」地拿起包包，準備結束這場下午茶：「這個時間不好叫計程車，要不要送妳們一程？」

田思思搖頭：「這裡離我家很近，我直接走回去就好。」

冉碧靈還沒說什麼，就看到褚嘉許小跑著過來了：「對不起、對不起，我來晚了。路上有點塞車。」

冉碧靈幸災樂禍地問道：「你媽媽肯放你出來？」

褚嘉許不好意思地笑道：「我說我要回公司加班，電影票買好了，我們走吧？」

冉碧靈得了便宜還賣乖，對陳清歡和田思思使了個眼色：「看到了沒，以後你兒子告訴你他在加班，千萬別相信。」

褚嘉許依舊和學生時代一樣不善言辭，不過臉紅的頻率減少了，只是在一旁溫和地笑，身材高大，劍眉星眼。

冉碧靈也準備離開了：「要不要一起去看電影？」

身狗了！」

田思思果斷拒絕：「我才不要當電燈泡！」

「不用了。」陳清歡搖搖頭，指指旁邊，「雲醒哥哥說要帶我回家。」

田思思立刻走人：「真受不了，走了走了！下次這種會帶男友出席的場合，都別邀請我這個單身狗了！」

陳清歡和冉碧靈對視一眼，表現出毫無誠意的歉意。

趁著蕭雲醒和褚嘉許去開車的功夫，冉碧靈站在甜點店門口看著他的背影，歪頭跟陳清歡小聲感嘆：「乾淨純粹的少年感真是美好啊！蕭雲醒絕對是把少年的清冷乾淨詮釋得最好的一個人。妳知道褚嘉許特別崇拜他吧？那個傻子之前居然跟我說，蕭雲醒雖然看起來冰冷，但又不是頹廢的陰冷，是那種溫暖的冷感，帶點初冬陽光的味道，冷靜沉穩，乾乾淨淨，不會傷人，也不會讓人覺得不舒服，該有的禮貌一點都不會少，讓人沒辦法討厭，一看到他就知道家教好！他說這些的時候，那個眼神和表情真是……如果我不是他女友，肯定會懷疑他暗戀蕭雲醒。」

陳清歡臉上滿是疑惑和懵懂：「褚嘉許在胡說什麼啊，雲醒哥哥一直都很溫柔好嗎？一點都不冷！」

冉碧靈嘆了口氣，早就預料到她的反應：「車來了，我先不說了，再見！」

陳清歡和她道別後直接上車，在繫安全帶的時候忽然開口：「我今天遇見方怡了。」

蕭雲醒目視前方專心開車：「誰是方怡？」

陳清歡滿意地笑了：「沒事，一個賣菜的。」

蕭雲醒歪頭看她一眼。

陳清歡討好地對他一笑，又問：「韓京墨交到女朋友了嗎？」

蕭雲醒搖頭：「不太清楚，怎麼了？」

陳清歡湊過去，眼底閃著狡黠的笑：「一個八卦，你要不要聽？」

蕭雲醒笑著看她。

陳清歡繼續開口：「我前幾天看到韓京墨和田汨汨在一家咖啡廳的門口拉扯，你還記得田汨汨吧？就是田思思的雙胞胎妹妹。」

蕭雲醒對八卦本身沒興趣，不過他喜歡聽陳清歡說話，便讓她繼續說下去：「既然是雙胞胎，妳怎麼知道是妹妹，而不是姐姐？」

「你忘了？田思思最喜歡帥哥了，她怎麼可能那樣對待韓京墨！當時田汨汨臉上的冷漠和嫌棄超級明顯！最關鍵的是，韓京墨也是一副嘲諷譏誚的模樣，他不是一向都對女人很紳士的嗎？」陳清歡越說越興奮，「你說，他們兩個是不是有姦情？」

蕭雲醒看她躍躍欲試的模樣輕笑道：「妳這麼激動做什麼？」

陳清歡想想就覺得興奮：「想看韓京墨出醜啊，田汨汨這個人，從來都只對同性熱情，對異性愛理不理。張岱的〈陶庵夢憶〉裡不是寫過嗎，『楚生色不甚美，雖絕世佳人無其風韻。楚楚謖謖，其孤意在眉，深情在睫，其解意在煙視媚行』。韓京墨如果真的看上她，肯定會出醜！」

蕭雲醒或許被陳清歡帶壞了，他竟也開始期待看到韓京墨在情場上出醜的模樣。

陳清歡和蕭雲醒解決晚餐後，又去超市買了她喜歡的零食，當蕭雲醒詢問她接下來想去哪裡的時候，她決定關掉手機，去蕭雲醒的住處開「睡衣派對」。

陳清歡一進家門就脫掉高跟鞋，光著腳跑進去。

蕭雲醒把她的鞋子放進鞋櫃，又拿著拖鞋放到她腳邊：「妳跟陳老師說過了嗎？」

陳清歡窩在沙發裡，歪著頭轉著大眼睛調戲他：「說了……一半，而且這有什麼好說的？難道我們今晚會發生什麼事情嗎？」

蕭雲醒立刻轉身：「我去洗澡。」

「我也要去！」陳清歡跟在他身後喊著，被蕭雲醒回頭看了一眼後立刻改口，「我是說，我去另一間浴室洗澡。」

陳清歡洗完澡、吹完頭髮後，穿了一件白色的睡裙出來，長髮整整齊齊地披在身後，睡裙寬鬆飄逸，長至腳踝，襯得整個人純潔出塵。

她踮著腳在蕭雲醒面前轉了一圈，彎起眉眼，一副求誇獎的模樣：「好不好看？」

蕭雲醒只是看著她，半天沒說話。

陳清歡察覺到她的目光，歪頭瞥她一眼：「怎麼了？」

蕭雲醒的眼底染上清淺溫暖的微笑：「真該讓那幫人看看，他們口中銳不可當、傲視群雄的陳清歡其實是個小天使。」

「不行。」陳清歡想了想，然後好似認真地開口，「我只會給你一個人看，他們不配欣賞我的絕世風姿。」

蕭雲醒把頭轉到一邊，放聲大笑。

陳清歡看著他的笑臉，心裡默默回了一句，真該讓那幫人看看這樣的蕭雲醒才對，你們口中那清貴疏離的高嶺之花，在我面前笑得多麼開心啊。何止是開心，還帶著肆意的快活呢，可惜你們看不到，只有我才能看到。

陳慕白的擔憂確實多餘，因為陳清歡整晚只是坐在沙發上吃著零食和水果，看著綜藝節目笑得前仰後合，而蕭雲醒則坐在旁邊，時不時遞紙巾和垃圾桶給她。

陳清歡揉著笑到發酸的臉頰，轉頭看他：「雲醒哥哥，你會不會覺得很無聊？」

蕭雲醒把一塊蘋果遞到她嘴邊：「不會，挺有意思的。」

看什麼都無所謂，他享受如此放鬆愜意的時刻，什麼都不用做，有陳清歡在他身旁笑，就是這世上最有意思的事情了。

陳清歡笑了笑，身子一歪躺在他腿上，一臉滿足：「我好喜歡週六晚上啊！想玩到幾點就玩到幾點，明天也不用早起。」

兩人同時休假的時間本來就不多，能一起在週六休假更是難得，陳清歡大概也想到了，仰著頭問：「你明天需要加班嗎？」

蕭雲醒垂眸看她，抬手捏捏她的臉：「下午可能要去一趟研究所。」

陳清歡的眉眼忽然垂下。

蕭雲醒笑了笑：「不高興了？」

陳清歡握著他的手，格外鄭重地開口：「不是，我是心疼你，雲醒哥哥你好辛苦啊！要不然你辭職，讓我養你吧？」

蕭雲醒煞有其事地點點頭：「好啊。」

陳清歡一下子坐起來：「我說真的！最近我手裡的幾檔股票長勢驚人，剛剛小賺了一筆！絕對養得起你！」

陳清歡在股票方面也很有天賦，沒事的時候就喜歡玩一把。

蕭雲醒表示相信她：「我也是認真的。」

陳清歡忽然沉默下來。

蕭雲醒逗她：「怎麼，後悔了？不想養我了？我吃得不多，很好養。」

陳清歡搖頭，握住他的手放在身前，一本正經地鼓勵他：「我認真想了一下，還是算了！如果我去上班或者加班的時候，你一個人會很無聊，我不想讓你無聊，你還是辛苦一點，去工作吧。」

蕭雲醒忽然微微用力一扯，陳清歡就被他摟進了懷裡：「這幾年，我是不是讓妳等了很久？」

陳清歡趴在他懷裡，左搖右晃地點著腦袋：「沒關係啊，以前是你在等我，現在換我來等你啊，不用擔心，我也會像你一樣有耐心的。」

這次蕭雲醒沒說話，只是輕輕吻了一下她的眉心，久久地把她抱在懷裡。

直到陳清歡打了個大大的哈欠，模糊不清地說「雲醒哥哥我睏了。」兩人才關掉電視去睡覺。

按照慣例，她霸占他的床，他去睡客房，互道晚安後便休息了。

主臥室和客房離得很近，房門也敞開著，兩人躺在各自的床上聊天。

陳清歡喊了他一聲：「雲醒哥哥！」

蕭雲醒閉著眼睛回答他：「我在。」

「我要睡覺了喔！」

「好。」

「雲醒哥哥！」

「嗯。」

「你睡著了嗎？」

「還沒。」

陳清歡喊了幾聲後漸漸沒了動靜。蕭雲醒這才起身去主臥室看了她一眼，幫她蓋好被子才重新回客房躺下，很快也睡著了。

第二天，蕭雲醒去叫陳清歡起床吃早餐時，一進門就愣住了，繼而低下頭無奈地笑。

她的睡相不太好，整個人橫在大床中間趴著，頭埋在枕頭下面，懷裡還抱著一個抱枕，整張被子尚有倖存的一角，胡亂地搭在她身上，其餘的部分都被她壓在身下，完美貼合著她玲瓏有致的柔軟曲線，晶瑩白皙的小腿伸到被子外，還把一個抱枕踹到地上。

好在屋裡的暖氣充足，不然照她這種睡法，一整個冬天下來不知道會感冒多少次。只是他看著看著，不知為何就忽然紅了臉。

陳清歡打了個哈欠後翻過身，伸了個懶腰後才緩緩睜開眼睛。她一睜眼就看到了神色古怪的蕭雲醒。

她揉著滿頭亂髮坐起來：「怎麼了？」

蕭雲醒很快恢復，面色如常地回答：「沒事，快起床刷牙洗臉，準備吃早餐了。」

說完就走出了房間。

陳清歡探身看著他的背影，很是奇怪。

後來陳清歡找冉碧靈和田思思討論蕭雲醒臉紅的事情，三人坐在咖啡廳的角落裡，探討得熱火朝天。

「我當時睡衣穿得好好的，他到底在臉紅什麼？」

田思思拍拍桌子提醒她：「這有什麼好奇怪的？妳想啊，他平時睡的枕頭和棉被，被一個香噴噴的小女孩半裸著躺在上面，你們兩個人的氣味混在一起，交疊，融合，多麼引人遐想。」

一語驚醒夢中人，陳清歡跟著一拍桌子：「早知道我就全裸了！」

田思思搖搖手指：「NO！妳難道不懂『猶抱琵琶半遮面』嗎？懂不懂點到為止的美學啊？未免也太心急了吧。」

陳清歡恍然大悟地點點頭。

冉碧靈的關注點一向和別人不一樣，聽完後格外激動，當即表示：「要是有如此神仙等級的人物對我臉紅心跳，我駕鶴西歸也值得了！」

陳清歡逗她：「褚嘉許不是一直都對妳臉紅心跳嗎？」

「別提了！」一提到那個名字，冉碧靈就習慣性地嫌棄，「那個傻子除了臉紅，什麼都不懂，前幾天想那個……都是我主動的。」

陳清歡和田思思對視一眼，壞笑著看她：「那個？」

冉碧靈被套話後也不扭捏，「嘿嘿」笑了幾聲：「就是那個嘛。」

陳清歡眨眨眼睛，臉上是明晃晃的促狹：「有點超過了啊，冉同學，要給妳紅牌警告了！」

田思思點頭附議：「就是說啊！」

「沒有超過！」冉碧靈動作利索地從包包裡翻出一個紅本拍到桌上，「正常範圍！」

陳清歡硬生生咽下那句粗口，拿起那本結婚證書翻看好幾遍：「妳這……」

田思思也格外稀罕地從陳清歡手裡接過來，同樣翻來覆去地看了好幾遍：「妳這……」

冉碧靈一副稀鬆平常的樣子：「陰差陽錯。那個傻子啊……在公司聚餐被灌酒，回到家發酒瘋，抱著他媽哭得一塌糊塗，據說自從他懂事以後就沒這麼哭過，把他爸媽都驚呆了，還把我叫過去問我們是不是吵架了，我記得我也沒說什麼，也不曉得他媽媽是怎麼理解的，第二天就把戶口名簿甩給他，讓他該幹嘛就幹嘛，機會千載難逢，那個傻子怕他媽媽後悔，夜長夢多，就立刻拉著我去登記結婚。」

陳清歡和田思思唏噓了好一會兒，沒想到這場持續多年的拉鋸戰，竟然以這種戲劇性的方式落下帷幕。

冉碧靈忽然笑得神祕：「妳們知道褚嘉許為什麼叫『褚嘉許』嗎？」

田思思問：「為什麼？」

冉碧靈捂著嘴笑：「我前幾天才知道，因為他爸姓褚、他媽姓許，所以就叫褚嘉許，太搞笑了！」

田思思跟著笑起來：「那你們的孩子可以叫『褚加冉』。」

陳清歡沒覺得好笑，她的注意力明顯放在另一件事上，試探性地問：「登記結婚後有什麼感覺嗎？」

說起這個，冉碧靈嘆了口氣：「感覺蠻複雜的，有時候我真的不敢想，他認識我的時候才十幾歲，就願意為了我捨棄前途和未來，他怎麼捨得這麼做？萬一他後悔了呢？萬一我辜負他了呢？」

陳清歡想起那天臉色蒼白、眼眶發紅的褚嘉許，當時她沒注意，但現在想起來，那時候的褚嘉許眼神裡透著一股決絕：「他大概壓根兒也沒想過妳會辜負他。」

冉碧靈喃喃低語：「所以才是個傻子……一看就是那種特別乖的小孩，大概從小到大都沒幹過什麼壞事，偏偏在升學考這件事上要花招。這幾年還為了我，一直在和他媽媽鬥智鬥勇，有時候我都覺得煩了，甚至跟他鬧脾氣、提分手，他也從來不發火，耐心地哄我，讓他為難了。有段時間我很絕望，常常會想如果我這輩子沒能和他走下去，以後還能嫁給什麼人。」

田思思拍拍她的後背安慰她：「已經苦盡甘來了，打算什麼時候辦婚宴啊？」

冉碧靈興致缺缺：「再看看吧，什麼都沒準備，連場地都還沒訂好，婚紗照也沒拍。」

田思思雙手合十地拜託她：「我只有一個請求，不要找我當伴娘，我此生的伴娘額度已經沒有了。」

陳清歡則大方表示：「妳可以找我當伴娘啊，我還沒當過伴娘呢。」

「不！」冉碧靈立刻拒絕，「我是瘋了才會找妳當伴娘！妳知道妳為什麼沒當過伴娘嗎？因為妳這張臉！沒有哪個新娘想在這輩子最重要的一天被妳搶盡風頭！」

陳清歡撇嘴：「哼，不找就不找！我還不想受累呢！」

她傲嬌地嗆回去，然後一臉豔羨地盯著手裡的結婚證書。

冉碧靈從她手裡搶過來：「別看了，再看也不是妳的，名字對不上。想要的話，就找蕭雲醒去領一張不就好了？」

一提到這件事，陳清歡就有些煩惱。

難道還不是時候嗎？早就到了合法年齡。感情不夠好？那是絕對是不可能的。她不想嫁，抑或是他不想娶？那更不可能。明明離步入禮堂不遠，卻還是覺得缺少了一點什麼。

「哎，冉碧靈。」

陳清歡忽然叫她。

冉碧靈看過去：「幹嘛？」

陳清歡欲言又止：「那個，是什麼感受啊？」

冉碧靈忽然臉紅了：「就、就那樣啊！」

陳清歡虛心請教：「很痛嗎？」

冉碧靈有些窘迫：「還、還行吧……」

陳清歡質疑她：「那妳剛才進來的時候，走路的姿勢為什麼那麼奇怪？」

冉碧靈瞪她：「就……」

陳清歡皺著眉，打破砂鍋問到底：「到底怎麼了？」

冉碧靈知道如果今天不說清楚，陳清歡是不會放過她的，索性破罐破摔，全都告訴她：「我主動一次後，就幫那個傻子開啟了新世界的大門，然後在網站上學了一整天，我就死在床上了。真的，找老公不要找體力太好的……」

陳清歡開始在心裡琢磨，體力好的……？

冉碧靈後知後覺，像是忽然發現了新大陸：「妳和蕭雲醒沒那樣過嗎？」

陳清歡頗為遺憾地搖頭。

「你們不是住在一起嗎？」

「沒有住在一起，那是雲醒哥哥的房子，只是他留了一間房間給我，我偶爾會去住，不然幾乎都住家裡。」

「幫妳留了房間？你們還分房睡？不是妳暴取豪奪的風格啊！」

「暴取豪奪了啊，我霸占他的床，他去睡客房。」

「沒有擦槍走火的時候？」

「他好像失控過一次。」

「什麼時候？」

「有一天晚上。」

「妳怎麼知道他失控了？」

「因為他抱著我的時候忽然彎腰了。」

「……懂得真多啊，然後呢？」

「沒有然後。」

冉碧靈很認真地分析：「他是不是也不會啊？」

陳清歡看著她，兩人面面相覷：「不會吧？」

冉碧靈點點頭：「說不定喔，需不需要姐姐給妳幾個網站和影片，讓妳去開發他？」

陳清歡立刻撲過去：「要！」

「我等等傳給妳！」

兩人正說著，忽然發現田思思坐在那裡出神，半天都沒動靜。

冉碧靈推推她：「怎麼了，今天話這麼少？」

田思思搖頭，忍著不說。

陳清歡問她：「和那個雜貨店老闆又有後續了？」

田思思有時候不得不佩服陳清歡，問問題總是那麼一針見血。

陳清歡被她的反應嚇了一跳：「妳那是什麼表情啊？」

田思思終於憋不住，決定一吐為快：「那個雜貨店老闆……妳們知道他是誰嗎？」

冉碧靈點點頭：「知道啊，不就是你們學校那條街的街主嗎？」

田思思現在想想，還是覺得有點不真實：「他是傅司朝！」

冉碧靈一臉茫然：「誰是傅司朝？」

「那個消失了很久的股神？」陳清歡倒是很意外，若有所思地開口，「我去幫妳試探敵情，如何？」

冉碧靈這才聽出眉目：「股神啊，很厲害嗎？」

田思思開始介紹：「當然厲害了！少年成名，一戰封神，戰戰都是神級操盤！只可惜他選擇勇退激流，在巔峰時刻忽然銷聲匿跡了。」

相比她的激動，冉碧靈則淡定極了：「是嗎？沒聽說過。」

田思思一臉不悅：「那是妳孤陋寡聞！他真的超級棒！妳可以去搜尋看看！」

陳清歡攔下她拿出手機的動作：「妳這麼激動幹什麼？」

田思思坐立不安地拍桌子：「他是我的偶像啊！」

陳清歡看她一眼：「妳別告訴我，妳學數學是因為他。」

田思思忽然平靜下來，再次在心裡有感而發，陳清歡實在是問得太精準了。

冉碧靈彷彿得知大八卦：「妳那是什麼表情？」

田思思老實交代：「多多少少有一點吧。」

冉碧靈一拍手：「那不是正好！」

「人家是股神，我是股災！」

「我是說，他不是妳的偶像嗎，妳把他收服，不就是粉絲的終極境界嗎？」

「我哪敢？」田思思雙手托腮，「跟做夢似的，偶像就砸在我頭上了。」

「不是，妳跟人家打了這麼久的交道，連人家叫什麼都不知道啊？」

「介紹人也沒說啊，他只說是學校門口雜貨店的老闆。」

「那妳知道相親對象是妳的偶像，是什麼心情？」

「心情有些複雜，難以言喻，總之我現在上、下班都不敢走正門了，怕路過他的店門口。」

「妳幹嘛躲他？」

「我心虛啊……要是知道他是傅斯朝，我哪敢對他那麼造次！」

「妳對他做了什麼？」

「別提了……再回憶一次的話，我怕我心臟受不了……」

陳清歡和冉碧靈你一句、我一句地問著，問得田思思羞愧到快要鑽到桌底下了。

過了幾天後，陳清歡收到了冉碧靈傳的網址和影片。她躲在洗手間瀏覽了一下後，就如數傳給了蕭雲醒，緊接著她就被檢舉了，也立刻接到他的來電：『妳被盜用了？』

陳清歡格外窘迫，坐在馬桶上撕著衛生紙：「沒有！」

『那妳……』

「我……」

『妳？』

「你點開來看過了？」

『看了。』

「然後呢？」

『然後檢舉了。』

「你……雲醒哥哥，你會不會……」

『會不會什麼？』

「就是那個啊……會不會啊？」

『哪個？』

「嗯……你今天忙不忙？我等等結束會議後直接去找你，當面和你說吧。」

『好，過來後再打電話給我。』

陳清歡去開會前還興高采烈的，打算開完會就去找蕭雲醒，但一出會議室的時候，臉色就不太好看了，身後跟著的幾個人都是一副垂頭喪氣的模樣。

「陳總，對不起，這次是我們大意了……」

陳清歡沒回頭，語氣還算平和：「沒關係，不怪你們。敢動我陳清歡的東西……他們是怎麼拿的，我就讓他們怎麼還回來。」

說完，一路目不斜視地走進辦公室，甩上門。

圍觀群眾很快圍上去，開始詢問情況。

沒過一會兒，陳清歡再出來的時候，面色平靜，似乎什麼都沒發生過。

米秋小心翼翼地靠過去問：「陳總，您要出去嗎？今天不加班了？」

陳清歡低頭整理了一下大衣衣袖，漫不經心地開口：「不加了，今天休息，最近天氣冷，妳找大家去吃個火鍋，我請客，我還有事情就不去了。」

說完就拎著包包進了電梯。

陳清歡到了研究所門口，在收拾好情緒後傳了訊息給蕭雲醒。

『請問是蕭先生嗎，我是快遞，你的小可愛已經到樓下了，請快點下來娶她。』陳清歡正在馬路對面數著地磚等蕭雲醒，忽然聽到一聲熟悉又陌生的「陳前輩」。

陳清歡抬頭看了一眼，又重新低下頭，還默默在心裡感嘆：冤家路窄。

蘇揚似乎已經忘了上次舞會的不愉快，笑容不減：「妳是來找蕭前輩的吧？他應該是去吃飯了，我住在這附近，吃飽後才回來的，妳看，我還幫他帶了一點水果。」

陳清歡停下腳步，靜靜地站在那裡不說話，就算是路窄，她也沒怕過誰。

蘇揚也不在意，依舊自說自話：「研究所不會讓外人隨便進出的，我去幫妳叫他？不過他應該沒空見妳，最近工作忙，我們晚上還要加班呢。」

陳清歡覺得沒意思，清淺地回了一句：「不用了。」

蘇揚似乎在炫耀什麼：「沒關係，我最近跟著蕭前輩在進行一項研究，我們很熟的，我去叫他。」

陳清歡微微皺眉，似乎對她的聒噪很反感：「我說了，不用。」

蘇揚臉上略帶一絲得意，似乎還想繼續說什麼，陳清歡忽然抬頭，冷冷地看她一眼，成功讓她閉上嘴。

過了許久，蘇揚勉強笑著開口：「當年我一進附中就知道雲醒前輩，只可惜他很快就畢業了，考升學考的時候我也報了X大，只差三分我就考上了！後來我被另一間學校錄取，從大學到進入研究所的期間，我一直都很努力，從來不敢懈怠，才終於有機會站在這裡，得到和他在一起工作的機會。那個時候我很羨慕妳能整天和他在一起，偶爾在校園裡能看到他，似乎有他的地方就會有妳。可是現在呢？妳連他工作的地方都沒進去過吧？他的辦公室長什麼樣子，妳也沒見過吧？他工作的時候是什麼樣子，他的辦公桌上放了什麼，妳都不知道吧？但我都知道，因為我每天都會見到，見到身邊沒有妳的蕭雲醒。」

陳清歡忽然笑了，輕飄飄地掃她一眼：「那可真遺憾啊，不過我倒是很好奇，既然妳那麼喜歡蕭雲醒，為什麼不選擇重考上X大啊，這樣妳就能早點站到蕭雲醒的面前了啊？還是說妳所謂的『喜歡』，敵不過重考的風險和辛苦？」

蘇揚語塞，陳清歡一眼就看穿了她。當年她害怕重考的分數比第一次還要低，所以她放棄了，最終選擇妥協。

她反問陳清歡：「那妳呢？妳不過是運氣好而已，如果妳那年沒考上X大，妳會選擇重考嗎？」

陳清歡認真想了一下，回答：「不會。」

她臉上嘲諷的笑容還來不及綻開，就聽到了陳清歡的下文。

「因為我本來就有保送資格，再等一年就不用考了，可以直接入學。不過……」

陳清歡說到這裡忽然頓住，意味深長地看了蘇揚一眼，吊足她的胃口。

「不過？」

陳清歡忽然笑了：「不過就算我那年沒考上，我也一定會上X大。」

「為什麼？」

「因為我爸爸說，他可以捐一棟大樓給X大啊。」

陳清歡笑得純真無邪，果然只有女人才知道怎麼氣女人。

那一刻，蘇揚無法形容自己的心情，她連最基本的禮儀都無法維持，渾身顫抖地質問：「陳前輩，我們的研究所有規定，外人不能隨便進出，我只是好心想幫妳叫雲醒前輩出來而已，妳何必這麼說話？」

「好心？」陳清歡風輕雲淡地看著她，唇角含笑，「是啊，你們的研究所門檻高，沒想到傳達室的工作也需要這麼高的學歷。」

「妳……」

「還有，妳切水果的技術啊，嘖嘖，賣相太差，平常蕭雲醒幫我做水果拼盤的時候，手藝比妳好多了。」

韓京墨曾經評價過陳清歡，如果她願意，一句話可以哄到讓人樂三天，也可以讓人氣到三天說不出話。

蘇揚氣得轉身就要走。

陳清歡收斂起神色：「站住！要走也是我先走！」

從小到大，她早就習慣了蕭雲醒身邊只有她，而現在忽然有個女人跳出來，說自己和蕭雲醒待在一起的時間比她還要長，和蕭雲醒的距離比她還要近，她實在不能接受。她有她的驕傲，那份寫在骨子裡的驕傲讓她格外挫敗，真正刺激她的是那句「外人」。

她今天的心情本來就不好，心中的火大無處發洩，現在這個莫名其妙的女人又跳出來說了一堆廢話，她忽然什麼心情都沒了。

她抬頭看了陰沉沉的天空一眼，天氣突然轉涼，大概要下雪了吧。

一時間她的腦中千迴百轉，難得沒有繼續發難，很快轉身離開。

蕭雲醒在看到陳清歡的訊息後起身走出辦公室，沒想到和蘇揚迎面碰上。

「雲……蕭前輩，我剛才在門口遇到陳前輩了，她讓我跟你說一聲，她有事先回去了。」

蕭雲醒沒說話，只是靜靜地看著她，眼神複雜，眉眼冷峻。

蘇揚心裡一驚：「怎、怎麼了？」

韓京墨在一旁聽到後，笑著跟她解釋：「妳不懂蕭雲醒，也不了解陳清歡，和蕭雲醒有關的事情，在她看來就是天大的事情，她是那種哪怕在路邊看到貓狗打架這種小事，都恨不得跑來告訴蕭雲醒的個性，妳覺得『傳話給蕭雲醒』的這種事，她會找人代勞？依照她的風格，就算有十萬火急的事情等著她，她也要等到蕭雲醒，嬌滴滴地撒個嬌、賣個萌跟他抱怨一番，極盡所能地從他這裡得到滿滿的安撫後才肯離開，怎麼會隨便找個人丟下一句話就走了呢？完全不是她的風格啊！」

蘇揚的臉上一陣紅一陣白的，連抬頭看蕭雲醒的勇氣都沒有。

蕭雲醒走到旁邊打電話給陳清歡，打了許久都沒人接。

這種感覺他似曾相識。

韓京墨幸災樂禍地拍拍他：「走吧，既然約會泡湯了，就跟我去食堂吃殘羹冷炙吧，吃完還要開會，所長和部門裡的上司都在呢。」

蕭雲醒點點頭，轉身往電梯的方向走。

韓京墨看著蘇揚泫然欲泣的樣子，笑呵呵地往她傷口上撒鹽。

他看著蕭雲醒的背影跟蘇揚閒扯：「蕭雲醒這個人，清醒、溫和、有氣度、知進退且難以親近，特別誘人吧？這種人任誰看到後都會想要占為己有，人之常情，妳也不要太介意，蕭雲醒遇過太多類似的事情了，過不了一天他就會忘記這件事，和妳這個人。」

蘇揚的臉色更難看了。

兩人進了電梯後，韓京墨琢磨著：「你不覺得她一直叫你蕭前輩的模樣，和某人叫你雲醒哥哥的樣子很像嗎？」

蕭雲醒沉著臉不說話。

韓京墨不怕死地繼續開口：「你家的小清歡聽了會不會發飆？」

蕭雲醒的臉澈底黑了。

「還是說……已經發飆了？」

蕭雲醒淡淡地看了他一眼。

韓京墨忽然怕了，他怕蕭雲醒下一秒就會跟他翻臉，終於老實地閉嘴了。

陳清歡一坐進車裡，就打了一通電話給冉碧靈和田思思，約在老地方見面。

她點了一杯咖啡後坐到靠窗的角落裡，歪頭看著窗外陰沉沉的天空。

冉碧靈和田思思相繼趕到，坐下後還來不及點餐就被陳清歡提問。

「我有沒有書卷氣？」

田思思咽咽口水：「說實話嗎？」

陳清歡漫不經心地整理著耳邊的碎髮：「嗯。」

冉碧靈和田思思默契地搖頭，給出同樣的答案：「沒有。」

陳清歡洩氣，無論是當年的方怡還是如今的蘇揚，能讓她介懷的就是他們身上的那股書卷氣。

冉碧靈趕緊解釋：「妳的臉長得太過精緻漂亮了，別人只會注意妳的長相，誰還在乎妳的氣質啊？對吧，思思？」

「嗯嗯！」田思思猛點頭，然後仔細看著她的臉，「不過，妳的黑眼圈也太嚴重了吧，最近頻繁加班啊？」

陳清歡喝了一口咖啡：「白加了，我剛剛被人擺了一道。」

冉碧靈問道：「那個姓宣的？」

陳清歡慢悠悠地點頭，一副無所謂的樣子：「嗯。」

田思思覺得反常：「妳才剛被人擺了一道，還有心情坐在這裡喝咖啡？」

陳清歡扯了扯嘴角：「沒關係，我已經想到對策了。」

田思思看著菜單隨口問：「什麼對策？」

陳清歡輕描淡寫地回答：「同歸於盡啊。」

「……」冉碧靈和田思思同時頓了一下。

冉碧靈靈光一閃：「蕭雲醒是不是不行？！」

陳清歡把頭轉到一邊不理她。

冉碧靈歪頭繼續問：「既然沒問題，妳怎麼看起來那麼厭世，誰又惹妳不開心了？」

陳清歡搖頭不語。

田思思建議：「我們去大吃一頓，然後再去看一場電影？」

陳清歡幽幽地嘆了口氣：「沒心情。」

冉碧靈冒著傾家蕩產的危險，拿出壯士斷腕的勇氣說道：「那……去逛街？」

陳清歡還是意興闌珊地搖頭：「不想去。」

田思思拍拍桌子：「妳這個難纏的小妖精，說吧，到底是誰惹到妳了？」

「沒什麼。」陳清歡懶懶地靠進沙發裡，「蕭雲醒約我吃飯，不過我放他鴿子了。」

「妳？放了蕭雲醒鴿子？」冉碧靈一臉新奇地打量著她，「妳是不是陳清歡啊，跟蕭雲醒這三個字有關的一切，妳不是都抗拒不了嗎！」

陳清歡眉眼微垂，平靜地把剛才的事情闡述一遍。

田思思忍不住笑了：「這不是妳的作風啊，妳消除情敵的手藝未免退化太多了，妳的氣勢呢？」

冉碧靈逗她：「這幾年下來，妳怎麼只長胸不長胸襟？一有女人出現在蕭雲醒的身邊，就和戳肺管子一樣。」

陳清歡眉眼低垂，聲音裡透著無盡的頹然：「可能年紀越大就越患得患失吧，那不顧一切的孤勇都損耗得差不多了。唉，一腔孤勇難敵歲月。」

冉碧靈敲敲桌子：「大小姐，妳都這樣患得患失，我們這些凡人要怎麼辦啊！」

陳清歡：「我今天突然想到當年秦靚說過的話，或許真的是我太早遇到他，讓他沒什麼機會去認識其他人，現在他會接觸到更多人，也許就會遇到能讓他更心動的對象，然後他就會發現，其實他一直都把我當妹妹，我們之間只是親情，不是愛情。」

田思思擺擺手，不以為然：「妳太小看蕭雲醒了吧？他會是那種分不清妹妹和愛人的人嗎？」

「就是說啊！」冉碧靈捧了捧她的臉，「如果這張臉都不能讓他心動，那這個世界上大概沒什麼能讓他心動的人了，妳這麼好看，有什麼好怕的？」

陳清歡再次嘆了口氣：「色衰愛弛，既年輕又好看的小女孩層出不窮，我敵不過歲月啊，說不定他會遇到更好看的。」

田思思笑道：「他也敵不過啊，說不定妳也會遇到更好看的。」

陳清歡忽然瞥她一眼：「胡說！雲醒哥哥最好看！」

「……」田思思做了個閉嘴的動作。

冉碧靈接著說：「妳已經夠好了，用不著杞人憂天。」

陳清歡搖頭：「說不定他會遇到比我更好、更喜歡的人啊。」

冉碧靈反問她：「說不定妳也會遇到比他更好、更喜歡的人啊。」

「胡說！雲醒哥哥最好！我最喜歡他！不對！我只喜歡他！」

冉碧靈無語，真不知道該說什麼才好：「陳清歡，妳這是雙重標準。」

陳清歡忽然不說話了。

冉碧靈小心翼翼地問：「妳廝殺情敵的時候，沒輸人也沒輸陣的，怎麼看起來不太高興呢？」

陳清歡單手撐著下巴，挑了挑眉：「可能生理期快到了，情緒起伏得厲害吧。」

田思思幡然醒悟：「妳是不是在生蕭雲醒的氣啊？」

陳清歡又不說話了。

三個人大眼瞪小眼，直到冉碧靈開口打破沉寂：「長公主，妳到底想怎麼樣啊，我們也不能一整天乾坐在這裡吧？」

田思思猛點頭：「附議！」

陳清歡忽然想起一個地方，就直接帶著兩人前往。

冉碧靈和田思思是第一次來這種地方，不僅裝潢奢華、服務到位，連包廂裡的音響設備和音質都堪比天籟。

陳清歡憑著撒錢解憂的原則，點了一堆亂七八糟的飲料和食物，看得冉碧靈和田思思心疼不已。

三個人鬧了一會兒，陳清歡起身去洗手間，剛走過走廊拐角就看到一個熟悉的身影，「玉面狐狸」的外號果真不是浪得虛名。她覺得唐恪好像一直都是這副模樣，完全沒變老。他走在這金碧輝煌的走廊裡，正歪頭和旁邊的人耳語著，看起來風流倜儻，站在那群人中間格外顯眼。

她揚聲叫他：「唐叔叔！」

唐恪一看到她，那抹笑容還沒展開，就被她一句話嚇回去。

「哦，你出來鬼混，小心我告訴姑姑！」

唐恪苦著臉走過來解釋：「我這是應酬！妳當我願意來這種地方啊！我還想早點回家抱老婆和孩子呢！我這日理萬機的……」

「萬雞？」陳清歡上上下下地打量著他，她的眉眼本就像極了陳慕白，做起這個動作的神情氣韻更是與他如出一轍，「身體受得了嗎？」

唐恪噎了一下，無奈地點點她：「小丫頭……」

旁邊有人曖昧地看著唐恪和陳清歡，還不怕死地調笑著：「小妹妹長得不錯，唐總，豔福不淺啊！」

唐恪的臉一沉：「胡說八道會死人的！這是陳慕白的女兒，都不認識嗎？」

那幫人一聽到陳慕白三個字，再一看唐恪的臉色，這才意識到說錯話，紛紛搖頭：「不認識。」

唐恪懶得和他們多說，又不放心地看著陳清歡：「妳怎麼在這裡？這裡不是什麼正經地方，和雲醒一起來的嗎？」

唐恪和陳慕白算是從小一起長大的，兩人都不是循規蹈矩的孩子，年少的時候一起鬧過不少荒唐事，這麼多年的交情下來，待陳清歡就跟自己的女兒一樣。

陳清歡一聽到蕭雲醒的名字後，眉頭緊蹙：「就是因為不是正經的地方才來的，你忙你的吧，不用管我。」

唐恪確實有事，臨走前再三交代：「時間也不早了，玩完就趕快回去吧，想吃什麼、想喝什麼隨便點，我請客。不過別喝酒啊，小女孩只要喝點飲料、吃點水果就好了。」

陳清歡瞥他一眼：「你怎麼這麼囉唆！別叫唐恪了，改叫唐僧吧！」

「沒大沒小！」唐恪氣得再次伸出食指點點她，轉身走了。

他身邊的幾個人好奇，邊走邊問：「那真的是陳總的女兒啊，您不說的話，我還真看不出來，沒想到陳總的女兒都那麼大了，但陳總看起來卻像是三十幾歲的人！」

唐恪立刻追問：「那我呢？」

男人一旦到了某個歲數，對於「顯老」這件事就格外在意。

那群人立刻開始拍馬屁：「唐總也很年輕啊，看起來像十八歲！」

對於這種過譽的馬屁，唐恪嗤之以鼻：「放屁！」

「……」

第二十五章　妳是唯一

陳清歡剛回到包廂，就被冉碧靈和田思思壓在沙發上：「這裡到底是什麼地方！」

她一臉莫名：「什麼？」

兩人激動得臉都紅了：「剛才有個服務生來問我們，需不需要其他服務，我們兩個還傻傻地問他細節，那人竟然一本正經地解釋給我們聽！害我們丟臉到差點鑽進地縫裡面！」

陳清歡一副稀鬆平常的模樣：「哦，原來是指那件事。」說完看著偌大的包廂點點頭，「確實有些冷清。」

陳清歡不等那兩人反應，就把公關經理叫來，說要點幾個女孩陪酒唱歌。

聽到她點名女孩，冉碧靈和田思思同時鬆了口氣。

過了一會兒，田思思率先反應過來：「喂，大小姐，我們就是女孩，幹嘛還要點女孩？」

冉碧靈點頭：「就是說啊！」

此時，公關經理推門進來，看了一眼後愣住，轉頭問身後的服務生：「確定是這間包廂？」

陳清歡立刻抬手示意：「是是是！進來吧！」

公關經理是個身材不錯的女人，畫著精緻妖嬈的妝，看不出年紀，手腕處有著艷紅的花朵刺青，雖然顏色俗氣，卻意外得好看，別樣的風情。

她笑著確認：「您這間包廂都是女士啊？」

嶽濃在風月場所裡混久後，能輕而易舉地用那雙眼來識別出牛鬼蛇神。

這個年輕女孩的相貌十分出色，氣質更是出眾獨特，神情裡帶了一絲慵懶，似乎很放鬆，又似乎無所謂，歪歪斜斜地坐在那裡，有一下沒一下地揉著額角，那股嬌媚的勁和那雙滿溢風情的眼睛，縱使她身為女人，看了都有些心動。

陳清歡不樂意了：「女的又怎麼了？難道不能點啊？」

嶽濃陪笑著：「可以的，您慢慢挑。」說著拍拍手，讓一排小女孩走進包廂，站在陳清歡面前。

陳清歡頗為豪氣地靠在沙發裡，看著冉碧靈和田思思揚揚下巴：「每人都點兩個，我請客。」

冉碧靈和田思思不曾想過，這輩子還能擁有左擁右抱的福氣，很是無奈地苦笑，由著她胡鬧。

陳清歡一一看過去，挑剔地瞇著眼睛，轉頭問嶽濃：「可以換一批嗎？」

嶽濃服務到位：「可以的。」

連換了三批，陳清歡給出的評價無外乎醜，矮，腿粗，胸小，屁股不夠翹。

她開始不耐煩了：「你們就是靠這些人開門做生意的？就沒有長得更美、身材更好的人嗎？」

嶽濃趕緊道：「有是有，不過好看的小姐都去陪男人了。」

陳清歡不開心了：「我不給錢嗎？妳要說我長得醜我都認了，但妳說我沒錢，打死我我也不認！」

「不是那個意思……」嶽濃腹誹，大概找不到第二個像陳清歡一樣漂亮的長相了。

她再次確認：「您……真的不是變態？」

畢竟過去也有過女人玩弄女人的情況。

陳清歡翻了個白眼：「陪著喝酒唱歌算變態嗎？」

「好吧。」

嶽濃終於放心，又換了一批人。

陳清歡還是不滿意：「就只有這些？不是靠臉吃飯的行業嗎，再怎麼樣也得長得比我好看吧？」

嶽濃看了陳清歡一眼：「說句冒犯的話，您要是有認識像您一樣好看的女孩，比您差一點也可以，您把她介紹過來，我給她雙倍薪水！」

陳清歡勉強挑了兩個，冉碧靈和田思思都沒挑，她硬塞過去，然後指使其中一人去唱歌，和另一人喝酒、玩骰子。

結果她一杯都沒喝，人家連喝了五杯，一頭栽進沙發裡，已經不行了。

陳清歡再次按鈴把嶽濃叫回來：「和他們說話很沒意思，我覺得妳挺有趣的，和我們說說話吧！」

嶽濃服氣，遵守「顧客就是上帝」的服務宗旨，在她旁邊坐下：「可以。」

陳清歡搖著酒杯閒聊：「你們每天的生意都挺好的吧？」

嶽濃坐在那裡，身體微微前傾：「還可以。」

陳清歡瞇著眼睛看著前方：「妳說，那些來這裡玩樂的男人，家裡都有老婆嗎？要是有的話，女人到底該怎麼避免遇到渣男？」

嶽濃輕笑，不知道是配合度高還是有感而發：「我托大叫妳一聲妹妹，女人選男人的時候就是一場賭局。賭贏了就是浪子回頭，賭輸了就是萬花叢中過。還是得看時機，時機對了，正好遇上男人想金盆洗手，那就是皆大歡喜。就拿今天那位許久沒露面的稀客『唐總』來說吧，他和另一位之前都是有名的浪子。這兩位大爺當年聲色犬馬，逢場做戲，夜夜笙歌，是風月場所裡最出名的浪蕩公子哥兒，什麼都玩過、什麼都見過，現在呢？連碰都不碰。」

陳清歡沉吟片刻，忽然笑了：「姐姐的話確實有幾分道理，不過男人也得是自己看得上眼，打從心底喜歡的，不然誰管他有沒有玩夠，就算他死在外面也懶得管，您說是吧？」

嶽濃一愣，半晌都不知道該怎麼接話，沒想到這個小女孩歲數不大，看問題倒是一針見血，不知道她想到了什麼，神色忽然恍惚起來。想清楚後又苦笑著搖搖頭，感嘆自己的年紀實在是白長了，看待事情還沒有一個小丫頭透澈。

陳清歡垂眸半晌，忽然問道：「對了，您剛才說和唐恪一起的浪子，叫什麼名字？」

嶽濃一時怔忡，順口就回答了：「陳家三爺陳慕白，過去大家都稱他為慕少。」

「哦……」陳清歡垂著眼簾應了一聲，完全聽不出情緒，「他年輕的時候很花心嗎？」

不知道別人在這種情況下，聽到自己父親年輕時的風流事是何種心情，總之陳清歡的心情不太愉快。

「怎麼，妳認識？我是不是說錯什麼了？」嶽濃一下子清醒過來，總覺得這個小丫頭和某個人有點像，但是一時想不起來。

陳清歡大大方方地點頭：「認識，還挺熟的，他是我爸。」

嶽濃撫額嘆道：「……我來得及重新說一遍嗎？」

「不用了。」陳清歡擺擺手，「您去忙吧！」

嶽濃心情複雜地走出包廂，而陳清歡則隨手一指，換了一個人繼續玩骰子。

當她靠著零失敗的戰績喝倒了三個人之後，冉碧靈看不下去了：「妳是受到什麼刺激？不過就是一個無關緊要的人，值得妳這麼做嗎？」

陳清歡扔掉骰蠱，勉強的笑容裡溢出一絲酸楚：「確實被打擊到了。」

冉碧靈搖搖頭：「唉，妳也太誇張了吧。」

陳清歡栽進沙發裡，聽著田思思的魔音傳腦，懶洋洋地回她：「我本來也覺得沒什麼大不了的，可是越琢磨就越覺得自己後知後覺。」

冉碧靈看她一眼，陳清歡卻閉嘴了，半天都沒再說話。

陳清歡覺得自己的反應還算平和，沒有賭氣，沒有情緒，只是覺得傷感和疲憊。

冉碧靈仔細去觀察她的臉色，看了半天也沒看出什麼，只是一向率性灑脫的人，就這麼神色淡然地坐在一片熱鬧的燈紅酒綠中，眉眼半垂，有些莫名的孤寂，看得讓人揪心。

冉碧靈又看了看，才在她的眉眼間看出一絲哀愁，但這個幽黯的空間卻為她的眉眼平添了幾分情致。

她這才意識到不太對，以陳清歡的個性來說，要是出了這種事，她肯定會鬧得天翻地覆才對，要是不聲不響地憋著，事情就嚴重了。

她想了一會兒後，跟陳清歡借手機：「我手機沒電了，把妳的借我用一下，我去打個電話。」

陳清歡隨手從包包裡拿出手機給她。

冉碧靈走出包廂後，就偷偷打電話給蕭雲醒。

蕭雲醒來得很快，大概是掛斷電話就來了，推門進來的時候，能隱約看到大衣裡的工作服都還沒換下。

拜陳清歡所賜，蕭雲醒才有機會見識到如此紙醉金迷的場合。

陳清歡抬頭看他，似笑非笑。

此刻的她歪在沙發上，完全沒有坐相，妖媚且漫不經心地看過來，像個誤入凡間的妖孽，但蕭雲醒竟然罕見的沒有皺眉。

倒是把田思思看得神魂蕩漾，邊找手機邊小聲念叨著：「不行不行，我要叫田汨汨來見見世面……」找到手機後，她又把手機放回去，「還是算了，她這個樣子，我這個不近女色的女人看了都心動，汨汨那個變態肯定扛不住……」

但也只是看了那麼幾秒後，她就收回了視線。

陳清歡坐在那裡不說話也不看他的樣子，讓蕭雲醒覺得非常陌生，心裡也有些慌亂，甚至還開始懷念那個壞脾氣的小女孩。

不高興就直言不諱地告訴他，發脾氣也行，哭鬧也好，他都可以接受，但現在異常安靜還面帶微笑的她，卻讓他無力招架。

蕭雲醒略感尷尬，走過去才看到桌上的一堆空酒瓶，他微微皺眉：「怎麼喝了這麼多酒？」

冉碧靈趕緊澄清：「不是不是！」

走音王田思思把麥克風扔掉後趕緊解釋：「這些都不是她喝的，是他們喝的。」說完後指指躺在沙發上的幾人，「她跟人家玩骰子拚酒，根本沒人玩得過她，她只喝了這一杯，還是自己喝的。」

陳清歡是出了名的「一杯倒」，蕭雲醒不來，他們哪敢讓她多喝。

蕭雲醒坐到陳清歡旁邊，像是什麼都沒發生，側身笑著問她：「吃過晚餐了嗎？」

陳清歡不得不承認，這些年不管別人怎麼看、怎麼想蕭雲醒這個人，他在自己面前永遠都是溫柔且沉靜的，那種沉穩內斂的力量，總是給人一種驚人的安心，溫暖又踏實，放縱她的肆意胡鬧，似乎在他面前，再怎麼胡鬧都不算過分。

她心裡承認，卻依舊板著一張臉，可有可無地瞥了他一眼，格外冷豔高貴，但也只維持了幾秒鐘，她沒想到自己在看到他後的第一句話，竟然是問：「外面下雪了？」

他朝她走近後才看清，他額前潮溼的髮梢沾著雪花，映得一雙眸子亮得出奇，倒也看不出喜怒。一撞進她的眼眸裡，她就愣住了，那裡像是浸著一方頂級的濃墨，又黑又亮，深邃得讓人移不開眼。

陳清歡過了一會兒後才反應過來，繼而故作高冷地移開視線。

他們正在冷戰，怎麼能沉迷於他的男色裡無法自拔，真是丟臉。

蕭雲醒認真回答她：「下了，下得很大。」

天色才剛黑就飄起了雪花，還有越下越大的趨勢，這時候路上正塞得一蹋糊塗，他把車停在附近，一路走過來的，全身就不可避免地留下了痕跡。

不知道是因為喝了酒，還是對下雪感興趣，陳清歡的眼睛亮得驚人，歪歪腦袋靠到陪她喝酒的年輕女人的肩上。

蕭雲醒看得直皺眉，伸手把她拉到自己懷裡。

陳清歡也沒掙扎，靠在她懷裡笑得嬌俏：「你有帶錢包嗎？」

蕭雲醒遞過去後，她從錢包裡隨機抽出兩疊錢塞進那個女人的胸前，歪著頭笑得輕佻：「小費。」

蕭雲醒頓時生出些許無奈，幸虧她是個女人，若是男人，肯定會是個一擲千金的風流公子。

後來他做主，把閒雜人等打發出去，陪著她一整晚的冉碧靈和田思思也趁機逃跑了。

大概是看到大家都離開包廂，嶽濃以為他們要走了，就進來打招呼。

蕭雲醒表示要結帳後，嶽濃笑著擺擺手：「唐總剛才打了招呼，說記在他的賬上。」

蕭雲醒抬眉看了她一眼，執意把卡放到桌上。

嶽濃笑了笑，如果說這個小女孩不是一般人，那眼前這個年輕男人更不得了，都是貴人，她樂意賣個人情：「下次來玩再幫你們打折。」

陳清歡窩在他懷裡捂嘴偷笑，大概不會再有下次了，她湊過去把卡收回來，放進蕭雲醒的錢包裡：「唐總說過要請客，我們幹嘛跟他客氣！這些都是你辛苦賺來的，收好，不要浪費！」說得格外冠冕堂皇，好似剛才隨便打賞小費的人不是她。

兩人走到會所門口，蕭雲醒幫她穿好大衣、戴好圍巾後才牽著她出門：「天氣不好，路上會塞車，把車開過來要很久，我們直接走過去，不遠。」

陳清歡沒有回答，只是跟著蕭雲醒往外走。

兩人沉默地走了一會兒，蕭雲醒開口打破沉寂：「蘇揚……」

才剛開頭，陳清歡忽然甩開他的手停下來，擰著好看的眉頭，嘴唇緊抿，歪頭打量著他。

她氣憤的臉頰在昏黃的路燈下透著幾分調皮和暖意，他最近頻繁加班，好幾天沒和她見面了，就算現在看到她生氣，也覺得心中溫暖。蕭雲醒忍不住輕笑了起來。

「你還笑！」陳清歡瞬間氣炸，她還在跟他生氣！他居然還笑得出來！

蕭雲醒已經有很多年沒見過她蠻橫耍賴的樣子了，當年那個小女孩好像重新回到眼前，讓他覺得懷念。

蕭雲醒重新牽起她的手，主動妥協：「好，不說她。」

陳清歡歪頭看他一眼，聲音冷漠又僵硬：「不加班嗎？」

蕭雲醒捏捏她的手：「加班。」

「那你還來？」

「嗯。」

兩人又走了一段，蕭雲醒忽然停下來轉身看著她。

雪下得越來越大，夜裡的溫度有點低，她的耳朵都凍紅了。

他抬起雙手，溫暖乾燥的手掌攏在她耳邊幫她暖著耳朵，眼神溫柔又專注。

熟悉的溫度，無言的溫柔，讓陳清歡忍不住心生依戀，原本冷硬的一顆心就這麼軟下來，眼神也變得柔和。

蕭雲醒笑著問：「今天冬至，原本打算晚上帶妳去吃餃子的，妳吃過晚餐了嗎？」

「沒有。」陳清歡悶悶地開口，「冬至不端餃子碗，凍掉耳朵沒人管。」

蕭雲醒看著她緩緩開口：「我管。」

短短的兩個字讓陳清歡心下微動，繼而靜默不語。

耳朵早已麻木，過了許久才感覺到溫熱，他揉捏著她的耳朵，酥麻的感覺從他的指尖湧到她的心尖，眼眶也變得溫熱。

一抬頭，對上他映著雪色和月色的明亮眼眸，她忽然感到委屈和感傷，他們為什麼會變成現在這個樣子。

蕭雲醒嘆了口氣，輕聲叫她：「陳清歡。」

他的嗓音低沉，格外好聽，陳清歡這三個字從他口中念出來，竟然帶著別樣的繾綣，陳清歡陶醉了一會兒才忽然意識到，他叫的是「陳清歡」，不是「清歡」。

她的手指猝然收緊，硬著頭皮看過去，眼底悄然，流淌著一抹緊張。

他叫完她的名字後卻沒了下文，許久都沒再說話，也不再看她，牽著她的手繼續走了幾步後，他的胸口依舊翻湧著那股莫名的衝動，愈演愈烈，那句話就這樣脫口而出。

「妳知道嗎，我真的非常、非常愛妳……」

那份愛深沉無聲。他停下腳步轉頭看著她，眉眼極盡溫柔，不知道是因為寒冷還是緊張，耳朵都紅了，但即便如此，目光自始至終都沒從她的臉上移開，定定地看了她好一會兒才抬手，指腹輕輕貼上她的臉頰，撫上她眼尾的那顆桃花痣，然後緩緩彎腰吻上她的眉眼。

街邊的霓虹燈五彩斑斕，照在他如畫的眉目間，讓她看到他眼底濃得化不開的深情。

陳清歡盯著他通紅的耳尖，慢慢地，他整張臉都紅了，看得她目瞪口呆。

她從小到大都沒見過蕭雲醒如此靦腆羞澀的樣子，平日裡的淡泊與冷靜全數消失，像個情竇初開的少年。

兩人磨磨蹭蹭地終於走到了停車場，蕭雲醒讓她在路邊等待，他進去開車。

或許是初雪的緣故，這個時間的街道格外熱鬧，到處都是拿著手機拍照的人。

陳清歡站在熙熙攘攘的人群裡看了一會兒，抬頭看了看天，大概是等得無聊了，彎腰去捧旁邊花壇上的積雪。

蕭雲醒把車開回來後也沒催她，將車停在路邊，就站在不遠處看著她玩雪，目光溫柔寵溺。

他看得認真，卻被一道女聲打斷，兩個穿著制服的小女生不知道什麼時候站到他面前，其中一個女生紅著臉問：「哥哥，你可以做我的男朋友嗎？」

蕭雲醒一愣：「不可以。」

那個女生有些氣餒，懊惱地看了同伴一眼，同伴接著說：「哥哥，那我可以撩你嗎？」

蕭雲醒沉吟了一下：「也不行。」

陳清歡遠遠盯著他看，咬牙切齒地想：蕭雲醒真討厭，即便站在街邊也會被人搭訕。

兩個女生齊齊發問：「為什麼？」

「因為……」他抬手指指幾步之外的陳清歡，面色沉靜篤定，「我是她的人，是她一個人的。」

因為我是她的人，所以沒辦法再去喜歡別人，沒有辦法做別人的男朋友，也不能讓別人撩。

陳清歡當場愣住，一臉難以置信的樣子，愣愣地看了他好一會兒。

他笑著看著她，眉眼溫柔得像要融在這片雪色裡。

下一秒，她心軟得一塌糊塗。

她忽然想起小時候的某次生日，陳慕白請了好多人來家裡替她慶祝，蕭雲醒也在。不知道是哪家的小女孩，看到蕭雲醒就抓著他不放，她看到後非常生氣，一把拍掉小女孩的手把他搶回來，小女孩沒站穩，直接摔倒在地板上。

她就站在那裡緊緊摟著蕭雲醒的手，怒目相向地對她宣示：「他是我的！」

小女孩被她嚇得哇哇大哭，後來她被顧女士斥責一頓，心裡委屈得不行，趴在蕭雲醒懷裡放聲大哭。

那時候的陳清歡就覺得蕭雲醒是她一個人的，坦蕩又直接的可愛。

後來她長大了，要顧慮的事情變多，也開始患得患失，再也沒有氣吞山河的自信和勇氣說出那句話。

可是現在他說，他是她的人。

蕭雲醒是陳清歡的人。

是陳清歡一個人的。

數學裡有個溫柔又霸道的名詞，叫「有且僅有」，如今能和這個詞媲美的，大概就是蕭雲醒的這句「是且僅是」。

那一刻，她的心裡盛滿了月光，整顆心漲得滿滿的。

兩個女生回頭看看陳清歡，驚嘆一聲男才女貌，紅著臉哄笑一聲跑走了。

人都走遠了，陳清歡也沒上前，就這麼站在原地，把捏在手裡的雪球直直地砸到蕭雲醒的身上。

蕭雲醒也沒躲開，只是走過去問她：「還在生氣嗎？」

陳清歡揚揚下巴，格外傲嬌地開口：「生氣啊！你快哄哄我！」

「怎麼哄？」

「讓我捏捏你的耳朵。」

「捏吧。」

白嫩的指尖試探性地爬到他的耳垂上，她歪頭看著他的臉，看不到一絲阻攔的意思後，便微微用力從上到下地揉捏起來。

那裡的肌膚柔軟滑嫩，邊緣飽滿溫潤，隨著她手下的揉捏漸漸變得炙熱起來。

「我要用力了喔？」陳清歡捨不得用力，偏偏還要裝出一副狠勁，「捏了你的耳朵，你以後就是我的人了。」

蕭雲醒輕輕「嗯」了一聲：「我是妳的人，一直都是，永遠都是，誰也搶不走。」

陳清歡的心跳漏了一拍，眼眶都紅了，於是給了他一拳，「你這個人……」卻再也說不下去了。

蕭雲醒沒說什麼，只是張開雙手，陳清歡立刻就撲到他的懷裡。

他收緊手臂，笑意染上了眉梢。

他身上清冽乾淨的氣息緊緊籠罩著她，她靠在他懷裡，埋在他頸間清淺地呼吸著，那裡有讓她安心的氣味，讓她覺得溫暖又踏實，是一種難以言喻的舒服和愉悅，她緊緊抿住的唇漸漸放鬆。

陳清歡抱著他的腰撒嬌：「雲醒哥哥……」

這些年她極少這麼稱呼他了，她這樣一叫，彷彿又回到了過去的美好歲月，無憂無慮，嬌憨柔軟。她還是那個被他溫柔呵護且招人疼的小女孩，她一聲聲地叫著「雲醒哥哥」慢慢長大，那些歲月累積下來的感情，是別人無論再怎麼努力都無法超越的，承載太多不足為外人道的深情，那些追逐與等待，是任何人、任何事都替代不了的獨一無二。

陳清歡的酒量本就令人擔憂，上車後被空調的暖風一吹，溫度和酒勁就一起上來了。任憑蕭雲醒膽子再大，也不敢把這副模樣的陳清歡送到陳慕白面前，只能帶她回家。

陳清歡的潔癖是刻在骨子裡的，縱然神志已經不清醒了，但進到家門的第一時間，還是直接衝進浴室洗澡。

但她從浴室出來後，場面就有點失控了。

她像小孩子一樣跨坐在蕭雲醒身上，摟著他的脖子，趴在他的肩上軟軟地撒嬌，依偎在他懷裡胡亂地蹭著，叫著一聲又一聲的「雲醒哥哥」。

大概是在外面凍得太久了，她的鼻尖微涼，蹭在他的脖子上更顯得鼻息滾燙。

蕭雲醒全身緊繃地坐在床邊，無意識地將雙手搭在她的腰間，她窩在他懷裡扯著他的衣服，蹭得他有些受不了，只覺得喉頭發緊，耳根發燙。

他垂眸看著懷裡的人，喉嚨上下動了動，喉嚨癢，心也癢。

或許是喝酒的緣故，她那雙溼潤的眼眸格外清亮，眼底流淌著隱隱的笑意，也不說話，就這麼直勾勾地看著他，看得蕭雲醒身上竄出一股無名火，額角忍不住抽了抽，眼底的情欲呼之欲出。

蕭雲醒咬了一下她的手指，難得的淡定全數褪去，咬牙切齒地問：「妳真當我是柳下惠？」

她痛得縮了縮手，很快又伸回去，放在他唇邊笑嘻嘻地讓他咬。

她一笑，當真是既妖且媚，魅惑人心。

蕭雲醒把她的手從唇邊拿開，十指相扣放在心口處。

陳清歡抵著他的額頭深吸了口氣。

他身上的味道很好聞，帶著男性特有的清冽氣息，混雜著沐浴乳的清香，若有若無地縈繞在鼻間。

她低頭看著兩人交疊在一起的手，他的手指白皙修長，骨節分明，手背上微微凸起淡淡的青筋，漂亮得不像話，握著她的手時帶著令人安心的力度，像是一輩子都不會放手。

陳清歡窩在他懷裡覺得溫暖又舒服，但蕭雲醒就沒那麼好過了，簡直就是個甜蜜的折磨。

她是真的長大了，不需要用眼睛看也能知道她的玲瓏有致，纖穠有度，再也不是當年那個「沒發育的小朋友」了。

蕭雲醒忍不住用唇和鼻尖蹭著她的耳朵，用極輕的氣聲喟嘆了一下：「軟的……」

剛才幫她暖耳朵的時候他就想這麼做了，如今含在唇間才知道，比想像中還要軟。

他溫熱的氣息噴灑在耳邊，惹得陳清歡笑著躲開：「癢……」

蕭雲醒怕她摔下去，伸手扣住她的腰把她擁進懷裡。

不知道陳清歡是不是尚存一絲理智，只是忽然止住笑，摟著他的脖子，伸出一根手指勾畫著他的臉，認真地調戲他：「雲醒哥哥，你的長相這麼好看，身材這麼出眾，還有聰明的腦子，不幫你生個孩子延續一下優良基因，都覺得對不起你。」

說著便湊過去親他，大概是渴了，像脫水的魚纏著他的唇舌不放，整個人擠到他懷裡緊貼著他的身體。

蕭雲醒揉捏著她的耳垂和側臉，極盡溫存，慢慢把主導權收回自己的手裡。

空氣漸漸升溫，細密的纏綿聲漸漸鋪滿整個空間，他的眼角眉梢都帶著濃得化不開的溫柔繾綣。唇齒相依的溫度讓她瞬間上癮，他想要抽身而退的時候她都不允許，舌尖急切地跟過去，貼得更緊，一時間兩人都有點意亂情迷，難捨難分。

不知道過了多久，這個帶著愛與欲的吻才在兩人的喘息聲中結束。

平日的他總是一副老神在在的模樣，但陳清歡剛才卻清晰地感覺到他的迫切和激動，甚至稱得上是失控。有那麼幾個瞬間，她能感受到他青澀的情欲，他似乎想要把她吞下入腹，卻又很快克制下來。

原來痴迷的人不只有她。

頭一次看到眼神迷離的他，陳清歡的內心激動且難以抑制，她看著他的眼底漸漸恢復清明，吻了吻她的下巴和耳垂，把她擁進懷裡。

陳清歡趴在他的胸前，聽著急劇的心跳，心裡美得冒泡。

原來這就是和喜歡的人接吻的感覺啊。她興奮不已，覺得這種感覺太美妙，讓人感到不真實，整個人輕飄飄的，像是某一年偷喝了陳慕白珍藏的紅酒，臉紅心跳，無法遏制這份激動。

她忍不住在心裡尖叫，她實在太喜歡失控的蕭雲醒了！

蕭雲醒完全不知道她的想法，靠著僅存的幾絲理智把她按回棉被裡，退了幾步靠在牆上，渾身緊繃，手背搭在額頭，微微闔著雙眸，有些狼狽，不再去看床上的人，心裡哀嘆一聲，陳家果真是專出妖孽的地方，百年出個陳慕白，千年修得陳清歡。

都說長女肖父，這話果然沒錯，都是妖孽。

半晌，蕭雲醒忍不住往床上看了一眼。

陳清歡正彎著眉眼看著他笑，白皙的肌膚已經染上了好看的桃粉色，滿面生花，撩人心懷。

陳清歡捕捉到他的視線後，立刻開始胡鬧，踢著被子大叫：「我要和你睡！」

蕭雲醒趕緊把她壓在被子下封印住：「不行！」

陳清歡委屈地噘嘴道：「你是不是不愛我了，以前不管我說什麼你都會答應我！」

蕭雲醒覺得頭痛，她現在的要求讓他越來越難招架。

陳清歡忽然不掙扎了，把被子蒙到頭上，躲在裡面扭來扭去半天後才把頭露出來，還順手扔出一團衣物。

蕭雲醒瞄了一眼就臉紅了：「陳清歡！妳！」

陳清歡終於實現理想，全裸地躺在蕭雲醒的被子裡，她擁著被子還頗為委屈地瞪他：「你以前都叫我清歡寶寶的！」

蕭雲醒嘆了口氣，孩子大了就不好哄了啊。

陳清歡無視他的窘迫和無奈，不安分地扭來扭去，還笑嘻嘻地踢著被子挑釁道：「雲醒哥哥，你要不要看啊？」

蕭雲醒深感無力，甚至絕望地想到，他這輩子大概不是死在陳清歡的手裡，就是死在陳慕白的手裡。

他俯身親了親她的唇：「清歡寶寶乖，別鬧了啊……」

折騰了這麼久，陳清歡確實也累了，沒一會兒就躺在被子裡睡著了。

第二天，陳清歡特別早起床，冬日的清晨，空氣中還殘留著一縷薄霧，太陽漸漸升起，那層薄霧也逐漸消散。

她一睜眼就看到蕭雲醒正坐在對面的沙發上看書，書名叫〈禪與摩托車維修藝術〉。

她醒了酒，意識漸漸回籠，也終於想起自己昨晚幹了什麼，嚇得起床氣都沒了。

陳清歡在心裡哀號了幾聲，隨即決定假裝喝到斷片，一口咬定什麼都不記得了，反正蕭雲醒也不能拿她怎麼樣。

她坐起身來，難受地「哼哼」了幾聲，又偷瞄了一下某人的臉色，聲音低啞柔弱：「頭痛……」

蕭雲醒聽到動靜後把書放到一邊，微微挑眉看著她：「頭痛？」

陳清歡越發覺得窘迫，輕輕「嗯」了一聲，始終不敢抬頭和他對視。

她正苦思冥想地尋找話題來討好蕭雲醒時，下一秒帶著涼意的指尖便觸上她的額角，輕輕揉著，說不出的舒服。

陳清歡猛然抬頭看向他，不知道他是什麼時候來到了床邊。

蕭雲醒看穿她的心思，對昨晚的事情絕口不提，只是一心一意地幫她揉著腦袋。

大概是想起了什麼，他的雙手忽然開始顫抖，連帶著整個身體都在震動，好在只持續了短短幾秒鐘，低沉的嗓音裡帶著一絲絲笑意，貼在她耳邊沉沉地開口：「想喝什麼？」

陳清歡唯恐他和她清算昨晚的事，趕緊攬著他的脖子撒嬌，試圖分散注意力：「嗯……酸梅湯！冰鎮的！」

嗯，在大冬天喝冰鎮酸梅湯，真有創意。

吃過早餐，蕭雲醒一心一意地在廚房幫陳清歡準備冰鎮酸梅湯。

喝酸梅湯一定要用最好的白瓷碗，還要放上冰塊，冰塊尚未融化，在碗裡叮噹作響時再端給她是最好的。

她的某些生活習慣和她父親一樣講究，那份矯揉造作如出一轍，舉凡圍爐溫酒，烹雪煮茶，想起一齣是一齣，不過蕭雲醒認為她這副模樣挺可愛的。

想到這裡，他忽然勾唇一笑。

無妨，他慣得起，慣一輩子，她可以在他身邊無法無天一輩子。

陳清歡喝完酸梅湯後，終於下定決心面對與解決問題，她含著冰塊模糊不清地問：「我昨晚喝到斷片了，應該……沒胡說八道什麼吧？」

「沒有。」蕭雲醒一副什麼都沒發生的樣子，「妳昨天想來問我什麼？」

陳清歡欲言又止：「哦，那個啊……」

蕭雲醒看過去：「嗯？」

陳清歡實在不覺得現在是問那個問題的好時機，她才剛占了蕭雲醒的便宜未遂，此刻再提起那件事，挑釁意味十足，確實有點過分了。

「沒什麼，改天再說吧。」

陳清歡不敢久留，喝完酸梅湯後就趕緊溜回家，一進門就看到陳慕白坐在沙發上，目光沉沉地看著她。

「妳昨晚去哪裡了？」

陳清歡想著，反正今天是躲不了了，索性主動出擊提高傷害值：「都已經這個時間了，你怎麼沒去上班？是退休了嗎？陳老師，你已經老到要退休了啊……」

陳慕白不接招：「我在問妳昨天去哪裡了！」

陳清歡風輕雲淡地整理著頭髮：「昨晚唐恪叔叔請客，去了城南那家長盛不衰的高級會所，就是你們年輕時常去的那家。」

陳清歡立刻把火力引到唐恪身上。哼，一對渣男都不是什麼好東西！說完就不再理他，回到房間。

陳慕白獨自坐在客廳裡火大，剛想找唐恪算帳，沒想到對方剛好打電話來跟陳慕白告狀：『你女兒真是個禍害！跟你年輕的時候一模一樣！』

陳慕白正在氣頭上：「你到底跟我女兒說了什麼！你怎麼能帶她去那種地方！」

唐恪一愣，細問了幾句，聽到陳慕白比他還糟糕的境遇，忍不住親自跑來笑話陳慕白。

陳慕白一看到他就翻臉：「唐恪你是不是瘋了！竟然帶我女兒去那種地方！你都跟她胡說八道些什麼了？你是不要命了嗎？」

唐恪委屈地回答：「大哥，你能不能講講道理？到底是誰帶誰去？你知不知道你女兒一整晚花了多少錢！我還沒找你要呢！」

陳慕白不聽，惡狠狠地撂狠話：「絕交！」

唐恪不甘示弱地回擊：「靠！絕交就絕交！」

兩人怒目相視，誰都不肯先低頭。

陳清玄回來家裡拿東西，正巧看到這一幕，默默嘆了口氣，去廚房幫兩人泡了茶。

陳慕白和唐恪的注意力漸漸被轉移，看著端茶送水的陳清玄後心生感慨，生什麼女兒，貼心都是假的，生氣起來根本沒辦法商量，傷害也是最大的！還是養兒子可靠！養兒子想打就打，不想打還可以寵。

小公子陳清玄嘆了口氣，故作老成地教育兩人：「都一把年紀了，還玩這種小朋友的把戲，幼不幼稚啊？不要絕交，有本事切腹。」

唐恪愣了一下，也停止和陳慕白交戰了：「我就說吧，你和顧九思絕對不會有多善良的孩子，你家的小兒子黑化起來實在太可怕！」

陳慕白不想和他廢話，直接動粗把他打跑了。

蕭雲醒等陳清歡出門後才收拾東西去上班。他才剛坐下就聽到韓京墨火速趕來的戲謔聲。

韓京墨靠在桌邊，抬起手腕看了時間一眼：「昨晚加班的時候，你說有事情要出去一會兒，這個『一會兒』未免也太久了。」

蕭雲醒沒理他，打開電腦開始寫申請單。

幾行字停停寫寫、刪刪改改、踟躕不前，難得看到他有頭痛為難的時候，韓京墨忍不住湊過去看他在寫什麼，不看還好，一看不得了，他不可思議地指著電腦螢幕：「你這……陳清歡要求的？」

蕭雲醒手邊的動作未停，輕描淡寫地回答：「我自己要求的。」

「嘖嘖嘖，竟然私心想帶人進研究所，前無古人，所長會同意才怪！我看你能編出什麼正當理由。向霈說得沒錯，幸虧你家沒有皇位，如果有皇位也絕對不能傳給你，你就是個昏君！禍國殃民！」

因為研究所的性質特殊，這份申請報告確實不好寫，他費了一番功夫才終於搞定。韓京墨看他的眼神也不一樣了。

週日上午，蕭雲醒一大早就到了陳家樓下把陳清歡叫出來。

陳清歡顯然沒睡醒，坐進車裡還在揉眼睛，精神不濟地開口：「你不是說今天要加班嗎？」

蕭雲醒幫她繫好安全帶後就發動了車子：「是加班，順便帶妳去個地方。」

陳清歡靠在座椅裡昏昏欲睡：「你要帶我去哪裡？」

蕭雲醒轉頭看她一眼：「帶妳去我的辦公室看看。」

「……」陳清歡瞬間清醒，挺直腰板正襟危坐，「你不是說我那天喝醉後沒胡說八道嗎？」

蕭雲醒輕笑解釋：「確實沒有胡說八道，說的都是實話。」

陳清歡想掐死自己，再次感慨她這輩子不可能和溫柔與體貼沾上邊，只能得到無理取鬧的名聲。

她看看窗外，又看看蕭雲醒的神色，抿了抿唇：「我不去了，我也沒有特別想去看……」

恰好到了路口，蕭雲醒踩下剎車等紅綠燈，轉頭看著她，深邃的眼裡帶著暖暖的笑意：「是我自己想讓妳看看的。」

是他的疏忽，他從來都沒有意識到這個問題，才讓這件事成為蘇揚的一把刀。

蕭雲醒帶著陳清歡參觀了一圈後，陳清歡有些失望，滿臉寫著「也不過如此嘛」，讓他看得想笑。

後來兩人回到蕭雲醒的辦公室，她坐在辦公桌後，霸占著大半張桌子曬著太陽，偶爾滑滑手機、吃吃水果。當她玩得正開心的時候就聽到了敲門聲，很快有人推門進來。

「蕭前輩……」來人看到她之後，臉上的笑容都凝固了，僵硬地往旁邊看看，這才看到被擠到辦公桌另一側工作的蕭雲醒。

蕭雲醒轉頭看她一眼：「有事嗎？」

蘇揚一愣，過了半天才回神，將幾張圖紙放到他面前：「有幾張圖紙需要你審核……」邊說邊瞄了陳清歡一眼，正思考著要不要打招呼。

陳清歡格外熱情主動，把手裡的玻璃餐盒往她的方向推了推：「蘇妹妹啊，來得正好，妳快看看。」

蘇揚低頭看了一眼，以為陳清歡邀請她吃水果，剛想要禮貌拒絕，就看到陳清歡把手收回去。

陳清歡一開口更是莫名：「我說的沒錯吧？」

蘇揚一愣：「什麼？」

陳清歡垂眸看了餐盒一眼來示意她：「妳切水果的手藝比蕭雲醒還差，別人哪吃得下去啊？妳看，他做給我水果拼盤多好看，一看到就想要全部吃掉！」

說完後，將一顆草莓塞進嘴裡。

蕭雲醒適時抽了一張紙巾，幫她抹去嘴角的紅色汁水。

蘇揚簡直無地自容，偷偷看了蕭雲醒的臉色一眼，她沒想到陳清歡什麼都跟他說，看他這副模樣，肯定什麼都知道了。

他一定是故意帶陳清歡進來給她看的，她看著被陳清歡弄得亂七八糟的辦公桌，忍不住把瓜子殼和零食袋往旁邊推了推，並盯著桌上的餅乾屑欲言又止：「蕭前輩有潔癖的……」

「哦。」陳清歡應了一聲後，示威般地開始吃起洋芋片，又掉了一桌的碎屑，「這麼巧，我也有。」

蘇揚往旁邊看了看，看到蕭雲醒面上一派放任縱容的神色，一直保持著同一個姿勢來專心審核圖紙，對兩人之間的機鋒充耳不聞，心裡很不是滋味。

陳清歡笑咪咪地看著她：「蘇妹妹，妳怎麼不說話啊？」

蘇揚不敢說話，她怕自己一開口，陳清歡會馬上回嗆，也不知道會幹出什麼事情，就默默退出去了。

第二十六章　得償所願

陳清歡早上起得早，在蘇揚面前耀武揚威一番後體力不支，讓出辦公桌，躺到沙發上睡著了。

等她打了個大大的哈欠醒來時，發現身上蓋著一條毯子，蕭雲醒還在忙碌，聽到動靜後轉頭看她：「醒了？時間差不多了，去吃午餐吧。」

陳清歡半躺在那裡擺擺手：「你不用管我，你這麼忙也顧不上我，我等等就先走了，你下午接著加班吧。」

蕭雲醒邊說邊開始收拾辦公桌：「已經搞定了，下午不用加班，我有別的安排。」

陳清歡躺在陽光裡，歪歪腦袋，眼裡閃著細碎的亮光：「約會？」

蕭雲醒點頭，笑著問她：「我拿到兩張康老先生的票，今天下午的，有興趣嗎？」

「當然！」陳清歡瞬間坐起來，「快快快，我們快走！別遲到了！」

週末外出吃飯的人很多，兩人吃完飯後到了劇院，距離開始只剩下十分鐘而已。

坐下後，陳清歡一口氣喝了一大杯茶，蕭雲醒提醒她：「快開始了，妳要不要去一下洗手間？」

陳清歡略一思索：「好。」

她走了幾步，手機忽然震動幾下，便低頭看著手機往外走，在門口差點撞上一個人，她心不在焉地道歉，連頭都沒抬：「抱歉。」

那人躲開她之後卻忽然停下腳步，堵住她的去路。

陳清歡這才抬頭看過去，看到那張熟悉又陌生的臉後眨了眨眼睛。

秦靚沒想到會再次遇到陳清歡，相同的地方，相似的情景，卻早已物是人非。

陳清歡回覆完訊息後收起手機，這才好整以暇地看著秦靚。

看秦靚的架勢頗有長談的意思，她也沒打斷。

「妳知道嗎，其實我第一次見到妳不是在籃球館，而是在這裡，妳也是像現在這樣差點撞到我。」秦靚往前方看了一眼，在看到那道身影後，內心依舊澎湃，「而蕭雲醒也是坐在那個位置，我一眼就看到了，就像現在一樣。他好像就是那樣的人，不論多麼低調，無論何時何地，總是能讓人一眼就看到。」

陳清歡順著她的目光看過去，恰好看到兩個小朋友打鬧著從他旁邊跑過去，蕭雲醒用餘光掃到後，動作極快地把板凳往旁邊拉了拉，等兩人跑遠了，才把板凳放回原位，過了一會兒，兩個小朋友再次打鬧著跑回來，蕭雲醒又重複了一次剛才的動作。

他輕描淡寫的兩個動作，卻避免了兩個孩子被板凳絆倒、腦袋碰到桌角的狀況。

秦靚顯然也看到了，她笑了一下：「看，誰說蕭雲醒不溫柔？我一直以來都很喜歡那種清冷又儒雅的人，對什麼都淡淡的，好似這人世間的紛擾都不曾在他心裡留下痕跡，永遠波瀾不驚，冷靜地知道自己想要什麼，並且努力去爭取，和誰都保持著不遠不近的距離，謙和有禮，沉穩有度，卻把骨子裡的溫柔和牽掛只留給一個人，看似漫不經心地行走在這人世間，卻有一顆正直柔軟的心，在關鍵時刻不著痕跡地伸出手去扶人一把，不動聲色地溫暖著這個世界，讓人相信這個世界還是美好的。或許有人不喜歡他，卻沒有人會去詬病中傷他，心懷坦蕩，光明磊落，這就是蕭雲醒的魅力所在。陳清歡，妳不知道妳有多幸運，像他這樣的人，只要遠遠地看著就覺得十分美好。」

陳清歡忽然覺得她一直盯著蕭雲醒的那雙眼睛很礙眼，她話裡話外不過是在傳達一個意——是陳清歡在高攀他。

「我知道，妳覺得我們不般配。」陳清歡看她一眼，繼續胡扯，「不過妳這麼直接說出來是不是有點過分？蕭雲醒確實配不上我，不過我這個人念舊，都這麼多年了，不配就不配，將就著度過一生也好。」

秦靚從來不知道，陳清歡還有這種睜眼說瞎話的本事，聽得瞠目結舌。

過了這麼多年，陳清歡對秦靚早已沒了強烈的敵意，甚至懶得和她周旋，迅速收回視線：「妳慢慢看吧，我尿急先走了。」說完繞開秦靚去了洗手間。

秦靚沒有去找自己的座位，而是徑直朝蕭雲醒的方向走去，最後坐到了陳清歡的位子上。

「好久不見，蕭雲醒。」

蕭雲醒看到她似乎並不意外，神色未變地點了一下頭，眼角眉梢沒有沾染一絲多餘的情緒。

秦靚主動解釋：「我移民了，這次回來是為了辦點事情，以後可能都不會回來了，難得在這裡巧遇你，所以過來打聲招呼。」

「妳……」蕭雲醒看她一眼，又看了看方桌對面的位子，「能不能坐到那裡？」

秦靚是個難得有長相又有腦袋的美女，一下子就想到了：「我坐到了陳清歡的位子？」

蕭雲醒垂眸：「嗯。」

「讓我坐一下就好，說完後我就會離開，反正她現在也不在啊。」

「她不喜歡別人碰她的東西。」

這個「東西」不知道說的是他自己，還是這個座位。

「好。」秦靚倒是痛快地坐到對面的位子上，「你還記不記得，我曾經問過你喜不喜歡京劇、喜不喜歡康萬生？那是因為我第一次見到你的時候，就是在這裡。康老先生的專場，我以為你喜歡京劇也喜歡他，過了很久後，直到你跟陳清歡表白的那個晚上，我才知道我有多傻，原來一切都是因為陳清歡。」

蕭雲醒不為所動，只是抬起手腕看了時間一眼：「馬上就開場了，妳不打算說一點有意義的話嗎？」

秦靚一愣，沒想到他會這麼直接：「其實也沒有什麼想說的，如果非要說的話，想問問你為什麼要回國？聽說你當年回來的時候，國外有很多實驗室都向你發出邀請，希望可以留住你。如果留在那裡，你會有更好的發展，國外可以提供的福利、待遇和環境，都不是國內可以比擬的。」

蕭雲醒輕描淡寫地開口：「我記得小學的時候寫過一篇課文，我們的國家幅員遼闊，怎麼可能放不下一個蕭雲醒？」

「我不是這個意思……」

「我知道妳是什麼意思。之前妳跟我說，我會遇到比陳清歡更好的人，現在又說我留在國外會有更好的發展，我倒是很想問問妳，到底什麼才稱得上是『好』？」

短短的幾句話問得秦靚啞口無言。

沉默疏離的蕭雲醒讓她不知所措，而伶牙俐齒的他同樣讓人無法招架，原來那麼清冷的人，口條竟然這麼好，怪不得〈論語〉有雲：「夫人不言，言必有中」，說的就是他這種人吧。

蕭雲醒看著她，沉靜的眼眸裡沒有摻雜一絲情緒：「我和妳不一樣，妳想要生活在妳喜歡的國家，而我還是更喜歡生活在我自己的國家。」

陳清歡回來的時候，只有蕭雲醒坐在那裡，她什麼也沒說，先拿紙巾擦座位。

蕭雲醒忍不住輕笑，探身過去握住她的手，把溼紙巾抽出來扔到桌下的垃圾桶裡：「我擦過了。」

陳清歡對他一笑，反手和他十指相扣。

開場鑼鼓聲很快響起，兩人極有默契地沒有提起秦靚，手牽著手坐在一起聽戲。

秦靚坐在後排的座位上，她隔著人群看過去，只看到比肩而坐的兩個身影和緊扣在一起的手。

她忽然想起一句話——「人間何處說相思，我輩鍾情似此。」

陳清歡的週末過得很愉快，她的好心情一直持續到週一早上的會議。

結束會議後，她才回到辦公室坐下，宣平忽然推門進來：「陳清歡，妳到底是什麼意思！」

陳清歡慢條斯理地笑著說：「宣總，要進別人的辦公室之前請先敲門，你這麼直接闖進來，萬一我在辦公室裡幹一些見不得人的勾當，還剛好被你撞見，大家都會很尷尬的。」

宣平的火氣瞬間消下去，眼神躲閃地看向一邊。

一年多前，宣平和一個女下屬在辦公室裡你儂我儂，結果被宣太太破門而入，當場捉姦。這件事鬧得很大，傳遍了整個金融圈，最後以公司選擇保宣平，那個女下屬被辭退來收尾。陳清歡見過那個女孩幾次，年輕單純，天真爛漫，大概是看太多無腦電視劇了，不知道對她噓寒問暖的男上司是個人面獸心的渣男，心中還幻想著能談辦公室戀情。宣平在業界還算有點地位，這件事對他的傷害不痛不癢，頂多算是個花邊新聞，被人調侃一兩句就過去了，依舊談笑風生。但對於那個女孩就是致命的打擊了，除了淪為笑柄外，也沒辦法在業內混下去了。

陳清歡坐在辦公桌後面舊事重提，滿臉嘲諷地看著他。

宣平被激怒：「我今天是來找妳談公事的，不要扯我的私生活。」

陳清歡輕笑一聲，鄙夷之意甚重。

宣平大怒，把一個資料夾甩到她面前，指著陳清歡怒吼：「妳這麼做對妳又有什麼好處！」

陳清歡慵懶地打開那個資料夾看了一眼，隨手丟到一邊，用一副風輕雲淡、氣死人不償命的模樣挑眉看他，笑得格外歡暢：「沒什麼好處，既然你捏著我的弱點不放，我也不肯讓步，那就玉石俱焚、同歸於盡好了。」

宣平氣得直哆嗦：「妳就是個瘋子！」

他沒想到這樣的小女孩一拚命起來，竟要拉人陪葬，再也沒有比一個美人笑嘻嘻地說要和他同歸於盡，還要更可怕的事情了。

「妳狠，妳夠狠！」

陳清歡安安靜靜地坐在那裡看他發瘋，對上他的視線，嬌媚的笑臉上立刻浮現出一抹清淺的笑意，睜著一雙澄澈靈動的眼眸，就這麼看著他，愈顯無辜稚嫩。

宣平和她打交道的次數不少，自然了解陳清歡這個人，雖然看起來單純善良，像一朵小茉莉，實則是一朵不折不扣的食人花，吃人不吐骨頭。她要準備幫誰挖坑，便會對那人微微一笑，顯得更加單純乖巧，極具欺騙性，讓人一不留神就掉進了深坑裡。

如此無辜稚嫩的小女孩，不動聲色地在一群老狐狸中殺出一條血路，成了今年業內最大的贏家。

宣平不得不承認，他不是陳清歡的對手，他們博弈這麼久，他也從未在她手裡贏過半次，如今她已決定釜底抽薪，更是讓顧慮頗多的他隱隱有了落敗之勢。

陳清歡和宣平的這一戰，一開始是她落在下風，但她一出手就讓眾人驚訝，在業內引起轟動，這種不管不顧的雷霆手段實在嚇人，原來小陳總生氣起來連自己都不放過。

向霈作為八卦群眾看得心驚膽戰，趕忙去找蕭雲醒，企圖請他出山說服一下，畢竟兩敗俱傷的結果實在太慘烈了。

向霈不心虛的時候，對蕭雲醒的待遇就下降許多，直接從四位數的自助餐變成了三位數的火鍋。

他一邊往鍋裡加菜一邊問：「雲哥，你知道陳總最近在幹什麼嗎？」

蕭雲醒認真吃飯：「她最近很忙，經常加班。」

向霈心有戚戚焉：「她是挺忙的，忙著大開殺戒呢，你知道這件事嗎？」

蕭雲醒似乎並不吃驚：「她跟我說過了，還說等她殺完這一局，要我做一頓大餐給她，她要好好補身體，所以我最近在研究菜單。」

「……你們兩個還真是天生一對。」

向霈沉吟了一下，還是跟蕭雲醒簡單說明情況，說著說著忽然正經起來：「話說回來，小魔女有時候實在是太激進了，只要別人得罪她，她勢必要加倍奉還，從來不給自己留一條退路。」

蕭雲醒沒有多想就直接開口：「我就是她的退路，隨時待命。」過了兩秒又補充了一句，「但我也希望僅僅只是待命而已。」

向霈一愣，忽然收起了一開始的想法，他是瘋了才會想找蕭雲醒去阻止陳清歡。

他怎麼會忘記，陳清歡的任何舉動在蕭雲醒的眼裡，都是理所當然且合情合理的，在他臉上看不到任何否定與不贊同。

向霈忍不住笑著搖頭：「你們兩個，還真是……」

有些時候，他覺得這兩人的愛情實在是讓人羨慕，沒有劈腿、沒有不合，永遠無條件維護對方、相信對方，不知道是修了多少年才得來這個緣分。

宣平不服氣就這麼敗下陣來，一系列的操作下來，似乎想要正面迎戰，來個玉石俱焚。

彭明山適時把他攔下：「今晚馮總做東，請你和陳清歡吃飯，吃飯的目的很清楚，他來做和事佬，你把從陳清歡那邊搶走的東西還給她，她也就此收手，你們兩個握手言和。」

宣平不屑地笑了笑：「陳清歡會同意？」

「陳清歡是馮總招進來的，她應該會給他面子。」

「她同意，我還不同意呢，大不了我和她拚個你死我活，同歸於盡！」

彭明山恨鐵不成鋼地看著他：「你怎麼還不明白？你也不看看陳清歡是誰，她父親是誰，她弟弟是誰，她男朋友是誰，她未來的婆家是誰！同歸於盡也是說說而已，有那麼多人做她的後盾，這哪叫同歸於盡，說白了是你死她活！現在能讓你一起活下去，你還不趕快抓住這個機會！」

彭明山也不想妥協，但形勢比人強，這個行業不缺有家世背景的人，而陳清歡卻是最有本錢的那個人，他不得不讓步。碰上她就只能躺平認輸，別無他法。

宣平不服氣地冷哼一聲。

彭明山知道他氣不過，語重心長地勸他：「就算不提那些，只提陳清歡好了，她比你年輕、能力比你強、也比你有才華，履歷比你好看太多，這幾年的每一戰都可圈可點，無懈可擊的操盤，要是事情繼續這樣發展下去，公司也會選擇站在她那邊而捨棄你。老徐馬上就要退休了，副總裁的位子就會空出來，你大有希望，不要在這個時候功虧一簣。」

宣平一副破罐破摔的模樣：「照您這麼說，我還有什麼好掙扎的？那個位子肯定是陳清歡的啊。」

彭明山一臉高深地敲了敲桌子：「那也不能這麼說，該掙扎的還是要掙扎，總有人看不慣她，要是能好好利用這些人，你未必就沒有希望。還有個消息，最近有個人會從總部空降到這裡來接老曹的位子，你和他搞好關係，到時候對你爭取副總裁的位子會有助力。」

宣平點點頭，依照目前情況來看，也只能這樣了。

當天的飯局上，陳清歡和宣平以茶代酒，在喝下後便一笑泯恩仇，至少表面上是這樣的，兩人之間的戰鬥暫時告一段落。

一週後，空降兵程渡走馬上任的同時，還帶了個得力幹將謝弘和。

別人是新官上任三把火，而程渡的火卻燒得格外溫和，讓人摸不著頭緒。

謝弘和在宣平的挑唆之下，跟陳清歡打過幾次交道後，便視她為眼中釘、肉中刺，忍不住在程渡面前吐槽。

程渡倒是格外平和，聽他吐槽完才意味深長地評價道：「我們這位小陳總……水深得很。」

謝弘和嗤之以鼻：「有多深？」

程渡指著他：「足以淹死你。」

謝弘和一愣：「沒那麼誇張吧？不過是個小丫頭而已。」

「誇張？淹死兩個你都綽綽有餘。」程渡嘆口氣，「這個女人難搞得很！」

謝弘和不屑地「哼」了一聲：「切，不就是有個好爸媽，還能管得了她一輩子？」

程渡搖搖頭，不贊同地看著他：「你小心一點吧，別不把這件事當一回事。」

程渡心細如髮，擅長在最短的時間內摸清一個人的底細。他為了避免水土不服，就職前就把公司裡所有人的情況都了解了一遍，對這位大名鼎鼎的小陳總也是頗感興趣。別人出招總是有跡可循，但陳清歡不一樣，她把她父親身上那三分邪氣發揚光大，老是不按牌理出牌。任何手段和招數在她面前都不堪一擊。雖然毫無章法地出牌，卻又穩、准、狠，讓人無力招架，最難打交道。有她這個變數在，對手很是忌憚。

謝弘和很不服氣：「您沒見到她那個樣子，有夠囂張，不過是個小丫頭罷了！」

程渡輕笑出聲：「說真的，如果你能在她這個歲數坐到她現在的位子，有她的學識涵養能力和財力，你就可以比她更囂張。」

「您為什麼老是幫她說話呢？就因為她長得漂亮？」

「我是挺欣賞她的，雖然大家都不是什麼善人，她的心機和手段不比別人少，但別人看起來陰沉沉的，唯獨她總是睜著一雙透亮明媚的大眼，像冬日裡的暖陽。不知道家裡是怎麼教的，一身風骨，別人急起來會做出一堆下三爛的手段，但她卻看不起這種行為，捅人也是正大光明、坦坦蕩蕩的。有時候我會想，明明都是耍手段，為什麼她耍得格外高明？」

除了漂亮，她更有著尋常女孩身上少見的堅韌和魄力，不知道陳家到底是怎麼養出這麼漂亮的女兒的。

謝弘和忽然壓低聲音：「那這次副總裁的位子，陳清歡和宣平，您更傾向於誰？」

程渡看他一眼：「這句話是你問的，還是替別人問的？」

謝弘和眼神閃爍：「都有。」

程渡忽然不說話了。

謝弘和看著他，忽然品出了一點意思。

三十五歲的年紀，正是一個男人最有魅力的時候，單身自潔，英俊多金，風度翩翩，忽然對一個異性露出毫不掩飾的維護，這說明了什麼？

謝弘和不確定地問道：「只是欣賞？」

程渡換了一個坐姿，沒說話。

謝弘和立刻明白了，隱晦地改變了說法：「當然，我這個人再怎麼混，也知道要尊重未來的大嫂。」

程渡的臉上似乎多了一絲笑意，也沒表態，只是提醒他不要被人利用了。

沒過多久，陳清歡和宣平的副總裁之爭，以宣平的敗北結束，陳清歡升任為最年輕的女副總裁。

謝弘和冷眼看著，越發肯定程渡對陳清歡有著不一樣的心思。

眾人吵著要陳清歡請客，陳清歡也很大氣，請整間公司的人去吃日式料理。他們玩得很晚，後來公司的高層除了陳清歡這個主角，就只剩下程渡。

一群人吃飽喝足後離開，站在店門口商量該怎麼回家。

謝弘和看了一整晚都沒怎麼說話的程渡一眼，決定做點什麼，主動開口問陳清歡：「陳總，妳沒開車吧，坐我的車吧！我和程總送妳回去。」

陳清歡對謝弘和近來的態度轉變很是納悶：「不用了，謝謝，我男朋友會來接我。」

謝弘和一愣，繼而有些憤然：「妳有男朋友？」

當她看到馬路對面正在等紅綠燈的一輛車後，露出了微笑：「他來了！」接著她拿出手機打電話，「你不用掉頭過來接我，你停在路口，我走過去就好。」

陳清歡在掛斷電話後就和眾人道別，小跑著過了馬路，上了停在那裡的一輛車。

謝弘和遠遠看著，努力想看清車窗後的那張臉，便酸溜溜地開口問：「那就是陳總的男朋友？看起來很普通嘛，只有長相還行，陳總為什麼會看上他啊？」

畢竟業內的人都知道陳清歡有多難追。

米秋和其他幾人都神色古怪地看著他。

謝弘和不知道自己哪裡說錯了：「怎、怎麼了？」

「小陳總的男朋友是蕭雲醒。」米秋看到他滿臉問號，繼續認真解釋，「你不知道蕭雲醒啊？蕭先生是世界級的科技研究大魔王，首屈一指的至尊大神，國外有一堆實驗室成天想要來挖角他，只要國家肯放手，其他國家絕對搶破頭！他要是娶了外籍老婆，那個國家的所有人肯定都會歡呼，外交能突破一個新階段！和我們的等級天差地別。」

謝弘和替程渡抱不平：「這麼說，是你們小陳總高攀了？」

米秋皺眉：「胡說什麼！我們小陳總也很厲害好嗎？門當戶對！旗鼓相當！」

謝弘和看了程渡的臉色一眼，忽然收了聲。

程渡似乎並不吃驚，好似早就知道這件事，怪不得自己每次提起陳清歡，他會是那種態度。

蕭雲醒在等紅綠燈的時候就看到陳清歡了。

她和一群人站在瑟瑟的晚風中，穿了一件及膝的羊絨大衣，身姿纖細又筆直，看到他的一瞬間，眼神湛然而明亮，好像已經在那裡等了許久。

從小到大，一直都是他在等她，等她上學、等她畢業、等她長大，不知道從什麼時候開始，漸漸變成了她等他。

那麼沒耐心的一個人，卻從來沒有因為等他而感到不耐煩。

或許，蕭雲醒這三個字在她這裡，永遠都是個例外。

上車後，陳清歡把手放在空調出風口前吹著暖風抱怨：「今天又降溫了。」

蕭雲醒一手開車，一手把她的手包進掌心裡，忽然開口：「我可能要出差一段時間。」

他明顯感覺到掌心裡的那雙手一顫，繼而露出了讓他莫名心疼的反應。

沒問他去多久、去哪裡、去幹什麼，只是垂下眉眼沉默了一會兒，很快收拾好低落，抬頭對他笑：「好。」

他忽然想抱抱她，什麼都不做，想簡單地把她抱在懷裡。

他忍住了，握緊手中的方向盤。

從車上下來後，兩人往電梯口走，他忽然停下腳步，轉身把她帶進懷裡。

蕭雲醒如約幫陳清歡做了一頓大餐後就出差了，陳清歡的生活瞬間變得無聊起來，上班和加班之餘，便是宅在家裡百無聊賴。

陳慕白和顧九思約會回來後，看到沙發上一坐一躺的姐弟倆很是驚奇。

當陳慕白第十七次看向半躺在沙發上的陳清歡時，終於忍不住開口：

「今天是聖誕節。」

「嗯。」

「不用約會？」

「嗯。」

「妳最近好像很常待在家。」

「嗯。」

「吵架了？」

「沒有。」

「那就是分手了。」

陳清歡敷衍幾句後，終於把視線從無聊的電視節目中收回來，瞪他：「雲醒哥哥很忙。」

陳慕白不以為然：「男人說忙都是藉口，妳男朋友最近在忙什麼？說來聽聽。」

「不知道。」

「不知道？」

「涉及機密，不能說的。」

「妳問他也不說？」

「我為什麼要問他？爸爸，知道太多的話，會被人找麻煩的。」

「妳真的不想知道？」

「不想。」

「說不定他在陪別的女人。」

「他又不是你。」

「我怎麼了？」

「你劣跡昭著啊，年輕的時候玩得那麼開，老了之後還想要潛規則我。」

「……」

顧九思聽著兩人沒什麼營養的對話，無奈地搖頭。

陳慕白說不過陳清歡，調轉槍口炮轟小兒子。

「陳清玄，你不用陪女朋友過節嗎？」

陳清玄意識到危險，立刻正襟危坐：「我沒有女朋友。」

「你還知道你沒有女朋友啊？你怎麼好意思說出口？」

「……」

陳清玄淚流滿面，感嘆他對兒子和女兒的戀愛情況差別對待。

過了元旦，蕭雲醒還沒有回來，他似乎更忙了，兩人之間的聯絡次數也越來越少，而陳清歡似乎已經開始適應，不再抱怨。

這天她設定好鬧鐘，特地起了個大早，盤腿坐在床上幹正事。

陳清歡這些年從她母親那裡學了不少東西，占卜便是其中之一。當年的賭王顧家漸漸不再被人提起，但賭王顧過的衣缽卻一代代傳承下來。

蕭雲醒凌晨四點多才睡，醒來的時候手機裡躺著陳清歡傳來的一則訊息。

『我今天早上翻了一下黃曆，今日宜鷹擊長空，宜上青天攬明月，宜扶搖直上九萬里。』

他看著短短的幾行文字笑了笑，其實他沒跟她說過是今天，而她大概也是隱隱約約猜到的。

上次的聯絡停留在三天前的凌晨，她剛加完班準備睡了，而他才剛開始，又會是一個通宵。

他最近常常不能及時回覆她，她也耐心等著。

現在的小丫頭已經能夠獨當一面，在業界如魚得水，完全沒有辱了陳慕白和顧九思的名頭。

她說，她想他。

他何嘗不想她？他平時的工作沒有那麼繁忙，基本上每天都會見面，但忙起來的時候，會有好幾個星期都見不到，像是這次的專案不僅時間安排緊湊且任務重，而他的陣地也從指揮控制中心搬到了發射基地，荒無人煙的地方。每天結束加班後，他往外面看去，天寒地凍、萬物凋零，什麼都沒有，只有耳邊獵獵作響的寒風。那一刻荒涼，孤寂，思念洶湧而至，如藤蔓般無休止地瘋長，蔓延，緊緊纏繞著他的心，讓他瘋狂想念那個名為「陳清歡」的女人。

思念總是不動聲色地在心底累積。

她不再是那個高興就笑、不高興就哭的小丫頭了，雖說有時候還是要他哄，但她也漸漸學會了理解和包容，能見面固然開心，不能見面的時候也不會打擾他，他的工作機密性高，他不說，她也不問，但她那麼聰明，有時候能自己猜到。

她說完想他之後，大概是怕他為難，又嘰嘰喳喳地開啟別的話題。

『你有沒有收到我給你的東西？』

蕭雲醒又笑：「收到了。」

前幾天有個同事帶了一個紙箱給他，裡面是一罐糖果，還是陳清歡喜歡的芒果口味。

陳清歡裝模作樣地嘆了口氣：『人生太苦了，給你幾顆糖，夠不夠甜？不夠的話我還可以再說點甜言蜜語來哄你。』

他無聲地笑著，就聽到電話那端傳來鄭重其事的聲音。

『雲醒哥哥，我愛你。』

他的心跳瞬間漏了幾拍。

她已經好多年沒有這樣叫過他了。

他低頭揉了揉輕薄的眼皮，不愧是陳清歡，一句話就讓他心動得想落淚。

歲月變遷帶來的成長既殘酷又現實，但她的心志一如既往，這聲「雲醒哥哥」伴他度過了漫長的日子。

歲月愈長，情意愈濃。

都說女人自帶三分水，想溫柔的時候，隨時都能溫柔起來，陳清歡便是如此。

溫柔的陳清歡讓他心跳加速。

古人說「別後月餘，殊深馳系。睽違日久，拳念殷殊」，原來是這種滋味。

韓京墨遠遠就看到蕭雲醒站在窗前打電話，不知道在聊什麼，眉目格外溫和，還忽然勾唇笑了笑，萬千繁華也頓時失色。

他從未見過如此溫柔的蕭雲醒。

仔細一想，他們認識很多年了，這麼多年下來，蕭雲醒依舊眉目清俊，歲月帶給他魅力的加持，卻未曾留下一絲絲痕跡。

蕭雲醒掛斷電話後，一直仰頭看著窗外的天空，黑漆漆一片，不知道在想什麼。

他一向內斂且穩重，難得有情緒外露的時候，這也勾起了韓京墨的興致。

韓京墨本來打算再偷窺一會兒，沒想到蕭雲醒卻忽然抬眼看過來，眉宇間早已恢復成一片清冷。耳邊似乎還能聽到剛才小丫頭撒嬌賣萌的聲音，直到察覺到對方熱情的視線才出聲問：「怎麼了？」

韓京墨樂不可支：「我才想問你，你怎麼了？」

蕭雲醒再次抬頭看向窗外漆黑的天幕。

韓京墨跟著看過去，卻什麼都沒有。

「在看什麼？」

「看星星。」

韓京墨瞪大眼睛也沒看到：「哪裡有星星啊？」

過了許久，他才聽到蕭雲醒用溫柔低沉的聲音回答：「我心中有個人，眼中便能看到那顆星星，她在我心中閃耀璀璨，永不殞落。」

蕭雲醒說完這番話後，韓京墨安靜了許久。

蕭雲醒側目：「你在想誰？」

韓京墨的眼底摻雜著一些未知的情緒：「沒誰。」

蕭雲醒難得八卦，掃了他口袋裡露出的香菸盒一眼：「你為什麼老是帶著一包茶花？」

韓京墨從口袋裡摸出那盒香菸，低頭摩挲著：「歸有光說，『山茶孕奇質，綠葉凝深濃。往往開紅花，偏壓白雪中。雖具富貴資，而非妖冶容。歲寒無後凋，亦自當春風。吾將定花品，以此擬三公。梅君特素潔，乃與夷叔同』。我有一個認識的人，特別像茶花。以前的茶花菸盒上印著一首詩，

『與君初相識，猶如故人歸』，其實我更喜歡後面的『天涯明月新，朝暮最相思』。」

他故作深沉地等了半天，都不見蕭雲醒再開口。

韓京墨繃不住了：「你為什麼不問我那個人是誰？」

蕭雲醒面無表情：「我不想知道。」

韓京墨搖晃著腦袋：「哈哈哈，你就算問了，我也不會告訴你！」

「田汨汨。」

蕭雲醒忽然開口吐出三個字。

「……」韓京墨有點傻眼，「你怎麼知道……」

蕭雲醒看他一眼，轉身走了。

韓京墨氣得在原地跳腳：「蕭雲醒，和你做朋友真沒意思！」

鬧完後，兩人去茶水間倒咖啡準備繼續熬夜。

韓京墨嘆了口氣：「哎，再這麼下去，別說要抓個設計師祭天，我都快要把自己祭獻出去了！說真的，做我們這行又苦又累，錢少事多，還會論資排輩，有家企業為了挖角我，都出到這個價錢了，但我想為自己的國家努力，所以拚命抵制住誘惑，我都快被自己感動到哭了。」

不知道蕭雲醒是在說正話還是反話，他竟然點了點頭，一副贊同的模樣：「確實讓人蠻感動的。」

韓京墨翻了個白眼後，忽然正色道：「你緊張嗎？」

蕭雲醒看他一眼：「什麼？」

韓京墨飛快且模糊地嘟囔出幾個字：「萬一發射失敗……」

越是臨近那個日子，他身邊的人多多少少都會表現出一絲絲浮躁與焦慮，只有蕭雲醒是個例外。

蕭雲醒想了一下：「小時候，我父親跟我介紹過很多歷史人物，其中一位讓我印象深刻。清朝出過一位兩代帝師，叫翁同龢，他認為自古以來的成事者，越是遇到大事，越要心靜如水，處變不驚，成大事者要平心靜氣。」

恰好有個同事進來倒水，看到韓京墨的樣子嚇了一跳：「你為什麼樣這樣看著他？」

韓京墨笑了笑：「你不覺得蕭雲醒很可怕嗎？」

蕭雲醒早就知道，韓京墨的正經撐不過三分鐘。

那人開玩笑道：「哪裡可怕？好看得可怕？」

韓京墨故作高深地開口：「心性堅定，並非常人。」

蕭雲醒懶得理他。

韓京墨捏著一包糖順口問：「要放糖嗎？」

從剛才開始就止不住笑意的某人回答：「不放，夠甜了。」

韓京墨立刻扔掉糖包：「靠！蕭雲醒，我鄭重提醒你，在這種遍地都是單身狗的地方秀恩愛，是會挨打的！」

蕭雲醒看他一眼，端著咖啡離開了。

韓京墨後來追到他的座位旁：「哎，你這裡有糖啊，給我吃一塊，讓我補充一下體力。」

蕭雲醒來不及阻止，只能眼睜睜地看著他撕開包裝：「你……」

「我靠！怎麼是空的？無良商家啊……不對，怎麼會有紙？」

韓京墨看了一眼，就把糖果包裝紙和紙條一起塞回糖罐裡，露出一副驚慌失措的樣子：「你這是在跟我表白？事先聲明，我是直的！直到不能再直了！我承認你確實很優秀，但是我……如果你實在要爭取的話，我也是可以考慮一下的……」

蕭雲醒無語：「我考慮不了！不是我寫的！」

「陳清歡寫給你的啊？真有心計……還有，這個紅色包裝是什麼，喜糖？這是在暗示什麼啊？求婚？也太不矜持了吧。」他準備撕開另一個包裝，想看看裡面寫了什麼，卻被蕭雲醒揪著衣領扔出去。

看著兩位神仙打架的芸芸眾生都縮在一旁發抖，並紛紛得出結論，蕭神仙桌上的那罐糖絕對不能碰，誰碰誰就會死！

蕭雲醒打開了那顆紅色的糖果，這張裡面有個署名——「雨醉」。

他微微一愣，繼而無奈地笑起來。

有段時間，陳清歡吵著要陳慕白幫她改名字，當陳慕白問她想改成什麼，她說要叫「陳雨醉」，陳慕白問她為什麼，她一臉嚮往地說：「雲對雨，醒對醉，這樣她和雲醒哥哥就有了情侶名，別人一看到他們兩個的名字，就知道是一對的。」

這讓陳慕白氣得跳腳，丟下一句「除非我死了」，而陳清歡只是眨著雙眼，非常認真地問他什麼時候會死，讓陳慕白改口：「即便我死了也不准改！」

後來陳清歡死纏爛打：「你又沒有問過我的意見，怎麼就決定了我的名字？」

蕭雲醒過了許久才回神，又看了手機一眼，不由失笑。

那就「扶搖直上九萬里」吧。

過了今天，他就能回去了。

在做最後的準備工作時，韓京墨偷偷碰他一下，壓低聲音開口：「聽說在發射的那一刻許願會特別靈驗，你有什麼願望嗎？」

蕭雲醒忍不住笑：「有。」

「笑什麼啊？」韓京墨好奇，「說來聽聽。」

「希望我的小女孩能一直無法無天，直到永遠。」

他失態的樣子讓韓京墨大吃一驚，而韓京墨用一副見鬼的表情看他，懷疑他或許是在這荒山野嶺中，撞到了不乾淨的東西。

陳清歡今天特別早起。

財政年度要結束了，她準備向美國總部那邊做彙報，連續準備了半個月，這幾天一直在熬夜，起床氣尤其嚴重。她在吃了早餐後進到公司，身上還環繞著迫人的戾氣，氣場全開，頗有神擋殺神、佛擋殺佛的架勢。

幾個下屬躲在角落偷偷觀察她。

「感受到陳總身後那千軍萬馬的氣勢了嗎？」

「感、感受到了，一副殺氣騰騰的樣子，果然是食物鏈頂端的王者……」

「陳總又要去橫掃千軍了，不知道這次是誰要倒大楣了，真是同情他。」

「陳總出征，寸草不生。」

「慵懶高貴，蠻橫果斷，嬌媚純真，身姿曼妙，真『女神』是也。」

會議拖沓冗長，陳清歡彙報完後就有些坐立不安，心不在焉地聽著別人報告。

手機忽然震了一下，她漫不經心地低頭瞄了一眼，然後會議室裡的所有人以及視訊會議那端的工作人員都看到，陳總竟然笑了。

多虧那則訊息，接下來的時間都好過多了。

她彙報的時間不長，在掛斷視訊電話後立刻衝出會議室，邊翻手機邊問米秋：「有什麼頭條新聞嗎？」

米秋一頭霧水：「頭條？哪方面的？股票？娛樂圈八卦？」

陳清歡抬頭，一臉不認同：「你們這些人怎麼就知道這些東西，一點都不關心國家科技事業的進步與發展。」

米秋被說得一愣一愣的，待在原地看著陳清歡進到辦公室。

旁邊的同事戳戳她，一臉幸災樂禍：「活該！妳難道忘了陳總的男朋友是幹什麼的？」

其實不用刻意去搜尋，各種推播鋪天蓋地地出現在螢幕上。

果然已經結束了。所有的新聞介紹都只傳遞著一個訊息，某個航太專案圓滿成功。

她鬆了一口氣後終於笑出來，又去看採訪影片。

她在影片中看到有個人影從旁邊一閃而過。

那是蕭雲醒，他穿著工作服，明顯清瘦了不少。

蕭雲醒真的很低調，從來不接受採訪，有次也是在採訪別人時不小心被拍到，他憑藉那出色的長相造成了不小的轟動，一堆網友也開始搜尋他的資料，後來他大概是靠家裡的關係將新聞壓下來，就再也沒人提及過這件事了。

陳清歡忽然有種預感，他知道她會看，所以故意出現在鏡頭前。

接下來的整個下午她都揚著嘴角，這也讓整間公司的人都知道小陳總今天的心情特別好，更加證實她女承父性、喜怒無常的傳聞，雖說現在的陳老師已經溫順許多。

蕭雲醒從機場出來的時候，恰好碰到一群高中生拖著行李箱，朝氣蓬勃的樣子讓他想起還是小女孩的陳清歡，原來他們已經相伴了這麼多年。

他迫切地想見她，帶著年少氣盛的熱血和激情。

他回家收拾好自己後，就開車去找陳清歡。

陳清歡坐在辦公桌前忙得不可開交，在終於告一段落後，下意識地抬起頭，就看到蕭雲醒正站在門口看著她，對她淡淡地笑了一下，眼底帶著清淺的笑意和柔情，不知道在那裡站了多久。

不知為何，陳清歡覺得他那抹微笑，竟然帶了些許少年般的明媚。

他穿了一件淺灰色的羊絨大衣，露出裡面的白襯衫，陪襯的五官越發英挺俊逸，乾淨的氣息撲面而來，即使隨意地站著，也能透出一股難以言喻的雋朗氣質。

不知道從什麼時候開始，他青澀稚嫩的身體已經逐漸變得修長挺拔，胸膛寬厚溫暖，歲月已將那個清俊少年雕刻成一個真正的男人了，溫和又寧靜。

蕭雲醒還來不及開口，就看到她捂著胸口尖叫一聲，然後一臉驚喜地飛奔過來，眼眶似乎還紅了，下一秒，身體受到衝擊，他穩穩地接住了他的全世界。

他微微收緊手臂把她抱在懷裡，低頭尋到她的唇吻了下去，過了許久才氣喘吁吁地貼在她耳邊輕聲開口：「陳清歡，我們結婚吧。」

多年後，陳清歡依舊記得那天陽光明媚、晴空萬里，溫暖乾燥的風中有陽光融化在裡面的味道，更美好的是她當下的心情。

她還能說什麼？一路打怪升級，那一刻，她似乎聽到了恭喜通關的聲音，終於償得夙願。

第二十七章　終成眷屬

第二天晚上，蕭雲醒去參加慶功宴，不知道是不是因為事業愛情兩得意，竟然難得喝了酒。

陳清歡去找他的時候，在聞到他身上的酒味時倍感驚訝。

兩人站在酒店大廳，蕭雲醒在她吃驚加審視的注視下，抬手揉了揉她的臉，輕笑道：「妳還得再等我一下，就快結束了。」

陳清歡表示知道了，催著他回到慶功宴。

待蕭雲醒離開後，她就坐在大廳的沙發上滑手機，餘光掃到有人走近並在她旁邊坐下，她才抬頭看過去。

距離上一次見到蘇揚已經時隔多日，陳清歡不知道她這次湊過來是為了什麼。

蘇揚也沒囉唆，直接開門見山：「跟妳分享個好消息，我借調到別的研究所了，下週就走。說是借調，也不知道什麼時候才能回來。」

陳清歡一副完全沒興趣的模樣，繼續低頭玩手機。

「妳知道為什麼嗎？」

她。

蘇揚黯然神傷，可惜陳清歡不配合，沒興趣和她進行這種一問一答的遊戲，索性不開口也不理

蘇揚也不介意，開始自問自答：「因為蕭雲醒說如果我不走，他就要走。他這種國寶級的人才，研究所怎麼可能捨得放手，所以我就得走，如何？妳是不是很開心？」

雖然稱不上心花怒放，但陳清歡不得不承認，這確實是個好消息。

蘇揚繼續開口：「那一刻我終於明白，原來一切都是我的一廂情願、痴心妄想，蕭雲醒從未把我放在眼裡。我只是不服氣，科技研究本來就是一件枯燥乏味的事情，在他加班的日日夜夜裡，都是我陪在他的身邊，那個時候妳在哪裡？」

陳清歡飛快地打量了一下眼前的人，不由在心裡翻了個大大的白眼，卻沒有表露在臉上，她只是心情好，不跟蘇揚一般見識，繼續低頭看手機。

她也願意陪伴他，但某人卻不願意看她受委屈。

蕭雲醒不知什麼時候出現在陳清歡的身後，只穿著白襯衣，羊絨大衣整齊地掛在臂彎，或許是喝醉的緣故，整個人平添了幾分慵懶隨意。

他看著陳清歡緩聲開口：「告訴她，那些時候，妳在我心裡。」在說這句話的時候，他的唇角還帶著些許清淺的笑意。

陳清歡一回頭就撞進了他的懷裡，於是從來不怕氣死人，就怕氣不死的長公主眨眨眼睛，烏黑澄澈的眸子轉了幾圈，眼波流轉間顧盼生輝，而後一字一句，字正腔圓，極盡囂張且理所當然地回答蘇揚：「我在他心裡啊！」

蕭雲醒旋即掀唇一笑。

「……」蘇揚被堵得啞口無言。

陳清歡繼續指正她的錯誤：「還有，妳不是『陪著他』，你們不過只是在同一棟大樓裡一起加班而已。」

這次蕭雲醒沒說話，但眼底的贊許不加掩飾，彎腰把她拉起來，牽著她的手準備離開。

和陳清歡擦肩而過時，蘇揚忽然低聲開口：「妳不過是有個幫妳捐贈大樓的好爸爸罷了，妳所擁有的一切都是這樣得來的吧？」

陳清歡連看都不看她。

蕭雲醒卻停下腳步，轉身看著蘇揚，面沉如水卻依舊禮貌地開口：「那一切都是她應得的，妳不知道她曾經付出過什麼樣的艱辛和努力，才能得到這一切。所以請不要妄加揣測。妳知道什麼是情投意合嗎？就是她一直在我心裡。那些她為了能站到我身邊，而拼命努力的日日夜夜裡，她也在我心裡。」

他的面上一派清明了然，私底下卻握緊她的手心。

陳清歡轉頭看著他的側臉，唇角忍不住上揚。

真好，這樣柔情密意、溫柔繾綣的蕭雲醒，是屬於她的。

陳清歡以為蕭雲醒只是為了面子才碰酒，沒想到他一上車就原形畢露了。

蕭雲醒坐在副駕駛座上低頭揉著眉心，面色有些蒼白，身上的酒氣也越發明顯。

陳清歡邊發動車子邊問：「幹嘛喝這麼多酒啊？是因為發射成功才喝成這樣嗎？」

蕭雲醒這個人自律得可怕，無不良嗜好，滴酒不沾，在逢年過節的時候都沒見他喝過酒。

「不是。」蕭雲醒原本緊閉的眼睛忽然睜開，抬頭看著她輕笑一聲，「我要提前練習一下，畢竟這不是我擅長的領域。」

喝酒這件事，他真的很不擅長。

陳清歡握著方向盤目視前方，隨口問：「練習什麼？」

「過不了多久，我就要牽著妳的手去和大家敬酒，所以要好好練習……」

敬酒？他說的難道是……結婚？

陳清歡一腳踩在剎車上。

昏暗狹窄的車內，蕭雲醒在半明半暗的空間裡看著她，光影模糊了他的輪廓，卻模糊不了那雙漆黑深邃的眼眸。

光線氤氳，淡淡籠罩在他的臉上，暈染出一層層的光圈，朦朧又曖昧，惹得陳清歡心裡癢癢的。

或許他是真的喝多了，那雙眸子亮得驚人，像是灑了一片星光，她竟然從裡面看到了三分春色。

平日的蕭雲醒實在是太正經了，如今稍微露出了一點輕佻春意，就讓她蕩漾得把持不住。

陳清歡靠著頑強的意志力才按捺住撲向他的衝動，一路飛車。

她扶著蕭雲醒進門坐到沙發上，剛想要站起來去開燈，就被他拉進懷裡。

玄關處的感應燈很快熄滅，屋內只存留著窗外微弱的月光。陳清歡坐在他的腿上，耳邊是他清淺的呼吸聲，一切都那麼靜謐美好。

她已經很久沒有坐過自己的「專屬座位」了。

久到她根本想不起來，上次坐在這裡是什麼時候。

想到這裡，陳清歡睨他一眼，委屈地抱怨道：「雲醒哥哥，你都不像以前一樣疼我了！」

平日裡最是清醒正經的人一旦醉了，簡直能把人撩死。

他看著她，忽然勾起唇角無聲地笑起來，她從未見過他這樣笑過。

蕭雲醒捏了捏她的臉頰，慢條斯理地抬眸看過去：「還不夠疼妳嗎？還想要我怎麼疼妳，嗯？」

輕輕揚起的尾音從他的喉嚨裡飄出，既含糊不清又充滿寵溺和無奈，緊緊纏繞著她的心，讓她止不住的臉紅心跳，他這是在……調戲她？

陳清歡激動到說不出話，卻又招來蕭雲醒的一記必殺：「把命都給妳，好不好？」

他輕輕抵住她的額頭，鼻尖若有若無地從她的臉上滑過，留下一片緋紅。

大概是酒喝多了，他的聲音醇厚低啞，帶著輕哄的意味以及隱約的笑意。

沒有平日裡的沉穩內斂，多了幾分洋洋灑灑的不羈。

陳清歡腦中一片空白，只能聽到自己「砰砰」的心跳聲。

這個男人太可怕了。

她要他的命幹什麼，分明是他想要她的命！

陳清歡捧著自己被撩得發燙的臉，她不知所措地用晶亮的眼睛看著眼前的男人。

她抬頭看向他，有些出神。

第一次看到蕭雲醒的長相時，她並沒有多驚豔，不像陳家人，皆是那種看一眼便驚為天人的樣貌，卻也是眉目明秀的類型，越看越覺得深邃溫和，令人心馳神往，隨著歲月流逝就越是吸引人，不知道他們兩人以後的孩子會是什麼樣子。

她嬌嗔地推推他，兩人順勢倒在沙發上，她窩在他懷裡，而他伸手將她摟住。

蕭雲醒在喝醉後精神不濟，雖然雙眼緊閉，卻也不曉得是不是睡著了。

陳清歡看得心癢癢，忽然有了大膽的想法，她想要趁他沒有還手之力的時候輕薄他。

她湊過去親了他一口。

蕭雲醒沒有反應，應該是睡著了。

陳清歡這才放心，又湊過去對著他的唇或輕或重地啄了幾口，最後舔舔嘴唇，心裡樂得開花。

待陳清歡再次貼上去時，還來不及做出其他不軌動作，就聽到他輕輕地「嗯」了一聲，又低又啞，繼而一手扣住她的腰，一手捧住她的臉，直接掌握了主導權。

蕭雲醒從來沒有這樣吻過她，輕咬、吸吮、纏綿，直到魂魄都快被吸走時，才終於盡興地放開她。

陳清歡趴在他懷裡心跳如雷，眼底俱是驚喜。

失控的蕭雲醒讓人瘋狂，瘋狂得想尖叫。最關鍵的是，他是因為她而失控的。

她實在太喜歡喝醉後的蕭雲醒了。

陳清歡抬起頭來，身體左一下右一下地往上蹭了蹭，輕吻著他的側臉。

他看著懷裡那眼角和眉梢纏繞著萬種風情的女人，心下忍不住感嘆，低啞的聲線裡多了幾分纏綿：「真的長大了啊。」

陳清歡眨了眨無辜的大眼，將上半身緊貼在他身上後純潔地問：「你說的是這個嗎？」

「……」蕭雲醒瞬間臉紅。

陳清歡果然是面色紅潤且有光澤的靈丹妙藥。

陳清歡不敢挑戰陳慕白的底線，在第二天和蕭雲醒吃過晚餐後就早早回家了。

陳慕白把一進門就想竄回房間的陳清歡叫住：「站住！」

陳清歡雖然停下了腳步，卻遲遲不敢抬頭。

陳慕白朝她走過去：「妳的嘴巴怎麼了？」

陳清歡心虛地摸著下唇，才剛想開口就被陳慕白攔住：「想清楚再說，這種天氣不可能有蚊子。」

陳清歡無話可說，索性坦坦蕩蕩地放下手任由他看，面上盡是坦然之色：「這有什麼可想的？爸爸，你沒談過戀愛嗎？年輕人談戀愛，誰沒有情不自禁的時候？哦，對不起，我忘了，您這個歲數，早就忘記談戀愛的滋味了。」

陳慕白抬手指著他，不知道是被她的理所當然震驚到，還是被她的嫌棄氣到：「妳……」

陳清歡百無禁忌的模樣和年輕時的慕少如出一轍：「您和我媽就沒在婚前親過嗎？您想清楚後再說，不然我會懷疑您還有別的老婆。」

陳慕白氣得手抖：「妳妳妳……」

後發制人的陳清歡見好就收，對他微微一笑，揚長而去。

陳慕白委屈地撲到坐在沙發上隔岸觀火的顧九思面前：「她她她……」

顧九思故作面癱地瞅他一眼：「陳慕白，當年你百無禁忌、無法無天的時候，可曾想過，有一天會被一個叫陳清歡的女人氣到吐血？」

她當年可是深受其害呢。

陳慕白一臉不知所措：「我……」

顧九思重重地嘆了口氣：「果然，出來混都是要還的。」

陳慕白越發坐立難安：「我我我……」

陳清歡大概覺得陳慕白還不夠慘，再次出現在他面前，高調又按捺不住地宣布：「我最近打算結個婚。」說完也不等陳慕白反對，再次消失。

週末是閨密定期約喝下午茶的時間，陳清歡把蕭雲醒一句話KO掉蘇揚的事情，告訴了冉碧靈和田思思。

冉碧靈鼓掌叫好：「蕭先生幹得好！那個女生是不是氣死了？」

陳清歡回憶了一下：「我當時太高興，根本顧不上她。」

田思思則沒完沒了地看著她：「妳的嘴巴……」

陳清歡馬上抬手遮住：「還這麼明顯嗎？都好幾天了……」

田思思一臉意味深長：「沒想到蕭雲醒看起來清風明月，私底下竟然這麼……」

陳清歡立刻解釋：「意外意外，他醉了……」

冉碧靈立刻抓到重點：「他醉了？妳沒趁機做點什麼嗎？畢竟妳的人生目標，就是想上蕭雲醒的戶口名簿和蕭雲醒本人。」

「我……」

一想到那天晚上的事情，陳清歡就面紅耳赤，又害羞又興奮，一副喜孜孜的模樣。

田思思抬手在她面前晃了晃，阻止她繼續回憶：「喂，陳清歡，不就是接吻而已嗎，妳平時有事沒事就撩他，還以為妳功力多深呢，一個吻就把妳反壓了？果然是隻紙老虎。」

陳清歡不好意思地小聲反駁：「不一樣嘛……」

冉碧靈敲敲桌子：「說真的，妳和蕭先生到底什麼時候要結婚啊？」

陳清歡瞬間洩氣：「哎，別提了，我爸不同意。」

沒想到蕭雲醒還有不受人待見的一天，冉碧靈幸災樂禍：「你們家不同意啊？這點妳可比我差多了。」

「什麼意思？」

「當時我和那個傻子的事情，不止他們家不同意，其實我們家也不同意，我爸媽知道他媽媽的態度後，怕我以後受氣。」

陳清歡難得誇人，很是誠心誠意：「還是妳比較厲害。」

隨著氣溫又降了幾度，眼看就要過年了，蕭雲醒前段時間特別忙，最近倒是清閒了許多，兩人幾乎天天膩在一起。

這天吃過晚餐，蕭雲醒將廚房收拾好後走出來，就看到陳清歡抱著電腦坐在沙發上。

他坐過去看了一眼：「在找工作？」

陳清歡點點頭：「是啊，我要辭職了。」

「妳討厭的人不是被妳氣走了嗎，為什麼還要辭職？」

「有那種對手，我都覺得丟人。」

蕭雲醒笑著逗她：「不考慮回家繼承家業？」

「還有陳清玄呢。」陳清歡像是忽然想起了什麼，喜上眉梢，「說到這個，陳清玄最近出手真是越來越漂亮了，都是大手筆，連吳老爺都說他『有乃父之風』，真的是長大了啊。」

「有乃父之風？」蕭雲醒別有深意地重複了一下，「聽起來不是什麼好話啊。」

陳清歡嗔怒地瞅他一眼：「是誇獎的意思啦！陳老師還是有優點的。」

蕭雲醒忽然想起：「我之前聽說，陳清玄差點就姓顧了。」

陳清歡看著電腦擺擺手：「那是開玩笑的啦，顧女士那麼看重陳老師，怎麼可能會答應。」

蕭雲醒跟著瞄了一眼，怕忽略了什麼，不放心地追問了一句：「為什麼突然想辭職？」

陳清歡眨眨眼睛：「如果我說是因為派系鬥爭失敗，我被踢出局了，只能辭職走人，你信不信？」

蕭雲醒微微挑眉，說實話，他不信。

他怕陳清歡有什麼事情不好跟他開口，於是把向霈約出去打聽：「你知道清歡打算辭職的事情嗎？」

向霈哈哈大笑：「怎麼可能不知道，這件事早就傳遍整間公司了。」

「原因呢？」

「眾說紛紜，據說是競爭公司高薪挖角她去做副總裁，還有個說法，是要她回家繼承家業，還有人說她要去和她弟弟爭奪家產，畢竟豪門多狗血。」

蕭雲醒認真解釋：「她和她弟弟的感情一直都很好。」

何止是很好，陳清歡想要什麼，不用開口，只要一個眼神，陳清玄就會立刻雙手奉上，哪需要去爭取。

「我也覺得這些說法很瞎。」向霈小心翼翼地看了蕭雲醒一眼，欲言又止，「我倒是有個不太成熟的想法……」

「說。」

「我覺得是因為她和我們公司那群牛鬼蛇神過招之後，發現他們的等級也不過如此，永遠都是那幾個路數，一點挑戰性都沒有，覺得沒意思，所以不想陪他們玩了，於是就想換個新環境來尋求新的刺激。」

說完後，向霈試探性地問：「這個原因的可能性是不是更高？」

蕭雲醒沒說話，算是默認了。

向霈腹誹，反正你們兩個都是怪物，只要碰到這種事，就往這種方向去想就可以了。

蕭雲醒沒從向霈這裡打聽到有用的資訊，反而放下心，可以安心過年了。

陳清歡過年過得越發怠倦，索性繼續休假，擺出一副要把之前沒休的假補回來的架勢。

蕭雲醒在年後就去上班了，工作依舊忙碌，她也不吵不鬧，覺得無聊的時候就去找冉碧靈和田思思玩。

最近剛好有一家知名餐廳開幕，於是陳清歡就約了兩人去試吃。

本來以為只是普通的聚會，但陳清歡的表現實在是太詭異了。

她抱著一本書準時赴約，在吃飯的途中時不時偷看書本內容，看完後還偷笑幾聲，那副模樣實在是太嚇人了。

冉碧靈看不下去了：「吃飯就吃飯，幹嘛抱著那本書？」

陳清歡小心翼翼地把書收起來：「這是毛邊書啊，已經是最後一頁了……」

蕭雲醒在上大學那年，把一本毛邊書送給她，告訴她在每年生日的那天割開一頁看，她一直守約，今年是最後一頁，今天上午她在找東西的時候忽然看到，因為忍不住就提前看了，結果一發不可收拾。

田思思沒有停下筷子，邊吃邊算：「妳的生日不是還沒到嗎？」

陳清歡小心翼翼地把毛邊書收好：「嗯，最後一頁了，我忍不住，所以偷偷看了。」

冉碧靈和田思思異口同聲地問：「裡面寫了什麼？」

陳清歡笑到臉都紅了：「四個字。」

冉碧靈一副受不了她的樣子：「哎呀，四個字就能讓妳高興成這個樣子，也就只有蕭雲醒能做到了，到底寫了什麼？」

陳清歡忽然坐正，字正腔圓地回答：「蕭門陳氏。」

言下之意大概就是「我要娶妳」。

田思思手裡的筷子「啪嗒」一聲掉了：「天啊，人類已經無法阻止蕭雲醒了……你們兩個真是夠了。」

冉碧靈「嘖嘖」了兩聲：「這就是妳無心工作的原因？」

陳清歡一臉嚮往：「我早就當膩又美又有錢的女強人了，成為蕭太太才是我的終極目標。」

冉碧靈嘆息一聲，跟田思思吐槽：「看到了沒，她這個架勢分明是要美人不要江山。」

田思思點頭贊同，一本正經地提醒陳清歡：「蕭雲醒就是個消磨意志的大妖怪！他一定是妳的競爭對手派來的，想要毀掉妳的事業！」

可惜現在陳清歡滿腦子都是「蕭門陳氏」四個字，一點事業心都沒有，手下不停摩挲著那本書。

毛邊書的側面夾著一個簪子，拆開後會變成一把刀，她就是用這把刀，一年又一年地裁開那些密封的驚喜。

她摸著上面的簪子，想著蕭雲醒給她時說過的話——

「我父母的定情之物是一根簪子，她很喜歡，所以我也特別做成這樣，我想，妳也會喜歡。」

陳清歡被喜悅沖昏頭腦，一頓飯吃得心不在焉，才剛回到家就餓了，吵著要蕭雲醒做消夜給她吃。

蕭雲醒站在嫋嫋升起的熱氣中，一邊忙活一邊問黏著他的陳清歡：「找到適合的新工作了嗎？」

「還沒。」

倒是有獵頭打電話給她，不過她沒什麼興趣。

蕭雲醒低頭看著鍋子，自然而然地說：「我倒是有個建議。」

陳清歡從他身後探出腦袋：「什麼職位？適合我嗎？」

蕭雲醒看她一眼：「很適合。」

陳清歡更好奇了：「到底是什麼職位？待遇好不好？」

「虛席以待多年，年薪、福利和待遇自己決定。」

「是什麼職位啊？哪家公司？」

他的眼底有細碎的微光閃動：「這個職位是，『蕭太太』。」

陳清歡忽然心跳加速，她差點以為蕭雲醒發現她提前偷看了毛邊書的最後一頁：「你要養我？」

蕭雲醒挑了挑眉，笑而不答，那雙深邃點墨的眼眸裡的意思卻昭然若揭。

陳清歡往他身上扒了扒，晶瑩粉嫩的指尖激動地揪住他胸前的布料，小聲試探他：「養一輩子？」

「不行嗎？」

男人輕笑，漆黑的眼裡含著繾綣的笑意，英挺的鼻梁在臉側投下一片淡淡的陰影，越發顯得那張臉精緻無雙。

陳清歡眉眼含笑：「可以！當然可以！說話算話？」

蕭雲醒直直地看著她，眼底的墨色濃得化不開，緩緩開口：「嗯，說話算話。我對妳說過的每一句都算數，沒有期限。」

這下澈底讓陳清歡沒了事業心。

她也不休假了，第二天直接去公司提交辭職申請，火速辦理交接。

米秋張羅部門所有人一起吃飯，陳清歡欣然同意，並表示讓她來請客。

「老大，妳辭職的消息一出，業內各大公司爭相以高薪挖角妳，妳已經決定好要去哪家了？」

陳清歡點點頭：「嗯，確實找到新工作了。」

眾人一臉八卦：「哪家啊？年薪怎麼樣？是不是翻番了？」

陳清歡故作神祕：「職位和待遇都不錯，關鍵是，一直是我想去的。」

「他們還有在招人嗎？我們也要組隊去！」

「只招一個。」

「到底是什麼職位啊？」

「一份需要特殊技術的工作。」陳清歡微微一笑，「蕭太太。」

大殺四方的陳清歡，竟然要回家相夫教子？我的天啊！太驚悚了！

「蕭先生直接開價說要養我一輩子，我抵擋不住誘惑，就和他簽約了。」

眾人直接被閃瞎。

程渡和謝弘和也在這家店請客戶吃飯，他們結束後出來，恰好碰上。

先是眼尖的同事叫了聲「程總，謝總」，然後眾人紛紛站起來打招呼。

唯獨陳清歡依舊慵懶地坐在那裡，連眉毛都沒動一下。

謝弘和看了程渡一眼，主動開口幫客戶做介紹：「這位是陳總，她是我們公司最年輕的副總裁。」

那個男人立刻笑著遞名片：「久仰大名！」

陳清歡敷衍地笑了笑，懶得接下名片：「客氣了，很快就不是了。」

那個男人有些尷尬，還是程渡主動開口才緩和氣氛：「弘和，你送張總出去，難得碰到，我和陳總說幾句話。」

陳清歡自認和程渡沒什麼私交，自然也沒什麼可聊的，但他都已經坐下了，她也不好趕人。

程渡開門見山地問：「真的打算要辭職？」

陳清歡的好心情任誰都看得出來，有人調侃他一句：「程總的消息也太不靈通了，不是打算，是已經，本週五是最後一個工作日。」

程渡說得直接：「女強人放棄事業，回歸家庭做全職太太，向來都沒什麼好結果。」

陳清歡聳聳肩膀：「我沒打算做全職太太啊，我們家的家務一向都是蕭先生做的，你不知道吧，我們家蕭先生除了是科技研究的菁英，還是個家務小高手，洗衣、做飯、收拾房間他都很在行，以後有了孩子，他肯定也會帶得很好，我什麼都不用做，只要負責吃喝玩樂。」

眾人又是一陣唏噓。

「蕭先生是怎麼求婚的？快跟我們講講！」

「求婚？」陳清歡手下的動作一頓，收回筷子，臉上的笑容也淡了幾分，「我好像忘了這件事……」

一群人剛想替陳清歡打抱不平，就聽到她開始嘀咕：「雲醒哥哥也沒提啊，求婚要準備什麼啊，鑽戒？鮮花？氣球？蠟燭？驚喜？怎麼辦，我沒經驗啊……」

「是他要跟妳求婚！」

「就算他不求，我也願意！」

程渡冷眼看著，她本就在巔峰之上，眼光又極高，但當她提起那個男人時，眼睛亮得驚人，眼神和言語間都是不加遮掩的崇拜，這也讓他開始好奇，那位蕭先生到底是個什麼樣的男人。

他只是單純好奇而已。

他有個優點，懂得及時止損，好在他對陳清歡的曖昧情愫尚在他的掌控之中，現在快刀斬亂麻及時割捨掉，也完全來得及。

程渡很快起身離開，陳清歡絲毫沒把他放在眼裡，自然也不知道程渡的這些心思。

陳清歡離職後，無縫入職「蕭太太」這個崗位。

試用期的蕭太太很入戲，每天都在變各種花樣來調戲蕭雲醒。

蕭雲醒剛從浴室出來，她就拿著吹風機和毛巾跑到他面前：「先生要辦卡嗎？可以提供刮鬍子、吹頭髮、暖床等各種服務，只有你說不出，沒有我辦不到，還可以享受七折優惠哦，現在還有加值三千送三百的活動，折上加折超級划算！」

蕭雲醒的眼角抽了一下：「……妳的業務範圍還真廣。」

陳清歡拍拍胸脯：「行走江湖，總要有些技能防身啊。」

蕭雲醒擦著頭髮問：「比方說？」

陳清歡把他按到沙發上，接過他的毛巾代勞：「我會鋪床！還會暖床！特別暖和，又香又軟的那種！老闆，想要了解一下嗎？」

蕭雲醒搖頭：「不想。」

「我的被子又香又軟又舒服，要不要跟我一起蓋？」

「妳乖。」

「不乖，想被罰，就罰……睡喜歡的人一萬遍！」

近日，陳清歡連續的夜不歸宿澈底惹怒了陳慕白，他趁她在家的時候強烈表達自己對她婚事的反對。

陳慕白氣急敗壞地說：「我告訴妳，我不同意！」

陳清歡輕描淡寫地「哦」了一聲，僅僅表示聽到了。

陳慕白對她的反應很是詫異：「就這樣？」

陳清歡打算把他氣死：「你只不過是我遺傳學上的父親而已，你的意見不重要。」

陳慕白：「我不只是妳遺傳學上的父親，我還是妳戶口名簿的戶主！我不同意，妳就別想結這個婚！」

陳清歡坐在他對面的沙發上，看起來頗為冷靜：「你不同意的話總得有個原因吧，原因呢？」

陳慕白震怒，他知道女兒遲早都會嫁人，只是沒想到會這麼快，一時之間無法接受。
陳慕白把頭扭到一邊：「沒有原因。」
陳清歡一副哄小孩的口吻：「陳慕白老朋友，你聽話，不要無理取鬧。」
「我就是看那小子不順眼，不行嗎？」
此刻的陳三爺就像個耍無賴的小孩子，連這種話都說得出口。
陳清歡拍拍手站起身來，要比無賴，她未必會輸，面上依舊不動如山：「行啊，怎麼不行，不過我把醜話說在前頭，反正我只會有蕭雲醒這個男朋友，你不同意的話，我就去找個女生結婚。」
「妳！」
陳慕白玩了一輩子的心機，城府之深、手段之狠向來是人中翹楚，卻被自己的女兒氣得沒轍，拿她一點辦法都沒有。

辭職後的陳清歡整日無所事事，也不睡懶覺了，一心一意地攻克陳三爺。
她一大清早就飽含挑釁地坐在客廳，還選擇坐在離陳慕白最近的地方，對著鏡子在脖子上塗塗抹抹，不知道在幹什麼。
陳清玄一起床就看到陳清歡，好奇地問：「姐姐，妳在幹什麼？」
「畫吻痕啊。」陳清歡收筆後，伸著脖子給陳清玄看，「水準如何？夠逼真嗎？」
陳清玄大概還沒睡醒，看了一眼就順口回答：「嗯，不錯，大概能讓爸爸的血壓飆高到直接衝出血壓計的程度。」

陳慕白一眼掃過去，陳清玄嚇得一縮脖子，實在頂不住壓力，腳下生風準備逃走。
陳清歡頓了一下後叫住他：「你先等一下，你怎麼知道這個吻痕很逼真？」
「呃……」陳清玄忽然清醒了。
陳清歡指著他，一臉神祕：「陳清玄，你！」
陳清玄輕咳一聲：「我先走了！」
客廳裡又只剩下父女倆了。
不得不說，長公主果真知道該怎麼氣陳三爺。
即便陳慕白面沉如水地時不時看她一眼，陳清歡依舊穩穩地坐在原地，那副模樣頗有她老爸當年的風采：「看什麼看，沒見過啊？」
陳慕白咬牙開口：「陳清歡，妳是不是以為我拿不動刀了？妳給我出去！」
陳清歡氣定神閒地轉頭對著樓上喊：「媽，我爸吼我！」說完也不敢再撩撥，趕緊逃跑了。
陳清歡中午去找蕭雲醒一起吃午餐，一上車就扯著領口對他炫耀：「怎麼樣？像不像？」
她的動作太大，他一下子就看到大片嫩白的肌膚還有微微的起伏。
蕭雲醒忽然往副駕駛座的位子靠過去，一低頭便吻在她的脖子上，過了很久後才起身，大概是動了情欲，抬起頭的時候連眼尾都是紅的。
陳清歡當場愣住，直到他發動車子，她才傻傻地摸了摸他剛才吻過的地方。
晚上回到家，恰好唐恪來做客，陳清歡打了聲招呼後，再次坐到離陳慕白最近的沙發上。

陳清玄盯著她的脖子看：「妳這個化妝品也太好了吧，到現在都還沒花。」

陳清歡不樂意了，用手指揉了揉：「這是真的好嗎！既然有真的，誰還會想用畫的？」

助攻小幫手陳清玄張大嘴巴：「姐夫終於出手了？」

陳清歡對他眨了眨眼，毫不遮掩地流露出贊許之色，眼看目的達成，她也懶得再說什麼，漸漸把注意力放到電視上面。

陳清玄冒死助攻後，唯恐戰火燒到自己身上，也不敢再說話。

一直忍氣吞聲的陳慕白，此刻格外懷念當年那個天真無邪的小女孩，而不是眼前這個無法無天的女魔頭。

唐恪在看完戲後，裝模作樣地嘆息道：「她還小的時候我就說過，你和顧九思怎麼可能會生出純真善良的小女孩呢？畢竟基因不允許啊。你看，打通任督二脈之後簡直可怕！」

說完後又摸著下巴試探性地問：「如果陳清玄哪天也開竅了，會不會更可怕？」

陳慕白氣到想把他打出去。

唐恪不怕死地繼續發表觀點：「說起來，在不知變通這方面，你女兒和你真是一脈相承啊，當年若不是你認定了顧九思，非她不可，那如今的陳夫人，大概要換人做了……」

恰好這句話被顧九思聽到，她淡淡地掃過來一眼。

陳慕白這次直接把唐恪扔出去。

「說真的，你女兒和你一脈相承的，大概還有『氣死爸爸不償命』的這一點，在惹怒自己爸爸的這方面，你女兒青出於藍啊。」

顧九思別有深意地瞟了陳慕白一眼，不知又想到了什麼，幽幽開口：「這才是陳慕白的女兒啊，同樣離經叛道、大逆不道。」

陳慕白氣得咬牙切齒：「妳看看她！這麼無法無天，都是蕭雲醒寵出來的！」

他這副氣急亂甩鍋的行徑連顧九思都看不下去了，反問他一句：「誰寵出來的？」

陳慕白闔了闔眼，深吸一口氣，打死都不肯承認。

顧九思不緊不慢地笑著調侃他，還把舊時的稱呼搬出來：「慕少一向心狠手辣，當年整治我的時候都不見心慈面軟，怎麼到自己女兒這裡就下不了手了？」

陳慕白很是委屈：「我明明就對妳心慈面軟過！我當年不是幫妳收拾了一堆爛攤子嗎！」

顧九思裝模作樣地搖頭：「不記得了。」

陳慕白冷笑：「妳還記得哪裡是北邊嗎？」

顧九思一向分不清東西南北，聞言指了指左邊，又忽然頓住，搖搖頭，指了指前方。

陳慕白的臉色陰鬱得可怕，連帶嘴角的那抹笑都帶著冰碴：「果然找不到北邊了。」

陳慕白再是冷面凜冽、精明詭詐，那也是對外人，這些年來在孩子們面前，也沒擺出過這副樣子，今天確實把陳清歡和陳清玄震懾住了。

姐弟倆紛紛找藉口逃跑了。

顧九思看陳慕白被氣得不輕，依舊一副悠哉悠哉的模樣：「你不覺得她這個霸氣凶悍的樣子，才像陳慕白的女兒嗎？你之前不是很不希望她成為委曲求全的人嗎？」

陳慕白的心裡非常不痛快：「妳還誇她？」

「你想想，她要是真的想和雲醒結婚，戶口名簿這種東西根本攔不住她，大不了直接去補辦，再去領結婚證書就好，根本不需要你的同意，還不是看重你是她爸爸，所以尊重你嗎？」

陳慕白沉默良久：「跟清歡說，帶他回來吃個飯吧。」

蕭雲醒不是第一次去陳家吃飯，卻是第一次以未來女婿的身分登門。

他格外重視，還特地請假準備禮品，被跟在旁邊的陳清歡笑話了一天。

第一次以這種身分上門，禮重不好，禮輕也不行，蕭雲醒沒有經驗，很是糾結。

陳清歡還是第一次見到他這副模樣，發自內心地覺得有趣。

登門那天，陳慕白的臉色依舊不怎麼好看，從蕭雲醒進門開始，氣氛就有點詭異。

陳清歡跟著顧九思去廚房洗水果，而陳清玄在覺察到不對勁後想跑路，卻被陳慕白一把抓回來：

「小子，坐下來好好看著，你也會有要去丈母娘家的一天。」

陳清玄乖乖坐好做筆記，並承擔著端茶送水的重任。

陳慕白一開口就不怎麼友善：「我陳慕白的女兒，得天獨厚，倒是便宜你了。」

蕭雲醒沒反駁，還贊同了一句：「確實便宜我了。」

陳慕白繼續：「我女兒溫柔賢淑、端莊大方、正直善良……」

任憑陳慕白如何胡說八道，蕭雲醒都如數同意、照單全收，彷彿真的占了天大的便宜。

說到後來，陳慕白也覺得沒意思，才終於閉嘴，皺著眉開始審視面前的人。

陳慕白自打蕭雲醒懂事以來，就沒見過他笑得這麼開懷過，彷彿是故意來氣自己的。

最可惡的是，他明明知道是這樣，還是被氣得不輕。真正的戰役才剛開始，他不能認輸。

陳慕白想要繼續開炮的瞬間，就看到蕭雲醒忽然收斂起神色，認真且從容地開口：「您放心，我會用一輩子的時間去愛她、護她，珍惜她、重視她。」

話還是很少，卻字字點在陳慕白的心坎上，任由他再挑剔也說不出什麼話來。

吃完飯之後，氣氛輕鬆了許多，幾個人坐在客廳看著電視聊天，沒一會兒，陳清歡就趴在蕭雲醒的肩上睡著了。

蕭雲醒轉頭看了一眼後開始解釋：「她這幾天沒在家睡，大概是認床，沒休息好。」

陳慕白臉色陰沉，咬牙切齒。

她在睡了二十幾年的床上沒睡好，是因為認床？認哪張床？你的那張嗎？我是她爸！我會不知道嗎？她何止是認床，她還認人！打從她還不懂事的時候，就只讓蕭雲醒抱！即便鬧得再厲害，也只會趴在他肩上乖乖睡覺。

蕭雲醒忽然意識到自己說錯話，眼看山雨欲來，他立刻轉移陣地：「我抱她回房睡吧。」

沒想到一進房間，陳清歡就醒了，卻賴在他身上不肯下來，依偎在他懷裡。

蕭雲醒摸摸她的腦袋：「醒了？」

陳清歡趴在他懷裡笑得狡黠：「我騙他們的！」

蕭雲醒輕笑：「為什麼要騙他們？」

「我怕我爸給你臉色看嘛。」陳清歡的聲音忽然低下去，小聲嘀咕著，「我會捨不得……」

蕭雲醒心下微動。

陳清歡摟著他的脖子蹭了蹭：「誰都不能欺負你……」

蕭雲醒笑著揉了揉她的腦袋，她卻趴在那裡半天沒動。

本以為她在撒嬌耍賴，沒想到她竟然真的睡過去了。

等客廳沒人後，陳慕白才不情不願地開口問顧九思：「妳覺得怎麼樣？」

顧九思一臉莫名地看他：「什麼怎麼樣？」

「妳未來的女婿啊！」

「當然好啊，畢竟從小就在眼皮底下看著長大的，怎麼看都滿意。」顧九思一誇起蕭雲醒，從來不吝讚美之詞，「真不愧是蕭家的長公子，識大體，懂分寸，諳規矩，明事理，知進退，處事圓融，得體大方。」

陳慕白陰陽怪氣地笑了一下：「是嗎？」

顧九思開始擺事實講道理：「我們來理性分析一下，先說你女兒，你這個女兒既刁蠻又任性，囂張跋扈，脾氣又差……」

陳慕白聽得直皺眉，打斷她：「妳在說誰？」

顧九思完全能體會她護女心切的心情，索性閉口不提：「好好好，那就說說對方，對方的教養禮數，能讓你能挑出毛病嗎？」

陳慕白忽然咬牙切齒起來：「就是完全挑不出來才會遭人恨！」

人不輕狂枉少年，蕭家的兩兄弟從小在他們眼皮子底下長大，也不知道蕭子淵和隨憶那對夫妻是怎麼教的，從未在那兩兄弟身上看見「輕狂」二字。容貌出色，眼神乾淨，一看就是好人家的孩子，如果父母教得好，只要看一眼，就會讓人想到清清白白、堂堂正正這類的詞語，容貌倒是其次，那一身正氣卻是最難得的。

不需要華麗的加持，積極向上，陽光善良就已經足夠。

大的低調沉穩，小的溫柔開朗。

以蕭雲醒的聰慧天賦，心機手腕自然不在話下，不過是人家不屑使出來罷了。從小到大，做事有條有理，無論是求學還是事業，從未做過錯誤的選擇，光是用這點來看，就知道這個人不簡單。

顧九思非常羨慕隨憶，當真是嫁人當嫁蕭子淵，生子當如蕭雲醒啊。

蕭子淵很欣賞喬裕，一直想把孩子養成喬裕的樣子，沒想到大兒子被他養成了另一個自己，小兒子放任自流，反倒有了幾分喬裕的意思，只不過是「話癆版」的喬裕，成功變成一名陽光美少年。

顧九思再接再厲：「蕭子淵和隨憶的人品也是好得沒話說，你確定你能再找到和他們一樣的家庭嗎？」

陳慕白沉默，顧九思分析得一點沒錯，但他心裡就是過不去。

顧九思忽然笑了：「說起來，你女兒倒是比你有眼光多了，畢竟從小就致力於嫁到他們家去。」

陳慕白氣不過：「我真的特別討厭蕭雲醒，比以前討厭陳慕昭還要討厭！」

顧九思已經許久沒聽到這個人的名字了，愣了一下後才笑出來：「那你下場去收拾他啊，這世界上還有陳三爺收拾不了的人嗎？」

陳慕白動了動唇角，半天才嘟囔一句：「到底也是晚輩，有失顏面。」

「你還知道啊。」

「但是不收拾他，我又咽不下這口氣。」

「所以……」

「所以我決定子債父償，去收拾他爸！」

蕭子淵的本事她也是聽說過的，顧九思戚戚然地看著他：「小心血本無歸。」

當天晚上，陳慕白把自己關在書房裡，不知道在幹什麼。

陳清歡受顧九思指點，端著一杯茶敲開那房門。

在陳慕白陰暗冰冷的人生中，顧九思是照進他生命中的第一縷陽光，接著便是陳清歡，無論是當年那個嬌憨的小女孩，還是現在優雅到極致、傲慢到骨子裡的小女人，她不過就用了一句「爸爸我愛你」，順便抱著他的脖子像小時候一樣撒嬌，就能讓鐵血的慕少服軟。

當年那個混世大魔王在混世小魔女面前，不堪一擊。

陳清歡不解地問他：「小時候您跟我說過，我以後會找到把我放在第一順位的男人，我找到了，您為什麼不開心？」

閃耀了一輩子的陳慕白，此刻心情格外暗淡，他沒辦法跟長女解釋，身為父親看到女兒即將出嫁的複雜心情。

陳清歡看著他忽然笑起來：「我兜兜轉轉遇過那麼多男人，雲醒哥哥是唯一可以和你相提並論的，其他男人根本沒辦法和你比，爸爸，我從小到大沒羨慕過什麼人，唯獨一個女人讓我心生豔羨。你不知道我有多羨慕顧九思，可以找到像你這麼愛她的人，和她共度餘生。」

「九思她……」陳慕白頓了一下，「她和妳不一樣，她經歷過很多，我一想起來就會心疼，想盡可能多愛她一點，就算這個世界都不善待她也沒有關係，她有我來疼、我來愛，我會讓那些對她有所虧欠的人百倍奉還。」

說完後，陳慕白幡然醒悟，收起傷感的情緒瞪她一眼：「別把話題帶到我身上！什麼兜兜轉轉！什麼別的男人！妳以為我不曉得妳的那一點小心思嗎，如果妳不是一開始就朝蕭雲醒奔去的，我就喊妳一聲爸爸！」

陳清歡不受控制地開始臆想，讓陳慕白叫自己爸爸，那感覺挺不錯的。

大概是沒控制好自己的表情，讓陳慕白看出她內心的真實想法，便被趕出了書房。

她走後沒多久，陳慕白也從書房出來，回到臥室。

顧九思放下書：「你女兒把你搞定了？」

陳慕白坐到她旁邊，把頭靠在她的肩膀上：「差不多吧。」

顧九思覺得好笑：「怎麼看起來那麼疲憊啊，你還是那個獨領風騷的慕少嗎？」

陳慕白低頭一笑，那雙漂亮的眼睛依舊明亮精緻，只是眼尾隱隱多了幾絲紋路，半晌後他抬頭，對顧九思說：「真的老了，騷不動了。」

顧九思撫了撫他的眼尾，原來已經過去那麼多年了，當年風華無雙的慕少竟也生了華髮。

陳慕白閉上眼睛，緩緩開口：「我現在還記得，她是在這裡學會走路的，搖搖晃晃地向我走過來，笑起來很可愛。」

顧九思點點頭：「是啊，你那個時候很喜歡叫她小奶歡。」

當年那個粉妝玉琢的小女孩似乎還在眼前，眼睛大大的，笑起來又甜又可愛，異常討喜。好似她還是坐在他面前，要他幫自己綁辮子的小丫頭。

沒心沒肺了二十幾年的陳慕白，在遇到顧九思的那一刻就改變了，接下來的幾十年，他把一腔柔情如數交給這個女人，和他們的女兒。

陳慕白終於鬆口：「或許蕭雲醒是她的良人。」

顧九思微微笑著：「我女兒一向很有福氣。」

女兒繼承了他們兩人的聰明智慧，兒子則繼承了他們為數不多的純真和善良，好在容貌都很出色，想著這一對兒女，只覺得欣慰。

等天氣稍微暖和一點的時候，蕭雲醒帶陳清歡去見了他的爺爺奶奶。

進門前，陳清歡不停照著鏡子整理妝容。

這次輪到蕭雲醒覺得好笑了，調侃她：「妳緊張什麼？又不是沒見過，妳忘記妳小時候因為自己沒有祖父母，非要跟著我來看我的爺爺奶奶嗎？」

陳清歡都快哭了：「求求你別說了，當年是我太傻了。而且我又不是長輩會喜歡的類型，當然緊張了！」

蕭雲醒問她：「長輩喜歡什麼樣的類型？」

陳清歡理所當然地回答：「像秦靚那種知書達理、秀外慧中的女孩。」

蕭雲醒搖頭：「我小姑姑可不是那種類型的人，聽我爸說，她小時候皮得很，卻被我爺爺奶奶寵上天。」

陳清歡表示懷疑：「真的？」

蕭雲醒牽著她的手進門：「一會兒就知道了。」

事實證明，蕭雲醒沒有騙人。

他奶奶年輕的時候，就喜歡漂亮白淨的小女孩，拉著陳清歡的手不放：「以妳父親他們那一輩來說，沁忍的老婆長得最漂亮，到了你們這一輩，最出挑的就是妳了，長得真好看。」

離開的時候，還讓她沒事就來家裡玩。

蕭雲醒當天就回去跟蕭子淵彙報。

蕭子淵問道：「帶去給爺爺他們看過了嗎？」

「外公和外婆又去旅遊了，還沒看過，爺爺奶奶已經看過了。」

「他們怎麼說？」

「給了兩個字的評價。」

「哪兩個字？」

「驕矜。」

蕭子淵忍不住笑出來。

蕭雲醒的眉眼間也含著笑意：「驕矜有什麼不好。」

「結果呢？」

「當然滿意了。」

「說了？」

「雖然沒明說，但是上茶的時候，上的是『龍鳳團圓』。」

這是老一輩的習慣，若是對晚輩帶上門的另一半感到滿意，便會上名字裡帶有「團」、「圓」之類的茶。

「這可不是什麼好話，你得意什麼呢？」

「爺爺寫了一副字給我。」

「內容是什麼？」

「佳兒佳婦。」

「哦？」

「曾祖父當年沒有寫給你吧？」

比起老婆，蕭子淵也有一顆不服輸的心：「呵呵，是你自己要的吧。」

「你管我，反正我有。」

「你特地帶來跟我炫耀的？」

「嗯。」
「幼稚。」
「忌妒。」
後來蕭雲醒委婉地問蕭子淵和隨憶的意見：「你們滿意嗎？」
隨憶和蕭子淵對視一眼。
隨憶自然不必說，她沒有女兒，每每看到別人家的小女孩總是眼饞。
陳清歡從小一見到隨憶就甜甜一笑，眉眼彎彎、眼眸清亮的樣子格外討喜，再加上那張吃了糖果一般的小嘴，頓時讓隨憶的心都融化了。
嬌憨甜美的小女孩哄起人來很有一套，每每哄得隨憶眉開眼笑。
而陳清歡才剛學會跑，就知道抱著蕭子淵的小腿，仰著腦袋問他：「蕭伯伯，你是不是不喜歡我？」
不喜歡？怎麼會不喜歡？如果不是怕陳慕白翻臉，他早就把她抱回家了。
沒想到這個小女孩，真的被他兒子娶回家了。

蕭雲醒和陳清歡挑了一個好日子去登記結婚。
陳慕白得知後，第一時間坐進蕭子淵的辦公室，還帶了一群跟班，霸氣地一字排開：「我們來談談嫁妝的事情吧。」

陳慕白眼神堅定，身段一流，顯露出陳家掌門人的氣魄。

蕭子淵清楚他的德行，這些年下來，他見過太多大風大浪了。

陳慕白慵懶地坐在那裡，漫不經心地看向對面的人，明明笑得格外妖孽，但無理取鬧起來就像個小朋友。

蕭子淵氣定神閒地問：「不是聘金嗎？」

「不是上門女婿嗎？」

「你家有皇位要繼承？」

「……沒有。」

第一回合：談崩。

過幾天後，陳慕白捲起袖子，再次去挑戰蕭子淵。

但兩人又進入了話不投機半句多的局面。

僵持良久後，陳慕白起身：「今天就這樣吧，我先走了。」

他以退為進，蕭子淵偏不接招，坐在那裡按兵不動，等著陳慕白露出尾巴：「慢走，不送。」

陳慕白假意離開，沒想到蕭子淵真的沒去攔他。

陳慕白只能真的走了。

第二回合：繼續談崩。

過了幾天，陳慕白又去找了蕭子淵。

這次他換了方式：「我怎麼恍惚記得，你還欠我人情呢？」

蕭子淵挑眉：「所以呢？現在是要一筆一筆拿出來算嗎？」

陳慕白低聲嘆氣：「真難對付！」

蕭子淵禮貌地發問：「你要對付誰？」

「沒有……」陳慕白忽然囂張起來，提了一堆亂七八糟的條件，「你就說行不行吧？」

蕭子淵看著他搖頭：「老人都說，老要張狂少要穩，你怎麼少也張狂，老了也這麼狂。」

這戳中了陳慕白的痛處，他翻了個白眼：「你才老！我再老能有你老？」

眼看他又要掀桌子，蕭子淵忽然開口：「其實，我一向不太管孩子的事情。」

陳慕白傻眼了：「那你和我糾纏這麼久是為了什麼？」

蕭子淵慢條斯理地解釋：「我也不知道，但也不能把你轟出去，就隨便聊幾句。」

陳慕白維持不住風度，近乎咆哮道：「蕭子淵！」

高手過招，招招致命。

陳靜康看看蕭子淵的祕書，兩人根本不敢吭聲。

當沉著穩重的蕭子淵對上叱吒風雲多年的陳家掌門人，絲毫不落下風。

吼完之後，陳慕白忽然安靜下來，過了許久才再次開口打破沉寂。

「你說，如果我和你不認識，我女兒和你兒子是不是就不會走到一起了？我們今天也不可能坐在這裡談婚事。」

蕭子淵眉目沉靜，低垂著眼眸不知道在想什麼，像是陷入了深思。

陳慕白略顯得意：「是不是突然覺得我說的很有道理，被嚇到了？」

「確實被嚇到了。」蕭子淵靜靜地看著他，「我沒想到你都這把年紀了，還在做這種『如果』的假設，幼稚。」

「你走開！我不想和你說話！談不下去了！談崩了！直接翻臉！」

這次陳慕白是真的不來了。

最後還是兩位女主人出馬，一個婉約恬靜，一個嫻雅端莊，秉著皆大歡喜的原則一一敲定了各項事宜。

隨憶和顧九思不是很熟，只是每次陳清歡來家裡吃飯，都會帶著她精心準備的謝禮，不是多貴重的禮物，但一看就知道很用心。

有時候是一盒桂花山藥紫薯糕，有時候是親手製做的糯米栗子蛋糕，每年滿城桂花香的時節，還會送上幾罐放了酸梅的桂花蜜，聽說她與陳清歡的父親和桂花有緣，暗淡輕黃體性柔，情疏跡遠只香留。

她第一次見到顧九思時，她正在牌桌上大殺四方，眉目清絕，神色從容，不動聲色地贏了三次。

她至今還記得某年過年，一群人湊在一起打牌，已經是陳夫人的她坐在她身後，溫聲細語地告訴她該打哪張牌，那天她賺了不少，和這樣的女人做親家，應該也是一件快事吧。

也是因為那次的牌局，她澈底變成顧九思的小粉絲。

隨憶按捺許久，一開口還是驚到了顧九思：「以後打牌可以邀請妳嗎？」

「啊？」顧九思看著這位溫柔大方的蕭夫人，一時間不知道該說什麼。

顧九思和陳慕白的事情，她多少耳聞過一些，很難想像，經歷過那麼多黑暗的人，笑起來反而更加平和。

後來隨憶目送顧九思離開後，翹起的嘴角一直沒有放下。

有了這個親家，以後逢年過節聚會打牌，她大概再也不會輸錢了。

蕭雲醒找韓京墨和向霈去逛玉石匯展。

韓京墨忽然聽到他要結婚的消息時，極為震驚：「真的定下來了？玩夠了？真的不玩了？其實這世界上還有很多好玩的東西，你確定不玩了？」

韓京墨在那裡念叨，蕭雲醒則一心一意地看著，指著其中一個問：「這個怎麼樣？」

韓京墨看也沒看：「不怎麼樣。」

蕭雲醒自說自話：「我覺得還不錯。色白如雪，潤若凝脂，雅而不傲，逸而不浮。」

韓京墨無言：「你到底有沒有在聽我說話？」

「聽了。」蕭雲醒笑了笑，「你不會明白的。」

「那你解釋給我聽。」

「你也聽不懂。」

韓京墨吐槽他：「我確實不明白，你明明握有一副大殺四方的牌，我還等著看你輾壓全場，結果還沒開場你就要金盆洗手？」

蕭雲醒一本正經地回答：「玩牌，沒人能玩得過陳清歡。」

「靠！你連這種事都能扯到她身上！沒救了。」

「是你自己提到玩牌的。」

韓京墨放棄，嘆了口氣：「算了，你不懂。哎，那邊那個還不錯啊。」

蕭雲醒掃了一眼，搖頭：「顏色不好。」

他再次看了看手裡羊脂白玉的小貓：「我還是喜歡這個。」

韓京墨還是不死心：「你確定自己真的喜歡陳清歡？你愛她？」

蕭雲醒不理他。

他和陳清歡之間，或許是他先動心的。

那麼長久的陪伴，久到連蕭雲醒都不太記得他們到底認識了多少年，他只知道等他意識到的時候，已經徹底深陷了。

忽覺素心傾，方知情已深。

從此之後，他的心中就再也容不下別人了。

無論經過多少年，她依舊是那個滿心歡喜向他跑來的小女孩。

韓京墨看他不說話，只能妥協，看了蕭雲醒手裡的東西一眼，「嘖嘖」了兩聲：「真捨得啊，難得看到你買這種東西，是要送給陳清歡的吧，她屬貓啊？」

向霈一巴掌拍過去：「你說話前能不能動動腦子？十二生肖裡面有貓嗎？你是作弊才考上X大的？」

韓京墨「哼哼」了兩聲：「那她就是屬螃蟹的，不管到哪裡都橫著走。」

向霈又給他一巴掌：「十二生肖裡也沒有螃蟹！」

韓京墨懶懶地問蕭雲醒：「為什麼要送貓咪？有什麼意義嗎？」

蕭雲醒看著小貓，不自覺地勾起唇角：「覺得小貓的神態和她很像。」

這麼多年過去，韓京墨對於某個問題仍舊饒有興致：「陳清歡到底哪裡好了？不就長得漂亮一點？聰明一點？」

蕭雲醒的回答異常簡單：「只可意會。」

他們相識於幼時，名為「喜歡」的種子不知何時開始生根發芽，隨著時光盤根錯節地生長，牢牢地紮根在心底最深處，這麼多年下來，愛她這件事早已成為了本能，不糾緣由，無關風月。而陳清歡有兩個本能，一個是針對數字，另一個則是愛著蕭雲醒。

韓京墨追問：「送她這麼貴的東西，怎麼？陳清歡今年是大壽？」

「聘禮。」蕭雲醒捏著手裡的小貓，認真地回答他，「等春暖花開，我就把她娶回家。」

韓京墨聽得雞皮疙瘩都起來了：「我靠！」

離開的時候，蕭雲醒破天荒地和兩人閒聊：「你們呢，打算定下來了嗎？」

向霈表示，自己平時的工作量已經夠龐大，完全沒有談戀愛的打算。

韓京墨搖搖頭：「我還沒玩夠呢，又不像你。」

蕭雲醒笑了一下：「聖人忘情，最下不及情；情之所鍾，正在我輩。」

韓京墨頗為惋惜地看著他：「真的決定好了？這真的是你想要的愛情？」

蕭雲醒點頭：「我和她沒有那麼多的驚天動地和柔情密意，這一路走來，大多數都是一些平淡瑣碎的小事，也正是因為這樣才彌足珍貴。她是我的愛情，也是旁人眼中的般配。」

他親手將它交給陳清歡的時候，她感受到羊脂白玉的小貓上帶有他手掌的溫度，暖得陳清歡心動不已。

結婚書約是蕭子淵親自操刀的。

寫好後，蕭雲醒端詳了許久。

蕭子淵問：「有什麼不滿意的嗎？」

蕭雲醒指著「蕭陳聯姻，一堂締約，良緣永結，匹配同稱」這一句問：「女方的姓氏可以寫在前面嗎？蕭陳聯姻改成陳蕭聯姻。」

蕭子淵意味深長地看了他一眼：「你確定？」

蕭雲醒點頭，看到這兩個姓氏在灑金紅紙上靠在一起，都覺得心動。

寫完結婚書約後，父子倆在婚前進行了一場史上最正經，屬於男人和男人之間的談話。

大部分都是蕭子淵在說。

「我是從溫表叔那邊知道你的存在的，他說那是他第一次看見我失態的樣子，他笑話我許久，我不以為然，那是因為他沒當過父親，不懂那種驚喜的心情，果然，等他做父親的時候，比我還要失態。從那之後，他再也沒拿這事情笑話過我。」

「你比我聰明，你還小的時候，有人跟我和媽媽說你智多近妖，我們還笑了很久。」

「他們說你和我很像，其實不太像，確切地說是完全不像。你比我果斷，比我剛毅，就是話太少。總覺得你還是個孩子，卻不知你早已頂天立地了。這些年生為汝父，吾兒從未讓人失望，且頗為欣慰。」

父親在他心中如巍峨的高山，他一直敬重他、仰慕他，只是蕭雲醒從未說過：「生為汝子，三生有幸，亦頗為自豪。」

「你一向懂事。」蕭子淵話鋒一轉，意有所指地瞥了旁邊一眼，「不像某些人……」

「在說我嗎？」在旁邊專心吃水果的蕭雲亭後背一涼，轉頭看了看父親，又看了看哥哥，「我怎麼了？」

「你打擾了別人的二人世界二十幾年了，也不知道自立門戶，整天賴在家裡騙吃騙喝，不覺得丟臉嗎？」

在外面也算是叱吒風雲的蕭雲亭無奈地笑了笑：「天啊，蕭子淵同仁竟然在催婚，這說出去誰會相信？」

說完後，他走到蕭雲醒面前：「哥，能做你的弟弟，我也很榮幸。」

結婚的諸多事宜都是由蕭雲醒一手操辦的，陳清歡只負責按時出席。

聞加和姚思天這兩年也相繼結了婚，伴郎人數不夠，蕭雲醒忽然想到一個人。

駱清野對他的召喚很是驚訝，畢竟這些年他們沒什麼聯絡。

「找我幹嘛，請我喝茶啊？」

蕭雲醒答得認真：「請你喝酒。」

駱清野大笑：「請我喝酒？真是稀罕，當年也不知道是誰，我說有空一起出來喝酒，他跟我說他不碰酒，現在卻要請我喝酒，就算你叫我喝我也不喝，我喝茶。」

蕭雲醒勾唇一笑，把喜帖遞過去：「連我的喜酒也不喝嗎？」

駱清野立刻正經起來，接過來細看了一遍：「還真的是……看來是非去不可了。」

婚禮當天，連蕭雲醒都準備好了，韓京墨卻還在那裡磨磨蹭蹭。

向霈逐漸失去耐心：「夠了，又不是你要結婚，有必要弄得這麼騷嗎？」

韓京墨一邊噴香水，一邊義正辭嚴地教育他：「男人可以沒錢，可以沒有才華，也可以不帥，但是一定要騷！」

向霈看著「高騷不退」的某人，他只想賞他一巴掌。

韓京墨還振振有詞：「之前還在讀書的時候，但凡參加個比賽，這兩人必能聯手拿下冠軍，輾壓全場，後來談個戀愛也高調到不行，虐得單身狗遍體鱗傷，如今都要步入禮堂了，我當然得好好打扮一下，紀念這歷史性的一刻。」

向霈乾脆回到桌邊，邊嗑著瓜子邊吐槽。

坐在一旁玩手機的駱清野，一抬頭便嚇了一跳：「靠，向霈你是倉鼠嗎？才過了一下下，就吃了這麼多！」

向霈笑呵呵地問他：「你怎麼知道我的小名？」

「……」他看看向霈，再看看韓京墨，對於蕭雲醒的擇友水準感到無言。

好不容易等到韓京墨打扮好，眾人一進陳家大門，攔門的人就壞笑著將一張紙遞給他：「新郎接招！」

伴郎們湊過去一看，立刻放聲大笑：「推導公式啊！」

駱清野看都沒看就往旁邊傳。

向霈看了一眼後表示無能為力，然後傳給韓京墨。

韓京墨倒是研究了一下，然後放棄，直接遞給蕭雲醒：「這個我們真的不行，你得自己來。」

蕭雲醒找了一支筆開始推導。

好不容易塞了紅包進了門，陳清歡坐在床邊，一旁還立著一張麻將桌，陳慕白和陳清玄已經就定位坐好。

陳清歡壞笑道：「我爸說贏了我才能娶我，還不允許我放水。」

眾人又是大笑。

這種事大概只有陳慕白才做得出來。

陳慕白轉著骰子：「新郎抓緊時間啊，別錯過良辰吉時了。」

蕭雲醒看了一下場上陣容，又看了旁邊的顧九思一眼，她沒上場已經是放水了，只能硬著頭皮坐到桌前。

才剛開始沒多久，陳慕白就氣得跳腳：「你們兩個在幹什麼，為什麼要針對我，今天的新郎不是我！」

陳家姐弟倆稍微收斂一些，放水得不那麼明顯。

蕭雲醒這輩子打麻將沒贏過陳清歡，唯一一次贏她就是在結婚這天。

自摸贏的。

蕭雲醒半路出家，以一敵三，險勝陳家門裡的三位大將，大概是他這輩子最輝煌的戰績了。

牌面推倒的那一刻，陳清歡笑得最開心，看著他眨眨眼睛：「前三十年這個叫陳慕白的男人護我周全無憂，剩下的歲月還請蕭先生寵我無法無天。」

陳慕白則紅了眼眶：「清歡啊，如果做不慣蕭太太，就回來做陳家的長公主。」

陳清歡被他的情緒感染，哽咽地叫了聲：「爸……」

陳慕白勉強扯動嘴角：「當然，爸爸還是希望你能幸福快樂地做一輩子的蕭太太。」

陳清玄也跟著下保證：「姐，做蕭太太做得不開心的話，就回來做陳清玄的姐姐，我養妳一輩子。」

陳清歡卻立刻發飆：「閉上你的烏鴉嘴！我今天結婚，你就不能說一些好聽的話嗎？」

陳清玄立刻道歉：「對不起姐姐，我錯了！」

到了下一個遊戲環節時，陳慕白悄悄退出了房間。

唐恪怕他哭，所以跟了上去，裝模作樣地輕嘆一聲：「你們家這位小公子爺，一條不打打三萬，神不知鬼不覺地助攻自摸，也真是個妙人啊。」

陳慕白琢磨了一下：「你這是什麼意思，是在說我的牌技最差嗎？」

「我表達得這麼明顯嗎？下次一定注意。」

「唐恪！你當年在牌桌上被我打得有多慘、輸給我多少東西，你都忘了嗎？」

「那是因為你老婆在旁邊指導你，誰不知道顧九思才是牌桌上的隱形大魔王！在牌桌上，你一向是個吃軟飯的。」

「不然我們現在就開一桌來比一比啊？」

「來啊！誰怕誰！」

兩人正放狠話較勁，就聽到那邊有人喊：「新娘的父親在哪裡，新人要敬茶了！」

陳慕白應了一聲後指著唐恪：「你給我等著，等婚禮結束了，看我不把你打趴！」

唐恪也不甘示弱：「我等你！哼！」

顧九思看著氣呼呼的陳慕白搖頭嘆氣：「你們兩個怎麼還跟小孩子一樣。」

「他說我牌技差，吃軟飯！」

顧九思意味深長地看著借題發揮的某人：「你不是牌技差，你是演技好。」

原本還義憤填膺的某人忽然安靜了下來。

「雲醒自摸，我是該說他天賦異稟，還是該說我教學無方呢？清歡女大不中留就算了，你和清玄在幹嘛，一個紅臉一個白臉？」

陳慕白冷哼一聲：「我不放水，那小子今天肯定都要待在牌桌上了。」

被唐恪這麼一鬧，陳慕白的心情瞬間好了許多，在陳清歡出門的時候，他看著遠去的汽車尾燈也沒覺得多傷感。

他看著看著忽然福至心靈，自己的女兒被拐跑了，他也得讓他兒子拐一個回來，拉住唐恪笑得格外諂媚。

唐恪被他嚇得雞皮疙瘩都起來了：「我靠！你笑得這麼嚇人幹什麼？」

「唐恪，讓陳清玄做你的女婿如何？」

「我靠！我們家茶茶還小呢！你也下得了手？」

茶茶其人，大名唐茶，唐恪老來得女，他一直眼饞別人家的女兒，在生了兩個兒子且基本不抱什麼希望的時候就來了，所以唐恪寶貝的不得了。今年才從幼稚園畢業，粉妝玉琢，機靈狡黠，聰明伶俐，活潑機靈，完全就是一位小美人。從小的願望就是做個奸商，以後嫁個貪官，然後縱橫政商兩界賺飽飽。

唐恪一說完就想跑，陳慕白則追在後面非要他考慮一下。

蕭雲醒和陳清歡在學生時期都算是風雲人物，所以還是有不少當年的同學來參加二人的結婚典禮。

駱清野和同桌的人沒有很熟，有個男的卻不停捧著旁邊的人，連帶整桌的人都跟著附和，只有駱清野懶得理他們，悶頭吃飯。

這幫人越說越離譜，說到後面竟還打算拖他下水。

「其實蕭雲醒也就那個樣子，我們趙大才子對上他也不遑多讓嘛，你說是吧？」

駱清野一向不屑於和別人進行口舌之爭，扯了扯嘴角：「或許吧。」

那位「趙大才子」聽出了什麼，看著他追問：「或許什麼？」

駱清野掃他一眼，忽然極輕地笑了一聲，意義不明。

在眾人的追問之下，他才懶洋洋地再次開口：「或許你們剛才說那些都差不多，不過論起做人的境界和格局，這位趙大才子遠比不上蕭雲醒。」

駱清野說完，扔了筷子一抹嘴就離席了。

蕭雲醒這個人，胸中有丘壑，眼裡存山河，你們和他比什麼比？比得了嗎？

而韓京墨這桌都是當年X大的校友，情況也不怎麼樂觀。

大概是看到蕭雲醒過得太好了，總有一些人見不得別人好，心裡發酸。

「蕭雲醒前些年還發過一篇文章，當年他在國外某個重點實驗室做目中無人的知名教授 Justin 的助手時，不是發過一篇論文，結果一作封神嗎？最近幾年怎麼沒動靜了？江郎才盡？」

當年那篇文章一發出來就被封為一代神作，即使放在今天，依舊無人可以超越，這讓蕭雲醒的學術生涯達到巔峰。

有人倒是有見識，淡淡一哂：「別胡說八道，你也不看看他現在在做什麼，做的那些都是簽保密協議的，要怎麼發文章？再說了，蕭雲醒那種等級的學術大神，如今的江湖地位，早就不需要什麼文章傍身了，只要亮出這個名字，誰還看什麼文章，只有你還在這裡糾結那幾篇論文。鋒芒畢露有什麼好，好刀不是都在刀鞘裡嗎？」

眼看這個點無法進行下去，接下來那些人便致力於挑唆韓京墨和蕭雲醒的關係。

韓京墨沒說什麼，只是任由他們說，過了許久才開口說了坐下後的第一句話：「黃庭堅的〈濂溪詩〉序裡有一句話，我覺得挺適合蕭雲醒的，『胸懷灑落如光風霽月』。」

他被蕭雲醒「打壓」的這些年，早就沒了當初非要一較高下的執念。

「雖然這些年老是有人拿我和蕭雲醒比較，其實我心裡沒有不服氣，甚至還挺佩服他的。不是因為他的天賦，而是他擁有強大的能力後還能保持一顆純粹而謙和的心，讓人肅然起敬。」

冷靜犀利，也不知道是在諷刺誰。

這些年他也算是領悟了，蕭雲醒這個人面上清貴淡漠，實則謙和周到，遇事最是豁達灑脫、襟懷坦白，說白一點就是比他強，他沒什麼不服氣的。

說完也離席去找清淨的地方。

韓京墨和駱清野在吸菸區碰上，兩人一接頭就互換了情報，紛紛表示以後結婚絕對不請這些同學。

這些蕭雲醒都不得而知，也不感興趣，他唯一好奇的另有其事。

晚上他問陳清歡到底有沒有放水，陳清歡歪歪頭想了一下：「我不記得了。」

她「家學淵源」，他想贏她的可能性應該不大。

他被灌了不少酒，醉眼迷離，雖不至於控制不了自己，但到底有些反常，攬過她的後背，笑著俯身吻在她的額間。

他難得這麼主動，陳清歡既驚又喜。

溫熱柔軟的觸覺從眉眼間輕輕掃過，陳清歡也被那股暖暖的酒香染醉，笑著倒在他懷裡。

陳清歡在婚後不久便回歸到職場。

她再也不是當年那個軟萌嬌憨的小女孩了，已經完成了黑化的完美蛻變，無論走到哪裡，周身自帶一股腹黑御姐的氣質，在業內續寫父母的輝煌。

所有關於壞脾氣的形容詞，都能從她身上看到，而所有關於天才的褒義詞，也能在她身上感受到，會讓人想起當年那個正中帶著三分邪，做人做事頗受爭議的陳家慕少，也會讓人想起一臉淡然，什麼狠話都不會說就收拾掉人的Nine.GU。

但對於她的老公蕭雲醒，大家倒是一致的好評，當年驚才絕豔的天才少年，如今成為了才華洋溢的儒雅學者。

備受矚目的科技研究才俊，炙手可熱的科技骨幹和最受器重的學科領頭羊，掌握著最頂尖的技術，也是最年輕的學者，首席的位置永遠是他的。他是真正的年輕有為，也是科技新貴，更是輝煌的締造者，當真是意氣風發。完全就是學術男神，各大院所和科技巨頭爭相招來的優秀人才。

連一向自視甚高的韓京墨都說，蕭雲醒的存在，大概就是為了讓所有人見識到人類的才華到底可以有多高。

這時候的陳清歡已經接受，這個世界上總會有不如她的意的事，已經知道生活在這個世界上就要妥協，已經學會想得到就要努力去爭取，終於有了陳慕白和顧九思年輕時的影子，傾城姿，曠世才，玲瓏心，鋒芒勢，放肆地驚豔著歲月，名正言順地站在沉穩有度、氣場強大的蕭雲醒面前，讓人除了「般配」一詞外，再也想不出其他詞語來形容兩人。

蕭雲醒風姿綽約，氣勢強大，相貌出眾且沉穩持重，舉止有度，進退有止，性情做派頗有蕭家長子的風範，溫文儒雅，風度翩翩，不動聲色地占據著第一公子的交椅，幾代人沉澱下來的優良基因在他身上體現得淋漓盡致，骨子裡的修養，才識眼界，神韻風采，舉手投足間，無一不讓人滿意，面對生活永遠是那麼的優雅閒適，從容愜意。

在陳清歡的認知裡，她和蕭雲醒是「我們」，只要我們一起，去哪裡和去做什麼都無所謂。但她現在終於明白，無論兩人再怎麼親密，還是沒辦法做什麼都在一起，就像去廁所一樣，男女有別，年歲有別，是沒有辦法以她的意志來轉移的。

不過好在，這一路都有蕭雲醒牽著她的手，從幼時走向未來。

尾聲

很久之後，蕭雲醒再次陪陳清歡去翻了母校的圍牆，讓她圓夢。

不知哪來的一群小花貓，亂七八糟地在牆頭上趴了一排。

陳清歡坐在牆頭看著，心都要融化了，順手捧起趴在隊尾的一隻後歪頭問蕭雲醒：「好多小貓咪啊，好可愛，我可不可以養一隻？」

蕭雲醒坐在她旁邊，手裡還拎著她的高跟鞋，認真思索了一下：「家裡養兩隻貓會不會太多？」

陳清歡眨眨眼睛：「沒有兩隻啊，我只要一隻就夠了。」說著看看手裡那一隻，又去看看其他幾隻，認真挑選著。

秋高氣爽的季節，最適合曬著暖洋洋的太陽什麼都不幹，蕭雲醒看著牆上斑駁的光影，唇角微彎，連聲音都變得懶洋洋的：「加上妳，一共兩隻啊。」

「嘻嘻嘻……」陳清歡喜不自勝，咬著唇笑得臉都紅了，把手裡的小貓放回原地，轉身撲到蕭雲醒懷裡，摟著他的腰撒嬌，「那不養了，雲醒哥哥只能有我一隻小貓咪。」

蕭雲醒眼神縱容，笑得寵溺，一手拎著她的鞋，一手把她擁入懷裡。

兩人忽然不說話了，坐在牆頭看著牆內陌生又熟悉的校園，滿眼都是逝去的青春。

兩人正回憶著歲月，就聽到下面有人喊：「誰在翻牆？下來！哪個班的？」

蕭雲醒嘆了口氣，還來不及說什麼，就看到陳清歡一臉神祕地猛點頭，壓低聲音開口：「我知道我知道，一會兒我說我叫聞加。」

蕭雲醒無奈地輕笑搖頭。

今天是X大的校慶，校門口聚滿了人，向霈、聞加和姚思天簽到後等了許久，才看到兩人慢悠悠地從學校裡面晃悠出來簽到。

向霈好奇：「咦？你們什麼時候進來的？我們在校門口等你們等了半天。」

蕭雲醒神色自然地低頭簽上他和陳清歡的名字：「才剛進來沒多久。」

姚思天扶扶眼鏡：「剛才怎麼沒看到你們？」

陳清歡眼底閃過狡黠的笑，飛快地掃了聞加一眼：「我們……翻牆進來的。」

「……」

聞加忽然有了似曾相識的感覺：「沒被抓到吧？」

蕭雲醒在簽到完後直起身輕咳一聲，很是客氣地問聞加：「最近還會去游泳嗎？需要游泳卡嗎？」

還是那個熟悉的配方。

一秒逼瘋聞加，其餘兩人捧腹大笑。

聞加看著面前依舊眉眼嬌媚的陳清歡，心裡忍不住喟嘆，向霈說得對，小魔女就是小魔女，一出場就能鎮壓他。他又看看蕭雲醒，繼續感慨，昏君還是那個昏君啊。

負責簽到的兩個女生則激動地看著蕭雲醒，看看簽到冊上的名字，又看看本尊，興奮到說不出話來。

向霈壞笑著碰碰聞加：「看到了沒，雲哥都畢業多少年了，這些小女孩竟然還知道他。」

陳清歡不高興了，立刻抓著蕭雲醒的手走進校園。

他們走後沒多久，駱清野姍姍來遲。

他摘下墨鏡後彎腰簽到，簽完順勢把筆遞給身後的人，下意識瞟了一眼，然後停住，仔細盯著那個女人的臉看：「咦，好像在哪裡見過這位妹妹啊……」

蔣雲葉掃他一眼後也沒搭腔，快速地從他手中抽出簽字筆低頭簽名，然後揚長而去。

眾人噗哧一聲後直接大笑。

「野哥，你土不土啊？」

駱清野完全不介意被嘲笑，看著遠去的窈窕身影愈加疑惑：「我真的覺得她很眼熟。」

陳清歡和他們分開後去了自己的班上。遠遠就看到冉碧靈牽著一個小女孩站在曾經的教室門口：「快來看看這是誰！」

陳清歡走近後仔細打量著，忽然笑起來：「老楊的女兒？」

冉碧靈笑著鼓掌：「是不是一眼就能看出來？」

陳清歡看著小女孩點頭：「未免也太像了吧。」

穿著制服的小女孩靦腆地笑著叫人：「姐姐。」

教室裡除了曾經的同學，還有很多楊澤延現在帶班的學生，朝氣蓬勃的男孩和女孩三五成群地把他們圍在中間，聊得熱火朝天。

陳清歡和冉碧靈一進來就被人圍住打招呼。

陳清歡和當時班裡的同學都不怎麼熟，多數都是別人認識她，她不知道對方是誰。

幸好有冉碧靈在，插科打諢的也不見尷尬，一群人很快就聊開了。

聊著聊著，不知為何就聊到了填志願的問題，其他學生也立刻圍過來，畢竟距離升學考也不遠了，都想諮詢他們該讀哪個科系才好。

一提到這個，學長姐們的口徑倒是出奇的一致。

「不要來我們學校，不要讀我們的科系！」

「我們讀的科系太苦了！」

「別來別來，你會後悔的！」

說完後開始大肆吐槽自己的科系。

陳清歡就讀的數學系不算是熱門科系，那群學生們卻很感興趣，問了幾個問題後也沒聽到她吐槽，於是有人問她有沒有後悔選擇數學系的時候。

陳清歡沉吟半晌，正當她想開口，就看到楊澤延笑著走近：「別聽她胡說八道，她就是個負面教材，千萬別跟她學習！」

說著點點陳清歡：「別教壞這些小朋友啊！」

眾人哄堂大笑。

笑過後有人繼續追問，陳清歡閉了閉眼：「當然有。」

一個女生搶著問：「是不是找工作的時候？學姐，我特別喜歡數學，我也想像妳一樣選擇數學系，但是我爸媽都不同意，說學數學不好找工作也沒前途，以後找工作的時候肯定會後悔，妳是不是這個時候後悔的？」

陳清歡笑著搖頭：「曾經有個女人給她面子，姑且稱她為我的情敵吧，是我愛人的同事，我最後一次見到她的時候她問我，他們一起加班度過很多日日夜夜，那個時候我在哪裡。那瞬間我忽然後悔了，如果我也選擇和我愛的人讀一樣的科系，那我們是不是就可以有更多在一起的時間了？可是後來，我的愛人用行動告訴我另一個答案。聽到他的答案的那一刻我就不後悔了。」

「他怎麼回答的？」

她低眉淺笑，竟有那麼一絲婉約的模樣：「他說，我在他心裡。」

提起他，她臉上的甜蜜就無以復加。

沉默幾秒後響起陣陣掌聲和叫喊聲。

她無意間一抬頭，就看到窗外的蕭雲醒，兩人不自覺地相視而笑，讓不少人看出端倪。

「是蕭雲醒學長！」

雖然蕭雲醒從附中畢業已久，但附中一直有他的傳說。

當年兩人都捨棄保送名額去參加升學考的事蹟，後來被各師長當成負面教材在很多屆宣傳教育，只是效果微乎其微，甚至歪向別處，反而被各個學弟妹奉為神仙情侶。

「然後呢？然後呢？」

「然後？」陳清歡再想起那一幕只覺得好笑，「然後我唱了〈Lemon Tree〉給他聽。」

陳清歡看著窗外英姿颯爽的某人，展顏一笑。

恰好是正午時分，他抬手遮住刺眼的陽光，忽然想起第一次見到她的時候。

悶熱的夏天，窗外蟬鳴陣陣，偶爾微風穿堂拂過，帶來陣陣涼意，空氣中還瀰漫著冰鎮西瓜和酸梅湯的味道，那個綁著馬尾且眉眼精緻的小女孩遠遠地站在那裡，喊了他一聲「雲醒哥哥」。

遙遠又清晰。

雲醒哥哥，一聲便是一生。

他的心底忽然湧出一股柔情。

一笑低頭意已傾，初會便已許平生。

——〈雲深清淺時〉完結——

高寶書版集團
gobooks.com.tw

YH 138
雲深清淺時（下）

作　　者　東奔西顧
責任編輯　眭榮安
封面設計　陳采瑩
內頁排版　彭立瑋
企　　劃　何嘉雯

發 行 人　朱凱蕾
出　　版　英屬維京群島商高寶國際有限公司台灣分公司
　　　　　Global Group Holdings, Ltd.
地　　址　台北市內湖區洲子街 88 號 3 樓
網　　址　gobooks.com.tw
電　　話　(02) 27992788
電　　郵　readers@gobooks.com.tw（讀者服務部）
傳　　真　出版部 (02) 27990909　行銷部 (02) 27993088
郵政劃撥　19394552
戶　　名　英屬維京群島商高寶國際有限公司台灣分公司
發　　行　英屬維京群島商高寶國際有限公司台灣分公司
初　　版　2023 年 6 月

國家圖書館出版品預行編目 (CIP) 資料

雲深清淺時 / 雲東奔西顧著 . -- 初版 . -- 臺北市 : 英屬維京群島商高寶國際有限公司臺灣分公司 , 2023.06
冊； 公分 . --

ISBN 978-986-506-729-8(上冊 : 平裝). --
ISBN 978-986-506-730-4(下冊 : 平裝). --
ISBN 978-986-506-731-1(全套 : 平裝)

857.7　　112006883